Emma, Mias dotter

MARIA ERIKSSON

EMMA, MIAS DOTTER

LIND & CO

LIND&CO
info@lindco.se
www.lindco.se

Svensk utgåva enligt avtal med Grand Agency
Omslag Marina Mattsson
Omslagsfoto collage Hand © Getty Images
Kvinnoansikte © Millenium/Nordic Photos
Tryckt 2009 hos Norhaven A/S, Danmark

isbn 978-91-85801-68-8

Jag önskar att någon hade sträckt ut en räddande hand.
Jag önskar att min mamma hade sluppit ljuga för sina barn.
Jag önskar att mitt liv hade varit annorlunda.

Förord

Emma, Mias dotter är den fjärde boken i serien om mig och min familj och de händelser vi tvingats gå igenom. De båda första böckerna, *Gömda* (1995) och *Asyl* (2004), skrevs i samarbete med Liza Marklund. Den tredje boken, *Mias hemlighet* (2005), skrev jag själv, precis som denna fjärde del.

I *Gömda* skildras hur jag träffar en man från Mellanöstern och med honom får en dotter som döps till Emma. Mannen, som här kallas ”mannen med de mörka ögonen”, börjar snart systematiskt misshandla mig. Han våldtar mig också och försöker vid ett tillfälle strypa mig. Jag lämnar honom och träffar en ny man, Anders, som jag får en son med, Robin. Men mannen med de mörka ögonen lämnar oss inte i fred, utan börjar med hjälp av manliga vänner terrorisera oss. Till slut ser vi ingen annan utväg än att lämna vår hemort. Nu börjar ett liv på flykt som inte kommer att ta slut förrän tretton år senare. Vi lever gömda på olika platser i Sverige – hela tiden under dödshot.

Asyl är berättelsen om hur vi fortsätter att leva under jorden i Sverige men till slut inte längre vågar stanna kvar i landet utan bestämmer oss för att flytta till Chile. Där är livet fyllt av umbäranden och efter tre år i Santiago de Chile flyttar vi på vinst och förlust till USA, eftersom det är ett land som mannen med de mörka ögonen aldrig skulle kunna komma in i med sitt kriminella förflutna. Där börjar en lång kamp för att få stanna i landet, och till slut lyckas jag också med det omöjliga. För första gången i USA:s historia beviljas en europeisk kvinna asyl på grund av att hon har blivit misshandlad och förföljd av en man.

Mias hemlighet tar vid där den förra boken slutade och skildrar hur jag och Anders skiljs och hur en familjehemlighet avslöjas. Jag har inte berättat för mina barn att jag har en son i Sverige som jag ville skydda och därför inte tog med mig när vi flydde för våra liv. I synnerhet Emma blir upprörd när det nu uppdagas att hon har en storebror, Daniel. Strax därefter träffar jag en amerikansk man, Jeff, som jag blir förälskad i. Jag och barnen flyttar hem till Jeff i en annan delstat. Efter att länge ha tvekat tar jag kontakt med Daniel, som gärna vill komma och besöka mig och träffa sina syskon. Det blir ett mycket känsloladdat möte.

Liksom de tidigare böckerna är *Emma, Mias dotter* en dokumentärroman. Det innebär att den i sin helhet bygger på verkliga händelser, men att vissa namn och detaljer har ändrats av hänsyn till de personer som det handlar om. Vidare har tidsföljden i några fall ändrats för att göra skeendet tydligare.

Den här boken vill jag tillägna mina underbara barn, min älskade Jeff, min familj och alla de läsare som har följt mig under åren.

Maria Eriksson

Inledning

Jag ska snart fylla arton, och då kan mamma inte längre lägga sig i vad jag gör och vilka jag träffar. Sedan jag läste sanningen om vår familj i ”den svarta boken” har jag inte längre någon respekt för henne. Hon har ljugit så mycket för mig att jag inte bryr mig om vad hon säger.

”Jag ringer polisen!” skrek hon när jag kom hem med Tom, som bara stirrade ner på henne så där konstigt som han gör när han är hög.

”Det här är min kompis”, skrek jag tillbaka. ”Du kan inte hindra mig från att ha kompisar!”

”Du får visst ha kompisar”, sa mamma och tittade skrämt på Tom där han stod och svajade framför henne med sitt rakade huvud, stora ringar i öronen och ett hakkors tatuerat på ena överarmen och Adolf Hitler på den andra. ”Men de får inte vara här, för det här är mitt hem.”

”Jävla kärring!” skrek jag till henne och drog med mig Tom därifrån.

Att jag inte får ta med mina kompisar hem hindrar mig inte från att träffa dem på andra ställen där mamma aldrig skulle våga sätta sin fot. Jag sitter gärna här i Herbs husvagn och blir hög. Tillsammans med gänget kan jag komma bort från alla lögner och glömma alla svek.

”Här, Emma”, säger Herb och räcker fram den största glaspipa jag någonsin sett. ”Vill du pröva med den här?”

Jag blir genast ivrig och säger:

"Visst, det verkar ju skithäftigt!"

Jag tar pipan och häller flera påsar "crystal meth" i den och hettar upp de små blåvita kristallerna med en cigarettändare och drar in ångorna säkert tjugo gånger i tät följd.

Jag känner kicken med en gång, och den är häftigare än något jag känt.

Men i nästa sekund känner jag också en sprängande huvudvärk, och jag får samtidigt en våldsam hjärtklappning och börjar frysa och svettas om vartannat.

Jag tappar pipan i golvet och faller långsamt åt sidan där jag sitter med ryggen mot en vägg. Jag hör att de andra säger något, men jag kan inte urskilja orden där jag ligger i fosterställning på golvet och bara skakar i hela kroppen.

Det här är slutet, tänker jag innan det svartnar för ögonen på mig.

Kapitel 1

Jag minns inte särskilt mycket av det liv vi levde som gömda i Sverige. Men vissa minnen bär jag med mig, och när jag möter någon hemifrån kan nya minnesbilder plötsligt dyka upp. Då ligger Sverige och människorna där långt borta och nära på samma gång.

Jag kan minnas morfar vid ett rött torp omgivet av sommargrönska. Och likaså minns jag honom den gången vi åkte skidor i skogen och jag tappade bort honom. Jag var alldeles vilse och blev mycket rädd, för granskogen var så mörk och stor och tyst. Jag ropade men fick inget svar. Mörkret föll snabbt och jag såg stjärnor tindrande komma fram mellan trädtopparna högt ovanför mig. När jag sänkte blicken tyckte jag att jag såg ögon blänka mellan trädstammarna, och jag trodde att farliga rovdjur nu skulle komma och ta mig. Men morfar hittade mig och sa att jag inte behövde gråta, för nu var allting bra igen.

Han såg så rolig ut den gången han lärde mig hur man gör änglar i snön, och sedan hade vi snöbollskrig. Jag träffade honom rätt i huvudet, men i stället för att bli arg skrattade han bara och skakade snön ur håret.

En annan stuga dyker upp i minnet, och den är omgiven av höga snödrivor och mörker. Det är långt till närmaste hus, och jag är rädd.

Jag märker att också mamma och Anders är rädda. Mamma gråter nästan hela tiden, för hon har lämnat allt bakom sig. Hon har bara mig, Robin och Anders på den här ödsliga platsen. Vi ser inga andra, träffar inte någon, för det finns inte en människa i närheten. Det är bara vi och de mörka, höga, tysta träden.

I mitt minne är det kallt och svart där. All snön måste ha lämnat ifrån sig lite ljus, men jag minns bara det svarta.

Vi får aldrig vara ute, utan vi har massor med leksaker som vi leker med inomhus. Det finns en inomhusbassäng som vi badar i. Jag tycker mycket om att vara i vattnet och stannar i det tills jag fryser så att jag skakar och hackar tänder.

Jag längtar efter att få vara utomhus men frågar inte om jag får det, för jag vet inom mig att mamma bara skulle säga nej.

En gång frågade jag om jag fick gå ut, och jag kommer alltid att minnas uttrycket i mammas ögon. Efter den gången frågar jag aldrig mer.

Jag har Robin och vi leker tillsammans och tittar på teve.

Ibland får jag åka i bilen, och det är när vi ska till läkaren. Jag går till en psykolog och får vara där i timmar och leka i en sandlåda. Psykologen pratar lite med mig men ägnar mest tid åt att titta på mig när jag leker.

Men mamma blir bara mer och mer ledsen efter varje gång vi har varit där, och en dag slutar vi att åka dit – varför vet jag inte. Jag vet bara att hon är upprörd och tycker att det borde finnas något som de kan göra för oss. Jag hör hur hon låter när hon tar med mig dit sista gången. Rösten är både ledsen och arg. Men mamma säger att hon inte orkar bråka med psykologen, och jag tycker att det är tråkigt att jag inte längre får åka dit och sitta i sandlådan. För då fick jag i alla fall komma ut en stund.

Mamma är nu borta mycket. Hon säger att hon är på möten, men hon är alltid väldigt tystlåten och vill inte prata med oss om det. Allt vi får veta är att hon träffar tanter som jobbar på något som heter socialen.

Anders vill inte följa med henne dit, utan tycker att hon ska ta hand om alla möten och alla tanter på egen hand. Han bryr sig inte om att försöka stötta henne. Men han ser efter oss när hon är borta. Han låter oss titta på teve och video och äta godis.

Mamma är ledsen mest hela tiden. Jag ser att hon äter tabletter. Det är nog därför hon sover så mycket – också på dagarna.

Vi flyttar ofta det första året. Jag förstår inte varför jag inte får träffa mormor och morfar. Var är de? Varför är vi aldrig med dem? Jag vet att mamma saknar dem och sina systrar.

Det känns konstigt att vi inte kan träffa dem vi tycker om och som jag vet tycker jättemycket om oss.

Har vi varit dumma mot någon? Är det därför vi inte kan åka hem utan måste bo där vi inte känner några och inte får gå ut?

Vi flyttar till Smedjebacken, och också där finns det mycket träd. Mamma tycker att det är bra att vi nu får en egen lägenhet och kan ha våra egna saker.

Vi är alla glada över att komma dit efter att ha bott så länge på hotell. Robin och jag tycker att lägenheten är jättestor. Vi springer runt i den och bara skriker tills mamma säger åt oss att vara tysta.

Det är stor skillnad mot att bo allihop i ett litet hotellrum. För första gången ser mamma lite gladare ut. Nu ska vi få ett riktigt liv, säger hon. Det är vårt första egna hem på flera år. Robin och jag får dela rum och mamma ser till att det blir möblerat och att väggarna målas gula. De blir riktigt citrongula, för det är en färg som vi alltid har gillat i vår familj. Den färgen är solsken; det är ljust och det gör en glad. Vi får också en teve till vårt rum och en video så att vi kan se filmer där inne.

Jag tittar ofta på *Askungen*, för det är en film som jag kan försvinna in i och aldrig får nog av. Jag kan se den hur många gånger som helst och tröttnar aldrig på historien. För mig är det ingen saga – för mig är det på riktigt.

Dagarna går, men vi måste fortfarande vara inne hela tiden. Det känns lite tråkigt och jag ser genom fönstret att andra barn får vara ute. Varför är det förbjudet för oss att leka utomhus när andra får göra det hur ofta som helst? Det verkar så orättvist, och jag blir både ledsen och besviken när jag tänker på det.

Men en dag tar mamma ändå med oss ut och låter oss plocka smultron i en skogsbacke nära lägenheten. Hon ser sig hela tiden omkring medan vi sitter på huk och plockar de söta smultronen. Vissa stoppar vi direkt i munnen och andra låter vi trilla ner i en tillbringare av plast som mamma har gett oss. De små bären lyser klarröda i solen och jag har hela munnen full med smultronsmak.

Julen kommer och vi har en julgran som det ligger några presenter under. Det känns som om vi har ett riktigt hem, ett hem där man firar jul på det där sättet som man ska göra. Jag tittar länge på julgranen och tycker att den är något av det finaste jag sett.

Mamma och Anders berättar att efter jul ska vi åka till ett land som heter Chile och vara där i sex månader. Jag har aldrig hört talas om det landet och vet inte om jag ska bli glad eller ledsen. Mamma läser för oss ur böcker om Chile och vi tittar på bilder därifrån. Det ser annorlunda ut, men jag är inte rädd utan tycker att det ska bli spännande att få komma dit. Kanske kommer det att visa sig vara precis lika fint som när Askungen kommer till balen på slottet?

Jag tänker mycket på det där landet vi ska åka till – ibland också när jag ska sova. Vi har levt gömda så länge och jag vill komma till en plats där man kan gå ut och leka. För det säger mamma att man kan göra i Chile.

Ibland när jag vaknar tror jag att jag redan är där.

Kapitel 2

Mamma köper kläder till oss dagen innan vi ska flyga till Chile. Vi har inte behövt så mycket kläder förut, men nu ska vi ut och resa. Jag har förstått att vi kommer att åka mycket långt bort.

Mamma ser fram mot den här resan. Hon tror att den kommer att göra underverk för hela familjen. Hon har varit ledsen så länge och säger att det inte heller är bra för mig och Robin att vara instängda. Nu ska vi snart få vara alldeles vanliga, fria barn.

Vi åker bil i flera timmar tills vi kommer till Stockholm och till Arlanda. Jag aldrig varit på en flygplats förut och tycker att det är stort och väldigt mycket människor överallt. Jag blir lite rädd, men mamma lugnar mig.

När vi sitter i planet och har kommit upp i luften låter mamma mig titta ut genom det lilla fönstret. Då ser jag att jag är ovanför molnen. Det känns jättekonstigt, och jag blir rädd att vi inte ska komma ner igen, utan bli kvar där uppe i himlen.

Vi stannar ett halvår i Chile. Trots att jag har roligt känns det som en lång tid.

Allting är så annorlunda i Chile. Det luktar på ett helt annat sätt och ser också ut på ett helt annat sätt än hemma i Sverige. Men människorna är snälla och jag känner mig aldrig rädd.

Vi åker till en äng strax utanför staden och jag springer över den med utsträckta armar. Gräset är mjukt mot mina ben och det finns massor med vackra blommor i olika färger och de doftar gott. Jag har aldrig varit på en äng förut och vill inte att den här dagen ska ta slut, utan att vi ska stanna bland blommorna, humlorna och fjärilarna länge, länge.

Efter det vill jag alltid gå tillbaka till den där ängen. Mamma tar med mig dit så ofta hon kan.

”Det påminner om Sverige”, säger hon när vi är där.

Mamma är gladare nu och ser inte så trött ut. Hon ler och skrattar till och med ibland. Jag tycker att min mamma är vacker när hon skrattar.

Anders är inte så tyst som han brukar vara utan pratar och gör saker med oss. Ibland åker vi på utflykt, ibland tar vi bussen och handlar på en marknad, och ibland går vi till en lekplats i närheten av där vi bor. Vi är liksom en hel familj, en riktig familj.

Det är den bästa tiden vi har haft tillsammans sedan vi bodde hemma – i vårt riktiga hem – och kunde träffa våra släktingar. Men något som är gott varar aldrig länge, utan vi måste åka tillbaka till Sverige.

Jag och Robin gråter på planet hem till Sverige. Mamma gör vad hon kan för att trösta oss, men jag märker att hon inte längre orkar le och se glad ut. Jag önskar att jag kunde få vara kvar på den där ängen i Chile och vet att jag kommer att längta efter den.

Det är vinter och kallt i Sverige när vi landar där. Jag huttrar i sommarkläderna som jag har på mig. I bilen tittar jag ut genom fönstret och ser snön som faller och tycker att allt känns hemskt, för jag vill inte komma tillbaka till lägenheten. Jag blir inte glad ens när jag får se mina leksaker igen.

Från och med nu blir allt som det var innan vi åkte. Vi är alltid inne och mamma gråter mycket. Jag vågar inte fråga henne när vi kan åka tillbaka till Chile, för då kanske hon blir ännu ledsnare.

Anders är tyst och går in i sig själv igen. Mamma försöker prata med honom ibland, men han tystar henne alltid. Han kan se riktigt arg ut då, men också lite rädd.

Han vill inte prata, i alla fall inte om hur vi har det. Han tycker att det inte ska tas upp utan gömmas undan, precis som vi göms undan. Kanske tänker han att det är bäst för oss alla.

Men han har fel. Det kommer att ta många år innan jag och Robin får veta sanningen. Om vi hade fått veta den tidigare skulle våra liv kanske ha sett helt annorlunda ut. Då hade vi kanske fortfarande varit en familj.

Vi reser mycket och är ofta i Frankrike. Där får vi leka och vara ute. Flera gånger åker vi med bil till Euro-Disney utanför Paris.

Mamma kallar det för resor som vi behöver för att överleva. Det är socialtanterna som betalar och vi får möjlighet att komma ut ur lägenheten och andas lite. Och så slipper vi vara rädda för ett litet tag.

Men vi återvänder alltid hem till Sverige och då blir vi instängda igen.

En gång får vi träffa mormor och morfar. Det är när vi åker till Finland med en stor röd färja. Mamma är väldigt noga med att hålla mig i handen vart vi än går på båten. Hon släpper mig inte ur sikte ens den minsta lilla stund.

Jag får aldrig leka som andra barn. Det känns orättvist.

Vad är det för fel med oss? vill jag fråga mamma men vågar inte. Hon kanske blir arg eller ledsen om jag gör det.

Jag ser att de andra barnens föräldrar lämnar dem i ett lekrum där en tant passar dem. Men om jag eller Robin vill vara där är alltid mamma, Anders, morfar eller mormor med oss där inne.

Varför är vi inte som andra? Den frågan är så stark i mig att jag ibland bara vill skrika den rätt ut.

Jag gillar de där överlevnadsresorna, för då lever vi som vanligt och är ute mycket. Det är så jag skulle vilja att det var hela tiden och inte bara just då.

En av de där gångerna när vi åker till Euro-Disney har det blivit vinter men ännu inte varit jul. Vi bor på ett stort hotell där det finns en simbassäng.

Eftersom *Askungen* är min favorit tar mamma med mig till en teater där de spelar den. Jag är så ivrig att jag vill springa dit.

Vi sitter där andäktiga och tittar på pjäsen och säger ingenting, det behövs inte. Vi bara sitter där och är nära varandra. Jag kan inte få nog av den pjäsen, utan säger till mamma att jag vill se den igen och igen. Den trollbinder mig så att jag tycker att jag är mitt i den. Ja, jag är verkligen Askungen och får komma till slottet och träffa min prins.

Men det händer också någonting otäckt när vi är där. Jag badar en dag i den jättestora poolen i hotellet och har precis kommit upp ur vattnet och står på bassängkanten. Mamma sitter på en vit liggstol en bit bort och håller på att hjälpa Robin att ta på ett par badbyxor.

Då kommer det en stor, tjock tant gående längs kanten och knuffar till mig så att jag faller i vattnet. Det är på den djupa sidan av bassängen och jag kan inte simma utan sjunker. Det är fullt med små bubblor runt omkring mig och jag viftar med armarna. Jag kommer upp till ytan igen och hör att mamma skriker så högt att det ekar i simhallen. Jag vill ropa till henne att hon ska komma och hjälpa mig, men innan jag hinner göra det sjunker jag igen och får munnen full med vatten.

Sedan minns jag inget förrän jag märker att jag ligger på bassängkanten och kräks upp allt vatten jag svalt. Det är tre badvakter som samtidigt har kastat sig i vattnet och tagit upp mig och pressat hårt med händerna på mitt bröst så att jag ska kräkas. Jag ser mammas ansikte ovanför mig, och hon är alldeles blek.

Det kommer en doktor och tittar på mig där jag ligger. Han säger att jag inte behöver åka till sjukhus men att man måste se till så att jag blir varm. Jag fryser så att jag skakar och man virar in mig i en tjock filt. Mamma gnuggar mig och försöker prata med mig, och jag svarar något men är fortfarande chockad.

Hotellets personal har tagit hand om Robin medan mamma är med mig, och nu kommer Anders springande. Han hade gått för att köpa något att äta och trodde först att jag hade drunknat. Alla är väldigt upprörda, och det är nog tur för den tjocka tanten att säkerhetsvakterna har tagit med sig henne därifrån. De ber henne packa sina saker och kastar sedan ut henne från hotellet och säger att hon aldrig mer får komma tillbaka dit.

Senare samma dag tar de snälla badvakterna med mig till bassängen igen. Det är inga andra där då. De vill försöka göra så att jag inte blir rädd för att bada. Vi leker i vattnet i flera timmar och jag har jätteroligt tillsammans med dem.

På kvällen får jag följa med två tanter som jobbar på hotellet. En av dem tar mig i handen och så går vi till Askungens slott som ligger inne på området. Inte heller där är det några andra människor. Jag får gå in i Askungen-affären och ta precis vad jag vill ha. När de säger det tittar jag på dem, för jag tror inte att det är sant. Men det är det, och jag pekar på ett par glasskor som de ger mig. Jag får också en jättefin klänning, en Askungen-docka, en temugg med Askungen på och vackra smycken som glittrar.

Men det allra bästa kommer sist. För då får jag träffa Askungen på riktigt. Hon är precis lika fin som i filmen och på teatern, och jag är så lycklig att jag inte vet vad jag ska säga. Jag blir alldeles blyg och tycker att det är den bästa dagen i mitt liv. Jag tänker inte längre på den tjocka tanten och på hur otäckt det var att vara under vattnet och bara sjunka.

Nästa dag åker vi hem till Sverige igen och jag har på mig min Askungen-klänning trots att mamma säger att den är alldeles för fin att resa i. Men jag vill alltid ha den på mig, för då kan jag låtsas att jag är Askungen och att allting kommer att gå bra.

Kapitel 3

Jag börjar på dagis men får vara där bara några veckor. Varför förstår jag aldrig riktigt. Är det något fel på mig? Är jag bråkig fastän jag själv tycker att jag är så snäll? Eller är det för att den där farbrorn kom dit, han som skriker åt mamma och slår henne?

Jag får aldrig några svar på de här frågorna, och det är mycket som förblir oklart i mitt liv. Vissa minnesbilder är så vaga att det känns mer som en dröm jag haft, och annat minns jag inte alls.

När Liza senast var här i USA tog vi bilen och åkte runt för att visa henne hur det ser ut. Plötsligt säger Robin: ”Här är mitt gamla dagis!” och pekar på ett hus vid sidan av vägen. Jag ger honom en förbryllad blick.

När vi sedan kommit tillbaka till huset frågar jag mamma: ”Har jag varit på dagis?”

Mamma ser lite sorgsen ut och säger bara: ”Du var där några veckor, sedan slutade du.”

Jag tittar då på Liza och frågar: ”Hade du hand om mig när jag var liten? Fick jag vara hos dig?” Liza skakar på huvudet.

Jag undrar varför jag inte hade det som andra barn. Vad var det som gjorde att just jag inte fick göra de där sakerna som alla andra får göra när de är små? Är det för att jag är konstig och annorlunda på något vis? Varför är det ingen som förklarar för mig varför mitt liv har sett så underligt ut? Varför vänder de bara bort blicken när jag frågar dem om de där sakerna?

Det är något som inte stämmer – det är något som är riktigt, riktigt fel.

Trots allt finns det en del minnen från tiden i Sverige som är ljusa, minnen som jag gärna återvänder till.

Jag minns att jag fick följa med min älskade morfar när han tog promenader på små stigar i skogen. Jag tyckte om att sitta på hans stora fot med armarna om hans ben när han tog långa steg. Det kändes som att få skjuts av en snäll jätte. Tillsammans plockade vi potatis på hans och mormors sommarställe och jag blev jordig om fingrarna. Men det luktade gott om jorden och den var alldeles varm av solen. Trötta och svettiga vilade vi sedan i skuggan. Jag drack saft och morfar torkade sig i pannan med en näsduk som han alltid hade i fickan.

”Nu är det inte mycket kvar”, kunde han säga och titta ut över potatislandet medan humlorna surrade runt omkring oss.

Då kände jag mig stolt över att jag hade varit så duktig.

Jag minns när vi bodde i Smedjebacken och jag en dag stod vid fönstret och tittade ut med näsan tryckt mot rutan. Det var vinter och jag såg snöflingor falla, men det var inte någon idé att fråga mamma om jag fick gå ut. Jag bara stod där och drömde att jag var utanför och lekte i snön, som låg som ett tjockt, frasigt täcke på marken.

Snön föll så tätt att man nästan inte såg träden en bit bort där skogen började. Jag hade inte lekt i snön sedan jag var tre år, så jag hade glömt hur det var. Jag mindes inte ens hur det kändes att krama den och göra en snöboll.

Jag fortsatte att storögt titta ut genom fönstret på snöflingorna som virvlade runt i luften. Jag kunde nästan inte förstå vad det var jag såg.

Mamma upptäckte att jag stod där som förtrollad, men hon tog inte med mig ut, utan gick själv ut med två plasthinkar och hämtade snö så att jag och Robin kunde bygga en snögubbe och en snölykta i köket. Vi gav snögubben en liten morot som näsa och satte levande ljus i snölyktan och släckte lampan i taket. Jag tyckte att det var vackert med ljuset som lyste genom snön.

Snön smälte förstås fort inomhus och bildade stora vattenpölar på köksgolvet. Mamma gick och hämtade trasor i ett skåp, och så hjälptes vi åt med att torka upp smältvattnet. Vi hade roligt och skrattade, och jag minns det än i dag med glädje.

Mamma försökte verkligen få mig och Robin att känna oss som vanliga barn, trots att vi levde gömda. Men det var naturligtvis en omöjlig uppgift för henne.

Nu som vuxen ser jag hur mycket jag och Robin har gått miste om, hur mycket som aldrig var normalt under vår uppväxt. Som små såg vi inte själva hur oerhört begränsade våra liv var, utan anpassade oss och lyckades leka också när det var som svårast.

När det blev riktigt hemskt – som när vi jagades och tvingades fly för våra liv – hade jag en osynlig vän som var ett troll och som jag kunde ty mig till. Han (för trollet var en han) såg väldigt underlig ut men var otroligt snäll. Jag brukade gömma mig under sängen tillsammans med honom och viska hemligheter som bara han fick höra. När jag låg där med honom – ofta med huvudet på en kudde och en filt över oss – kunde jag känna mig trygg. Jag visste att min vän inte skulle låta något ont hända mig.

Det var ett liv som jag inte önskar någon annan.

Men jag vet att jag har mamma att tacka för att jag ändå fick en skolgång och kompisar. Länge levde hon under mycket svåra omständigheter, men hon gav aldrig upp. Så småningom lyckades hon till och med ge mig möjligheten att vara ute och slippa leva instängd.

Mamma har kämpat för oss barn hela livet, och hon gör det fortfarande varje dag.

När jag hade läst ”den svarta boken” var jag oerhört arg på mamma, men jag vet i dag att det inte är hennes fel att våra liv blev på det här viset.

Det gick så långt att jag ett tag hatade min egen mamma, men sedan jag själv blivit mamma förändrades allt och jag kunde plötsligt förstå varför hon hade valt att inte berätta sanningen. Det som jag hade sett som ett oförlåtligt svek var egentligen bara en mors försök att till varje pris skydda sina egna barn. Det var av kärlek hon teg och jag kan i dag inte klandra henne för att hon gjorde det. Jag skyller i stället på ”mannen med de mörka ögonen” och samhället. Min biologiska pappa har förstört mitt liv, och det svenska samhället har svikit mig genom att inte ge oss den hjälp som vi så förtvivlat väl behövde när vi levde gömda och under dödshot.

Jag önskar att någon hade sträckt ut en räddande hand.

Jag önskar att min mamma hade sluppit ljuga för sina barn.

Jag önskar att mitt liv hade varit annorlunda.

Kapitel 4

Vi flyger till Chile igen. Men den här gången är det inte någon tillfällig visit.

”Nu är det på riktigt”, säger mamma. ”Vi flyttar dit, för vi kan inte längre bo i Sverige.”

Det låter så konstigt. Jag kan inte förstå att vi inte ska få komma hem igen och träffa morfar och mormor och våra andra släktingar. Även om jag har längtat tillbaka till Chile, så kan jag inte tänka mig att vara där för alltid.

Men jag har också hört mamma säga till pappa:

”Vi måste fly. Jag är rädd att de tar barnen ifrån oss annars.”

Jag vågar inte fråga vad hon menar. Jag tror inte att det var meningen att jag skulle höra vad hon sa, men jag tänker mycket på det och undrar vem det är som ska ta mig och Robin från mamma.

Är det mannen med de mörka ögonen och hans vänner? Eller är det några andra som vill oss lika illa?

Livet i Chile visar sig denna gång inte bli så lätt. Det är svårt att hitta en skola till oss, vi talar ju inte spanska och på nästan alla skolor är det ett krav att man ska göra det. Vi börjar tro att vi inte kommer att få någon skolgång här.

Till sist hittar mamma en skola för engelsktalande som accepterar oss. Den ligger långt bort och vi måste resa länge varje dag för att komma dit och sedan hem till huset som vi fått flytta in i efter att länge ha bott på ett ganska otrevligt hotell. Men vi har åtminstone en skola att gå till, och jag har också fått en fin skoluniform som jag är mycket stolt över. Det är en marinblå kavaj, en grå kjol, en vit blus och en blå slips med ett litet orange märke. Och jag har blå strumpor och svarta lackskor som får mig att känna mig som en prinsessa.

Jag vet att mamma är bekymrad över hur hon ska ha råd att skicka oss till skolan varje dag. Det går inga vanliga bussar dit – det finns skolbussar, men inte från vår del av staden, så i början måste hon skjutsa oss varenda morgon till skolan. Vi är väldigt fattiga, men vi är också äntligen i frihet.

Jag minns de första dagarna i skolan alldeles tydligt. Vi hade fått skolväskor – det var små ryggsäckar – och pennor, skrivblock och annat som man måste ha med sig. Mamma såg alltid till att det inte fattades något för mig och Robin. Jag vet inte hur hon bar sig åt, men hon lyckades alltid ge oss det vi behövde.

Hon hade öppnat en liten kiosk i vår skola, och där sålde hon smörgåsar och annat och fick på så vis in lite pengar. Men det blev aldrig några stora summor, det räckte bara till det allra nödvändigaste.

Att åka buss till skolan var spännande, det tyckte både jag och Robin – trots att det tog oss över en timme att komma dit. Vi måste alltid gå upp tidigt och kom hem sent, men vi klagade aldrig. Vi var lyckliga.

Jag hade många vänner. Robin är blygare, så han hade bara ett fåtal. Men jag tog alltid hand om Robin, precis som han alltid tog hand om mig om jag hade det svårt. Om någon försökte vara dum, så ställde vi upp för varandra. Så är det fortfarande nu när vi är vuxna. Banden mellan mig och Robin är starka. Trots att vi är så olika, står vi alltid sida vid sida.

Robin är väldigt tystlåten, medan jag pratar mycket och tycker om att vara bland folk. Han iakttar gärna, medan jag är mer rätt på och säger ifrån om jag tycker att något är fel eller om någon försöker sätta sig på mig.

Det här mönstret har följt oss genom livet och är lika tydligt i dag som det var då.

Under den tid vi bor i Chile får Robin astma. Mamma säger att det är på grund av att luften är så smutsig. Jag kände det med en gång när vi kom dit och gick längs gatorna, avgaserna gjorde mig illamående.

Santiago de Chile ligger som i en dal och ibland varnar de för att luften är mer nedsmutsad än vanligt. Sådana dagar gäller det att hålla sig inne, och de försöker få bort bilarna. Bara de som har rätt slutsiffra på registreringsskylten tillåts åka in i staden, och vissa dagar får inga bilar alls köra in till centrum, man kan bara åka kommunalt. Det allra flesta familjer har bara en bil – det är en lyx i Chile att ha två bilar.

En av mina kompisars pappa jobbar åt regeringen. Jag har aldrig förstått vad han gör, men han har flera bilar som bara står där. De används aldrig, och jag tycker att det känns orättvist när andra familjer inte äger ens en bil.

Ibland tar mamma med oss ut på landsbygden så att vi ska få andas frisk luft. Jag tycker om de där utflykterna. En gång går vi förbi en gård där några pojkar slaktar en gris. De hänger upp den stora kroppen med huvudet ner så att blodet kan rinna ut och samlas i ett djupt fat som de ställt på marken nedanför.

Än i dag har jag en återkommande dröm där jag åker på den väg som leder ut på landsbygden utanför Santiago de Chile. Det står höga, gröna träd på ömse sidor av vägen och det växer friskt, saftigt gräs på marken så långt ögat kan nå. Jag är mycket lycklig i den drömmen och alltid glad de gånger jag vaknar ur den.

På lördagarna brukade jag och min kompis Isabelle gå till marknaden och titta på allt som såldes där. Det är massor med folk överallt och de trängs framför de små stånden där man kan köpa i stort sett vad som helst: levande höns och kycklingar, stora meloner, färsk fisk och färggrant indianhantverk. Det är ett sagolikt myller och vi brukar vara där i timmar tills vi är så mätta på intryck att vi inte orkar ta in mer.

Jag tycker om staden, även om den är bullrig och smutsig. Människorna är snälla och hjälpsamma och tycker mycket om barn. Jag känner mig aldrig rädd där, vilket är en stor skillnad mot hur det var i Sverige.

En dag när mamma har haft ett möte med rektorn, säger hon att hon inte får ha kvar kiosken och att vi inte längre kan gå i skolan.

Kapitel 5

Så är vi tillbaka på noll igen.

Vi har ingen skola att gå till.

Vi har ingen försörjning.

Vi bor i ett råtthåll. Det kan inte bli värre – tror vi.

En kväll blir Robins astma värre. Jag vaknar av att han inte kan andas utan bara ligger och kippar efter luft i sängen ovanför mig. Jag skyndar mig att väcka mamma, men det är för sent. Det finns inget hon kan göra för att hjälpa honom. Han måste genast komma till en doktor, och hon tar honom i bilen till Clínica Alemana.

På vägen dit blir hans astma bara värre och värre, och mamma grips av panik eftersom hon tror att han ska kvävas. Men på sjukhuset får han snabbt vård, och läkaren pratar med mamma och säger att miljöombyte kanske skulle vara bra för en tid.

Mamma suckar och säger: ”Kanske för alltid ...”

Robin är väldigt trött efter anfallet och sover i bilen hem. Mamma bär upp honom till lägenheten. Denna natt sover hon bredvid mig i min säng, hon vill vara där om Robin skulle få ännu ett anfall. Vi ligger länge och pratar. Jag somnar till sist och känner mig trygg eftersom jag vet att mamma är där.

Nästa morgon frågar jag mamma när vi ska börja skolan igen.

”Jag vet inte”, svarar hon undvikande. ”Robin måste bli frisk först. Jag tror inte han kan bli frisk förrän vi lever någon annanstans.”

Jag gör stora ögon. ”Ska vi flytta?”

”Jag vet inte”, säger mamma. ”Vad tycker du?”

”Jag vill gå i skolan här, jag har ju alla mina kompisar här.”

Mamma drar mig intill sig och säger att människor flyttar hela tiden.

”Isabelle har ju flyttat till USA. Och flera av dina och Robins kompisar har flyttat till andra skolor.”

Jag börjar gråta, delvis därför att jag plötsligt blir påmind om hur mycket jag saknar min bästis Isabelle. Jag tycker att livet är urtrist om jag måste flytta igen.

”Jag vill inte flytta”, säger jag till henne. ”Du får flytta själv.”

Mamma försöker förklara för mig hur hon tänker, men jag avbryter henne plötsligt och säger: ”Vi kan flytta till Isabelle.”

Mamma tittar på mig med öm blick. ”Det går inte, lilla trollungen. Vi är inte amerikaner.”

Jag säger lite trotsigt: ”Vi är inte chilenare heller. Men vi kan ju bo här.”

Mamma stirrar på mig. Det går plötsligt upp för henne att jag har rätt. Vi har bott i Chile i tre år utan permanent uppehållstillstånd. Utan att bryta mot lagen har vi gett oss av till Argentina varje gång det tillfälliga tillståndet gått ut och fått förnyat tillstånd att stanna i landet i ytterligare tre månader.

Varför skulle det inte fungera i ett annat land?

Plötsligt säger mamma: ”Vi skulle kunna bo i Amerika.”

”Då vill jag bo med Isabelle!” säger jag och allt det tråkiga är som bortglömt. Jag hoppar ner ur sängen och känner mig glad igen.

Mamma pratar med Liza om det här på telefon och hon tycker att det är en bra idé. Hon har alltid stöttat mamma och varit hennes enda stadiga förbindelse med Sverige. Mamma har haft väldigt lite kontakt med sin familj, men Liza har alltid funnits där och ställt upp för henne, och mamma anser att Liza är hennes bästa vän. Det var hon som fick fram pengar när vi skulle flytta till Chile. Hon tog sitt avgångsvederlag från Expressen och gav det till oss så att vi skulle kunna ge oss av, något som mamma alltid har varit tacksam för.

Även om vi har haft det väldigt svårt i Chile har jag och Robin här haft en möjlighet att gå i skolan, vilket vi aldrig skulle ha haft i Sverige.

Trots att mamma tror att vi inte hade levt om det inte varit för flytten hit, pratar hon mer och mer om att vi måste ge oss av till ett land som påminner om Sverige och där vi har större chans att överleva.

”Det här är inte det liv jag vill ge mina barn”, hör jag henne säga till Anders, och hon ser så ledsen ut att jag tror att hon ska börja gråta.

Jag och Robin är också ledsna. Vi har ju fått vänner här och också fått gå i skolan för första gången.

”Jag är lycklig här, räknas inte det?” frågar jag henne.

”Älskade gumman”, säger hon, ”livet här är helt enkelt för hårt och tär på oss alla fyra. Vi skulle få det bättre i ett land som USA.”

”Men vi har det ju bra här?”

”Jag har försökt göra allt jag kan för er, men trots det klarar jag knappt av att försörja oss.”

Jag vet att hon har rätt. Jag har sett hur svårt hon har att få det att gå ihop. Vissa dagar äter hon knappt något alls, och det är inte på grund av bristande matlust utan för att det helt enkelt inte finns tillräckligt med mat hemma. Hon har gått ner mycket i vikt sedan vi flyttade till Chile. Också jag och Robin får ibland gå till sängs hungriga. Det är svårt att somna när magen kurrar.

Fördelen med USA är att det är ett land som han – mannen som förföljer oss – aldrig kan komma in i med sitt kriminella förflutna. Men det är ett land som kräver visum, och det är svårt att få. Min kompis Isabelles familj kommer från USA och de tillhör en kyrka som nu vill hjälpa oss med flytten. En av sönerna i familjen, Scott, ska gifta sig och mamma ser det som en möjlighet att komma in i landet, eftersom vi kommer att kunna resa dit och säga att vi är inbjudna till bröllopet.

Kanske är det där – i USA – vi ska bo. Mamma vet inte ännu.

Hon försöker prata med Anders om saken och få honom att komma med några förslag på hur vi ska göra, men han säger inget.

Mamma suckar och säger: ”Jag känner mig så ensam.”

Hon tycker att det är som om Anders lever i sin egen värld, en värld där vi andra inte finns, trots att vi alla bor under samma tak.

Jag och Robin går alltid till mamma när vi behöver något. Det känns som om vi tre är själva familjen, medan Anders bara tillhör den ibland. Det händer att jag undrar varför han inte bryr sig om oss mer och varför han drar sig undan på det där viset. Varför vill han inte vara med oss?

Kapitel 6

Mamma har bestämt sig för att vi ska pröva lyckan i USA.

”Det finns ingen återvändo”, säger hon. ”Vi får ta den här chansen och hoppas på att vi kan få stanna där. Det är kanske vår allra sista möjlighet att få ett liv i trygghet.”

Så nu är det sista dagen i Chile. I morgon ska vi åka till USA och mamma har ensam fattat beslutet. Jag tvingas säga adjö till mina kompisar från skolan, jag vet att det är sista gången jag ser dem. Även om de inte säger det, så verkar det som om de också förstår det.

Jag sitter sedan i mitt rum och tänker på mina vänner som jag nu lämnar bakom mig. De har varit mina första riktiga vänner och jag kommer att sakna dem, också Julien trots att han ibland skrämt mig lite. Han är barnbarn till diktatorn Pinochet och var min första pojkvän, om man nu kan kalla det för det, för jag var bara nio år då och vi kysstes inte ens. Men vi höll varandra i hand och tyckte att vi var tillsammans.

Julien gav mig alltid presenter, en minns jag väldigt väl, det var en grön kanariefågel. Det var det första djur jag hade, och jag lät honom alltid vara ute. Han flög omkring i huset men flög aldrig ut trots att fönstren ofta stod öppna. Men efter cirka ett år fick han någon sorts sjukdom. Han fick små knölar på kroppen och dog strax efter det. Jag sörjde honom mycket.

I skolan frågade Julien en gång en tjej i klassen om han fick låna en penna. När hon sa nej blev han rasande och högg henne i benet med en sax. Jag blev tvungen att dra bort honom därifrån så att han inte skulle göra henne ännu mer illa. Saxen satt djupt i hennes lår och blodet forsade. En av pojkarna i klassen bar henne upp till skolsköterskan.

Julien sprang sin väg, bort från skolan. Han blev sedan avstängd från undervisningen i en månad, och flickan låg först på sjukhus och var därefter hemma i två månader.

Julien blev otroligt arg när han inte fick som han ville, och då kunde hans ansiktsuttryck förändras på en sekund och blicken bli alldeles svart. Men jag tyckte ändå om honom och har länge sett honom som en av mina bästa vänner, men nu kommer jag aldrig att få träffa honom igen.

Mamma tröstar mig och säger att jag kommer att få nya vänner lätt. Men jag vill inte ha nya vänner – jag vill ha de vänner jag redan har.

Jag ser mig omkring i mitt rum. Jag tittar på möblerna, de är kantstötta men de är ändå mina. Nu kommer vi bara att ta med oss det allra nödvändigaste.

Jag vill ta med mig allt, men mamma säger att jag packar för mycket, jag måste välja. Jag gråter och ser att mamma är upprörd. Hon pratar med pappa, men han bara nickar och är tyst och vänder blicken åt ett annat håll.

Nästa dag reser vi. Det blir en mycket lång flygresa och jag hinner bli väldigt trött och känner mig också lite nervös.

Så landar vi till slut i USA, i en stad som heter Las Vegas. Det är mitt i natten och allt ser jättestort ut med massor av lysande och blinkande reklam överallt. Vi går igenom tullen och får ett visum som tillåter oss att stanna i tre månader. Det tar flera timmar innan vi kommer fram till tulltjänstemannen. Kön är jättelång, den ringlar sig långsamt framåt och jag är otålig och hungrig.

Plötsligt tittar jag på mamma och säger: "Jag vill inte bo i USA om jag ska vänta i kö på att få komma in."

Mamma försöker prata med mig. "Det kommer att bli bra", säger hon.

"Men jag vill åka tillbaka, hem till Chile", säger jag och börjar gråta.

Mamma klappar mig ömt och säger: "Lilla trollungen, du är trött. Det kommer att bli bättre. Tänk vad kul det ska bli att få hälsa på Isabelle och gå på bröllop."

Jag försöker säga: "Du glömde bort att vi ska bo här nu, att vi aldrig kommer tillbaka!"

Men mamma avbryter mig och säger med skarp röst att jag ska vara tyst.

Så plötsligt är det vår tur. Jag förstår inte varför mannen säger till mamma: "Business or pleasure?" Nytta eller nöje.

"Nöje", säger mamma.

"Hur länge stannar ni?"

"Tre veckor", säger mamma.

Jag vill säga något men mammas blick säger att jag ska vara tyst.

Vi är inne. Mamma tar min hand och ler mot mig. Hon ger mig en kram och Robin får också en.

Vi går till det ställe där man hämtar väskorna och får vänta lika länge där, men mamma lovar att vi snart är klara, bara väskorna kommer.

Vi får vårt bagage och går ut i ankomsthallen.

Plötsligt hör vi en röst som ropar: "Oh Mia, oh Mia!"

Valerie och hennes som Scott är där för att hämta oss. Vi sätter oss i deras bil och ger oss iväg på motorvägen, som har flera filer. Jag har aldrig sett något liknande i hela mitt liv. Jag tittar ut genom fönstret, det kryllar av bilar överallt.

Vi åker i flera timmar. Så annorlunda allt är här i USA!

Så kommer vi fram till en stad och kör in i ett bostadsområde som ser ut som en förortsidyll med höga lummiga träd längs gatorna. Är det här vi ska bo?

Vi stannar utanför Valeries hus, som är stort – jättestort. Charles och Isabelle kommer utrusande. Jag skrattar mycket för första gången på länge och kramar Isabelle. Vi pratar alla i munnen på varandra. Jag har så mycket att berätta och Isabelle också. Vi går in i huset och jag tycker att det är enormt stort där inne och att köket ser väldigt fint ut. Dessutom finns det en swimmingpool i trädgården bakom huset.

Jag är otroligt trött efter resan. Mamma bäddar våra sängar, stryker mig på kinden som hon alltid gör och jag känner hur jag faller i djup sömn i samma stund som jag sluter ögonen.

Följande morgon säger mamma:

”I dag får ni vara med pappa, jag ska ordna så att ni får gå i en skola.”

Jag tittar på henne och säger:

”Då vill jag ha ett skolskåp med lås där jag kan lägga alla mina böcker så att jag inte behöver bära hem dem.”

”Jag lovar att göra det bästa jag kan”, säger mamma.

Hon blir borta hela dagen, men när hon kommer tillbaka till huset har hon lyckats få in oss på en skola. Hon ser så glad ut att jag också blir glad.

Så sitter hon och försöker prata med pappa, men han säger som vanligt inte mycket. När jag tänker efter så säger han väldigt lite. Han är för sig själv och blir bara mer och mer tyst. Det finns dagar då vi inte ser honom alls.

Det är som vi lever helt skilda liv. Jag och Robin och mamma lever ett liv och han ett annat. Mina kompisar vet inte ens om att jag har en pappa. Mammas vänner ser honom aldrig.

Jag och Robin är vana vid att ingen vet något om oss. Vi har alltid levt ett liv fyllt med vita lögner. Mamma har förklarat att vita lögner inte är detsamma som att ljuga. Det är fult att ljuga, men det finns svarta och vita lögner. Det är så vi delar upp dem. Och det är så vi kommer att leva resten av livet: med vita lögner som ett skydd mot vår omgivning. Åren som gömda har gjort att vi inte tar några onödiga risker.

Vi säger aldrig mycket om oss själva, utan svarar med motfrågor så fort de frågar något om vår familj och vår bakgrund. Det är svårt att leva så, men vi lyckas – och klarar av det mycket bra.

Det finns inga foton av oss, för vi är mästare på att försvinna när någon ska börja fotografera. Jag och Robin är aldrig med på några skolfoton. Vi finns inte. Om någon frågar så får vi inte uppge var vi bor. Jag kan berätta vad vi har varit med om, men bara i hemlighet för psykologen.

Ibland känner jag att jag lever två liv: ett hemligt liv tillsammans med min familj och ett annat i skolan och med mina vänner. De andra får aldrig veta sanningen om oss, det är bara vi fyra som känner till den.

Men jag vill leva ett liv, mitt riktiga liv, där man inte ständigt behöver ljuga för människor man tycker om. Ett liv där man får vara som alla andra.

Vi lever i en massa vita lögner. Ska vårt nya liv i USA äntligen befria oss från dem?

Kapitel 7

De första dagarna i USA ser vi inte mycket av Valerie och hennes son Scott. De håller på med förberedelserna för bröllopet och är mest ute och ordnar med allt som måste vara klart till dess.

Det är härligt att ha en swimmingpool att bada i. Vi bara latar oss i början och försöker komma in i dygnsrytmen. Vi vill sova länge på dagarna och vara uppe på kvällarna.

Så möter vi Dolores, Scotts blivande fru. Hon visar oss sin bröllopsklänning. Jag tycker att det ser ut som Askungens klänning, den som hennes gudmor, den goda fen, ger henne. Den är så vacker. Jag hoppas att jag en dag kommer att ha en liknande klänning när jag gifter mig. För en dag ska jag gifta mig och ha barn.

Jag ska lägga rosor på gången där Dolores skrider fram. Jag tränar både tillsammans med de andra brudtärnorna och för mig själv. Vi tärnor ska gå före bruden fram till altaret och strö massor med rosenblad för hennes fötter, och när vigseln är avklarad ska vi gå framför brudparet och hålla varsin pojke i handen.

Min klänning är gulaktig och silkeslen och har en rosett baktill. Den är så fin, och jag har högklackade skor. Jag aldrig tidigare haft sådana kläder på mig. Jag känner mig som en prinsessa på bal.

De ska bli dans efter vigseln och mamma tror att det kommer att bli en rolig fest, hon kallar det ett ”cupcake wedding”.

Jag förstår inte riktigt vad bakelser har med det här bröllopet att göra. Men så skrattar jag för mig själv, för jag tänker att brudparet kanske ska kasta tårtor i ansiktet på varandra.

Så kommer då dagen för bröllopet. Jag ser mig omkring i kyrkan, det är flera hundra personer där och jag känner mig plötsligt orolig. Tänk om jag snavar eller gör bort mig på något annat sätt? Men mamma lugnar mig.

Innan dess har hon haft en diskussion med Anders. Han vill plötsligt inte gå på bröllopet. Våra väskor har kommit bort på vägen mellan Chile och USA, så mamma och han bär kläder som han tror inte är fina nog.

Mamma säger till honom att han måste gå.

"Valerie har ställt upp så mycket för oss, så du har inget val utan ska följa med till kyrkan nu."

"Men vi har inga kläder."

Mamma blänger trött på honom och säger:

"Det spelar ingen roll. Dessutom vill jag att du ska se Emma, hon har gjort sig så fin och behöver oss där."

Till slut ger han motvilligt med sig.

Det är så ljust och fint inne i kyrkan att det nästan känns som om jag drömmer där jag går framför bruden och strör ut mina rosenblad. Jag vill att alla ska se vilken vacker klänning jag har på mig. Efter vigseln går alla ut ur kyrkan och fortsätter till ett ställe som Valerie har hyrt och där vi ska äta och sedan dansa. Det är massor med folk som trängs vid borden i festlokalen. Jag tror aldrig jag har sett så många människor i hela mitt liv.

Anders sitter vid bordet hela tiden och ser sur ut och säger inget. Mamma struntar i honom och pratar med människor runt omkring medan jag och Robin leker med de andra barnen. Vi springer runt och jagar varandra, tittar på film och äter tårta.

Det är så roligt och jag känner mig söt i min klänning. Efter den festen tog jag alltid på mig den klänningen så fort vi skulle någonstans. Mamma tyckte att jag levde i den.

”Det kanske går att tvätta den”, sa hon och såg lite bekymrad ut, för klänningen blev naturligtvis rätt smutsig efter ett tag.

Men innan vi hann lämna in den till en kemtvätt växte jag ur den. Ingen vet vart den tog vägen, och det är lite synd för jag hade hoppats kunna spara den som ett minne. Vem vet, en dag får jag kanske en dotter som jag kan ge den till.

Valerie bjuder jämt hem folk på middag, och hon har ofta något som hon kallar ”pool party”. Då sitter hon och mamma länge och pratar i trädgården medan vi barn badar i deras swimmingpool. Alla har pool i det område vi bor i.

Men Anders är aldrig med oss andra, han sitter som vanligt på sitt rum. Jag saknar honom inte särskilt mycket, för vi har så kul utan honom. Jag tänker inte ens på honom.

Den sommaren lär sig Robin simma i poolen. Vi badar i stort sett varje dag, och vi är alltid tillsammans med Valerie och hennes familj. Jag är med Isabelle och Robin med Charles, medan våra mammor umgås med varandra.

En dag bjuder mamma hem alla till vårt hus. Hon lagar köttbullar med sås och potatis och bjuder på äppelkaka till efterrätt.

Anders kommer inte ens ner och äter utan stannar i sovrummet och surar. Mamma vet inte riktigt vad hon ska säga till våra gäster. Jag kan se att hon skäms. Han kunde åtminstone komma ner och hälsa. Men han är alltid på sitt rum. Han vill över huvud taget inte gå ut, och han vill aldrig göra någonting med mamma, mig och Robin.

Mamma skyller på att han har huvudvärk. Det har han jämt och jag förstår inte varför, allt är ju så mycket bättre här i USA. Han borde åtminstone anstränga sig för sina barns skull, nu när han är fri att röra sig ute och kan göra i stort sett vad han vill. Varför kan han inte försöka vara med oss och följa med oss ut? Men det har blivit som en sjukdom för Anders, det här att leva gömd. Han kommer inte över rädslan så att han kan börja leva.

Det har däremot mamma gjort. Hon säger att hon alltid är försiktig, men för vår skull måste hon leva så att vi kan växa upp och bli så normala som möjligt. Vi ska ha skolgång, vänner och kunna gå på college. Vi ska själva ha möjligheten att bilda familj en dag. Det viktigaste av allt är att känna att man har frihet och trygghet.

Vi skrattar mycket under den första tiden i USA. Jag minns inte att mamma någonsin skrattade när vi levde i Chile. Hon verkar så lycklig nu. Hon säger att hon lever för mig och Robin. Allt annat saknar betydelse.

Vi lever fortfarande gömda, men mamma försöker ge oss ett så normalt liv som möjligt, trots att Anders håller sig undan och nästan alltid sitter vid datorn inne i sovrummet. Hon försöker skydda oss, men Robin och jag vet att de inte längre delar säng, utan att mamma nu sover i ett annat rum. De gör aldrig något tillsammans längre. Anders är för sig själv mest hela tiden och verkar alltmer irriterad.

Så börjar vi skolan, och mamma kör oss dit varje dag. Anders ser vi allt mindre av. Han äter inte ens med oss längre men träter på mamma så fort han kan. Vad vi än gör så är det fel i hans ögon. Framför allt tycker han inte om att vi rör oss så mycket utanför huset och pratar med främmande människor och skaffar oss vänner.

Men mamma är stark och har bestämt sig för att vi ska vara en alldeles vanlig familj nu när vi äntligen är i frihet. Vi har inte kommit hela den här långa vägen för att sitta inlåsta. Hon har kämpat för att vi ska få gå i skolan och ha vänner och leva som alla andra.

Utifrån sett är vi en lycklig liten kärnfamilj. Det är bara mammas bästa vän som vet att Anders inte lever med oss så som han borde göra. Men mamma orkar inte bry sig om det, hon tror att det kommer att bli bättre med tiden, ju mer Anders får se av det här landet. Till slut kommer också han att uppskatta friheten – det är vad hon tror.

Hon anar inte hur fel hon har – det kommer bara att bli värre och värre.

Kapitel 8

Mamma och pappa bråkar mycket. Han vill inte att vi går ut. Mamma säger väldigt bestämt att vi ska leva så normalt som möjligt. Att det därför vi är här, för att få gå i skolan och få ha vänner och slippa vara rädda.

Men Anders tycker att vi ska leva instängda. Han säger att vi är oförsiktiga, dumdristiga och inte tar faran på allvar. Det skär sig ordentligt mellan honom och mamma. Han vill inte ha någon förändring alls, utan säger att det är bäst om allt får vara som det har varit. Han vill att det bara ska vara vi fyra.

Mamma försöker ta pappa med sig ut, men han vägrar varje gång. Det slutar alltid med att vi går ut och handlar utan honom.

Hon försöker också få honom att lära sig engelska bättre och anmäler honom till en kurs och tvingar honom att gå dit. Men han går bara två gånger innan han säger att han inte har någon lust att fortsätta. Då köper mamma en dyr språkkurs på cd och kassett till honom, och hoppas att det ska gå bättre när han inte behöver sitta i en lektionssal bland andra människor. Men också den här gången tappar han snart intresset och lär sig därför aldrig språket tillräckligt bra för att kunna umgås med amerikaner på ett obehindrat vis.

Han sluter sig ytterligare och säger att han inte mår bra. Han är rädd, säger han. Och han ser också rädd ut i blicken, nästan mer nu när vi är i frihet än när vi levde gömda i Sverige.

Mamma säger att han måste sluta vara rädd och börja leva. ”Om inte annat måste du göra det för barnens skull”, kan hon säga. Det dröjer sedan inte länge förrän mamma gråter och Anders skriker.

Så får jag en kompis, hon bor två kvarter ifrån oss i ett stort hus. Hon har tre bröder, så Robin får också kompisar. Vi är ofta där, jag och Robin. En dag träffar våra mammor varandra och blir goda vänner. Min kompis mamma heter Patty.

Vi umgås väldigt mycket med Patty och hennes barn, men Anders är aldrig med vid de tillfällena. De har aldrig träffat honom och blir förvånade när de får veta att vi lever med vår pappa.

Snart får vi ännu fler kompisar. Pappa tycker inte om att vi har många vänner, men samtidigt är det som om han inte bryr sig om det, för han lever mer och mer i sin egen värld. Det ser ut som om mamma helt har gett upp hoppet om honom. Han äter alltid för sig själv och är inte längre med oss hemma.

Vi säger aldrig detta till någon, utan låter det bli vår hemlighet. Vi har redan så många hemligheter att det inte spelar någon roll om vi får ännu en att hålla inom familjen.

Så vill mamman till en av mina kompisar, Linda, att min mamma kommer och dricker kaffe hemma hos henne. De blir genast bästa vänner. Det är den första riktiga kompis jag ser att mamma har på mycket länge.

I Chile umgicks hon en del med föräldrarna i vår skola, men det var bara för att jag och Robin var kompisar med deras barn och inte så mycket för att de trivdes ihop.

Mamma och Sandra umgås dagligen. De är som systrar. Jag tittar på mamma och tycker att hon verkar lycklig över att ha fått en egen vän.

Många gånger hör jag mina föräldrar bråka om oss. Det är samma diskussion som återkommer – mamma tycker att vi ska få leva våra liv i frihet medan Anders tycker att vi ska vara inne och hålla oss gömda också i fortsättningen. Han är rädd och tror att någon fortfarande är ute efter honom, någon som smyger omkring där utanför och bara väntar på rätt tillfälle att slå till.

Men för första gången står mamma på sig; hon har bestämt sig för att inte ge efter för hans obefogade oro och oresonliga krav utan göra det som hon vet är rätt.

Jag och Robin ska ha kompisar och leva normalt. Hon har inte gett upp allt för att vi ska hindras från att få det vi behöver, det som andra barn ser som självklart.

Både Robin och jag ska börja sjätte årskursen i ”middle school”. Jag tycker att det ska bli lika spännande att få börja i skolan den här gången som jag tyckte att det var i Chile.

Jag och Robin får varsin cykel, vi har aldrig haft några cyklar. Min är gul och Robins är blå. Den dagen cyklar vi från morgon till kväll. Det är en härlig känsla att få cykla omkring på gatorna och vara fri. Mamma hjälper oss de första timmarna. Vi vinglar omkring och ramlar ofta av cyklarna och slår oss. Men till sist klarar vi det ganska bra efter att ha cyklat en hel dag.

När det blir kväll och mörkret faller kommer mamma ut och talar om för oss att vi måste sluta. Vi känner oss ömma i hela kroppen och har blåmärken överallt. Vi somnar så fort vi lägger huvudet på kudden.

Natten innan jag ska börja skolan är jag så spänd att jag inte kan sova. När jag till slut somnar är det med ett leende på läpparna. Och nästa dag går allting bra och jag tycker att det är jättekul i skolan. Jag ska få lära mig en massa saker och kommer att få ännu fler kompisar än de två jag redan har.

Den eftermiddagen när mamma kommer och hämtar mig och Robin har vi fått en lista på vad vi behöver köpa. Så vi åker till Wal-Mart som är lika stort som tre vanliga stormarknader i Sverige. Där finns verkligen allt man kan tänka sig, och vi köper skrivblock, pennor och annat och går sedan till Burger King och äter.

Jag trodde inte att livet kunde vara så här härligt. Jag skrattar och pratar jättemycket, och mamma säger åt mig att inte prata med mat i munnen, men hon ser inte sträng ut, utan glad.

Pappa är inte där, men vi saknar honom inte. Jag frågar inte ens efter honom.

Det är många flickor i vår klass och andra dagen i skolan får jag genast kontakt med en av dem. Hon heter Page och bor på andra sidan stan.

Hon har många syskon. Hennes pappa är från Kuba och hennes mamma från Korea. Hon säger att de är stränga men snälla.

Hon stannar och pratar med mig efter lektionerna. Hon vill att jag ska sova över hemma hos henne. Då kan vi titta på filmer tillsammans och äta pizza. Det låter jätteroligt, men jag tror aldrig mamma kommer att låta mig sova över hos någon. Så jag säger till Page:

”Jag önskar att jag kunde fråga min mamma, men jag vågar inte, för jag tror hon bara kommer att bli arg.”

Så Pages mamma frågar min mamma nästa dag. Jag ser att mamma blir förvånad, men hon håller god min och säger att hon ska tänka på det. Hela veckan tjatar jag om att jag ska få sova där, men Anders blir arg och säger att det inte kommer på fråga. Då ger sig mamma in i samtalet och säger att jag visst kan få göra det.

”Emma ska få ha en 'sleep over' ”, säger hon.

Jag kan inte tro att det är sant. Jag överlycklig och ringer genast till Page och säger att jag får sova över där. Hon skriker av förtjusning i telefonen, och jag också. Jag kommer att ha min första ”sleep over”!

Jag kan knappt vänta, och jag pratar inte om något annat under resten av veckan. För första gången – som jag kan minnas – ska jag sova hos andra utan att mamma är där. Det har aldrig hänt.

Mamma pratar med Sandra om det. Jag vet att hon är orolig, men jag kramar henne och säger att allt kommer att gå bra. Jag lovar att ringa till henne innan jag går och lägger mig.

Det är flera flickor från vår skola som ska sova över hemma hos Page. Vi äter pizza, tittar på filmer, sminkar oss och målar naglarna. Det är underbart.

Jag har lite svårt att sova på natten, så jag ringer till mamma. Jag vill bara höra att hon är okej. Hon säger att om jag inte vill stanna så kommer hon och hämtar mig.

Men jag stannar och kommer inte hem förrän sent nästa dag. Jag har så mycket att berätta. Mamma lyssnar tålmodigt på mitt pladder.

Jag försöker prata med Anders, men han vill absolut inget höra. Han är fortfarande arg på mamma för att hon lät mig gå.

Kapitel 9

Tiden går. Jag har kompisar och trivs i skolan.

En dag säger mamma att vi måste försöka hitta ett eget ställe där vi kan bo.

”Ska vi flytta?” frågar jag. ”Men alla mina kompisar då?”

Mamma säger att vi kanske kan hitta något i närheten.

”Jag vill inte flytta, jag vill stanna just här.” Jag börjar nästan gråta, för det känns som om det kommer att bli som när vi lämnade Chile.

Men mamma lovar mig att jag kommer att kunna behålla alla mina kompisar och få gå kvar i samma skola.

Sandra kommer över en dag och säger att hon har hittat ett hus till oss som vi kan hyra billigt. Det är ett ganska stort hus, det har fyra sovrum och ett rymligt vardagsrum.

”Det kanske är onödigt stort”, säger mamma.

Men vi får hyra det väldigt billigt. Sandra säger till mamma att vi inte kan hitta ett billigare hus. Så de går och tittar på huset, som ligger i närheten.

Jag hör senare samma dag att mamma pratar med Anders om huset, men han lyssnar knappt på vad hon säger. Han är fortfarande sur på oss andra för att vi försöker leva ett normalt liv. Så han är inte till mycket hjälp för mamma när hon nu ska försöka bestämma sig för om vi ska hyra det där huset. I stället tar hon med sig mig och Robin dit för att vi ska kunna titta på det och säga vad vi tycker.

Jag tycker att det ser ut som ett slott.

"Ska vi bo det i det här stora huset?" frågar jag mamma häpet.

Hon säger att eftersom vi får hyra det väldigt billigt, kan vi lika gärna ta det. Det ligger ju dessutom i samma område som vi redan bor i.

Vi flyttar in med detsamma.

Första natten sover vi på madrasser där, för vi har inga saker över huvud taget. Men mamma är glad över att vi har vårt eget hus. Hon ser till så att mitt rum och Robins rum blir klara först. Vi köper sängar, byråer, skrivbord, stolar och mattor. Vi sätter upp gardiner, men det är alltid bara jag, mamma och Robin som går iväg för att handla och som ordnar med allt. Anders vill inte att vi ska springa omkring på stan. Han bråkar med mamma hela tiden, men mamma ger sig inte och vi är ute handlar alla saker som jag och Robin behöver. De andra rummen i huset är än så länge nödtorftigt möblerade. Men det gör inget – vi är lyckliga över vårt nya fina hem.

Så träffar vi våra grannar Helen och John och deras barn Charlene och Jack. De bjuder oss hem till sig på grillfest en kväll. Mamma tackar ja, men Anders vägrar att följa med, så vi går själva.

När vi går hemifrån frågar jag mamma: "Varför vill Anders inte gå?"

Det gör mig lite ledsen. Han kommer att bli ensam hemma, men mamma säger att han gott kan vara det om det är det han vill.

Valerie tycker inte att vi har tillräckligt med möbler, så en dag när mamma och jag är hemma hos henne och de sitter och dricker kaffe säger hon plötsligt: ”Låt oss gå till garaget.” Vi öppnar garagedörren, men den går nästan inte upp, för det är fullt med möbler där inne.

Hon säger till mamma att ta vad hon vill ha. Mamma protesterar, så Valerie börjar flytta på saker och hittar soffor och bord. Vi packar allt i en pickup och tar det hem till oss.

Mamma ber Anders om hjälp och som vanlig försvinner han in i sig själv och går till sovrummet och stänger dörren. Hela den eftermiddagen bär jag och mamma in möbler och inreder. När vi klara ser det ut som ett riktigt hem. Det är det finaste hem jag någonsin sett.

Det ekar inte längre i huset. Vi har mattor på golven och det ser verkligen hemtrevligt ut.

När Robin kommer hem från sina kompisar står han bara och gapar och tittar sig omkring. Han tycker också att det är jättefint.

Nu har vi vårt eget hus, och för första gången har jag ett eget rum. Jag tycker att det är det finaste rummet i hela huset.

Nästa dag går vi till affären. Vi behöver inte köpa fler möbler nu, för vi har allt.

Så i stället köper mamma sig en dator. Hon har lite ångest över att behöva lära sig använda den, men det är den som kommer att ge oss pengar att leva för de första åren i USA, förklarar hon. Hon har tänkt mycket och länge, pratat med Sandra och bestämt sig för att köpa och sälja aktier på internet. Det kallas ”penny stocks” och är populärt i USA.

Sandra har en kompis som håller på med det. Hans namn är Dean, så när jag och Robin har gått till skolan hjälper han mamma att komma igång. I början skickar han tips på vilka aktier hon ska köpa. Mamma tycker själv att hon snart blir riktigt duktig.

Så hon ägnar sig åt det medan vi är skolan. Hon försöker alltid vara med oss på morgonen för att kunna vara ledig när vi är hemma på eftermiddagen. Jag och Robin är nästan alltid tillsammans med mamma, och vi har massor med vänner.

Men Anders har helt slutat att vara med oss. Det är som om han över huvud taget inte existerar. Han äter aldrig tillsammans med oss, följer aldrig med oss till affären eller biografen eller den konstgjorda sjön där man kan bada. Han gör oss inte ens sällskap framför teven.

Men vi tjatar inte längre på honom, utan låter honom vara för sig själv i sin lilla bubbla. Mamma säger att vi måste ge honom tid. Hon tror att han en dag kommer tillbaka till oss, men jag tycker att han bara försvinner allt längre och längre bort från oss.

Mamma ger sig under tiden alltmer in "penny stocks"-handeln och läser mycket om hur man ska hitta småföretag som har en bra affärsidé och vars aktier man kan köpa och sedan sälja med god vinst. Det är så hon försörjer oss de första åren i USA.

Den första julen i USA firar jag, mamma och Robin tillsammans med våra kompisar. Anders håller sig undan – inte ens julafton vill han tillbringa med oss.

Mamma blir allt argare på honom. "Vi är i frihet, så låt oss då *leva*. Vad var det för mening med att flytta från Sverige om vi ska leva instängda också här", säger hon.

Så ringer Liza, hon har startat ett bokförlag tillsammans med några andra och tycker att de ska ge ut *Gömda* igen. De tror att den kan sälja mer än den gjort, och det visar sig att de har rätt. När boken kommer ut på Piratförlaget så säljer den i cirka en miljon exemplar.

Mamma får ett förskott på en miljon svenska kronor. Det ger oss chansen att få en mer ordnad ekonomi och därmed en trygghet som vi aldrig tidigare haft, och mamma ser till så att pengarna förräntar sig.

Men så blir det plötsligt en nedgång på aktiemarknaden. Mamma säljer sina "penny stocks" i sista stund. Hon sätter sig ner med oss för att vi som familj ska bolla idéer. Hon tvingar också Anders att vara med.

"Vad ska vi göra för att kunna leva och arbeta här?" frågar hon oss.

Plötsligt säger Anders att han kan tänka sig att öppna en affär. En affär för märkeskläder som modeföretagen vill bli av med eftersom de hör till förra eller rentav förrförra säsongen och därmed hunnit bli lite omoderna. Det låter som en bra idé, för det finns knappt några sådana affärer på den plats där vi bor.

Mamma, jag och Robin vill så gärna att han ska börja leva mer som vi, och därför hjälper vi honom jättemycket.

Snart hittar vi en lokal där han kan ha sin affär i två år. Mamma ser stolt ut när hyreskontraktet är påskrivet. Nu spenderar hon all sin tid i affären. Anders hjälper till i början, men efter ett tag så tröttnar han. Snart kommer han över huvud taget inte dit. Mamma försöker hålla affären vid liv. Hon jobbar från nio på morgonen till nio på kvällen varenda dag. När hon kommer hem så stupar hon i säng. Hon är jämt trött. Huset är inte städat och tvätten blir till ett stort lass. Sandra försöker hjälpa till så mycket hon kan.

Mamma är vid det här laget riktigt arg på Anders. Han ville ha en affär, men sedan bara struntar han i alltsammans.

Han måste hjälpa till, tycker hon. Han måste anstränga sig nu när han har fått chansen att komma ut i det amerikanska samhället och skaffa sig en försörjning.

De bråkar bara mer och mer.

Så händer det något ofattbart. Den 11 september flyger två trafikflygplan in i de två högsta byggnaderna i New York. Terrordådet förändrar allt för oss.

Det är Liza som ringer och säger till mamma att slå på teven, och mamma slår på den just som det andra planet träffar skyskrapan. Då inser de båda att det inte kan röra sig om en olyckshändelse. De stirrar på teverutan på var sin sida om Atlanten och pratar med varandra och försöker förstå vad det är som händer. Samtidigt ringer de från skolan. Det råder högsta beredskap i hela USA. Mamma måste hämta mig och Robin, det blir ingen mer skolundervisning den här veckan.

Alla är oerhört upprörda och oroliga och pratar i munnen på varandra. Resten av den här dagen sitter vi som förlamade framför teven. Alla dessa döda, all denna ofattbara förstörelse, denna ondska.

Snart förstår vi vilka konsekvenser det här kommer att få för oss. Vi får en helt annan status. Vi är på noll igen, som mamma säger. Vi fråntas vårt uppehållstillstånd och myndigheterna anser att de måste göra en ny utredning.

Det är inte bara oss det gäller, det är många som får förändrad status i USA. Folk blir hemskickade till sina hemländer.

Frågan är vad som kommer att hända med oss denna gång.

Kapitel 10

Mamma tar kontakt med advokaten, men han säger att han inte vet vad som kommer att hända nu efter 11 september. Vi måste bara vara lugna, de kommer i alla fall inte att kasta ut oss genast. Han säger att vi måste överklaga beslutet att ta ifrån oss vårt uppehållstillstånd och börja skriva en ny ansökan om att få stanna i landet.

Vi får veta att vår närmaste granne dog i terroristattacken. Han hette Scott och hans fru heter Helena. Jag tycker så synd om deras barn, för de kommer aldrig mer att få se sin pappa. Jag och Robin går i samma skola som de och ser dem varje dag. Men efter den 11 september kommer de inte tillbaka till skolan, och ingen blir förvånad över det.

Mamman, Helena, kommer efter bara några dagar för att ta farväl. Hon orkar inte leva i huset med alla minnen, och hon och barnen flyttar därifrån. Vi ser dem aldrig mer.

Händelserna den 11 september gör att vår affär går jättedåligt. Ingen går ut och handlar längre. Allting känns osäkert och alla undrar vad som ska hända med ekonomin.

Till sist ser mamma ingen annan utväg än att stänga affären innan vi förlorar alla våra pengar. Jag tycker att det är bra att hon gör det så att vi får vår mamma tillbaka. Det blir inga fler tevemiddagar för mig och Robin, mamma lagar mat och bakar kanelbullar. Allt blir som vanligt igen.

Anders och mamma fortsätter att bråka och han finns aldrig i vår närhet. Jag är säker på att han helst skulle se att vi var inlåsta också resten av livet.

"Vi skulle ha det bättre utan honom", säger jag till mamma.

Men mamma säger att vi måste låta det gå en tid innan hon kan bestämma sig för hur vi ska göra.

Hon ägnar mycket tid åt att få advokaten att arbeta vidare med vårt fall så att vi får stanna i USA. Men det kommer att dröja ytterligare två år innan vi får uppehållstillstånd.

Mamma och Anders glider alltmer ifrån varandra och jag säger nu ofta rent ut till henne: "Låt oss flytta och lämna honom."

Han är inte längre snäll mot vare sig mig eller mamma, det är bara Robin han bryr sig om lite och pratar med. Han svarar mig inte ens om jag frågar honom något, det är som om jag är luft för honom. Jag förstår det inte, jag är ju hans dotter. Vad har jag gjort honom?

När jag frågar mamma och säger att jag inget gjort, säger hon att han är sjuk. Men jag kan inte se något annat fel på honom än att han alltid har huvudvärk. Fast det tror jag bara är något han skyller på när mamma försöker prata med honom.

Jag kan inte begripa varför han är så förändrad. Vad har vi gjort? Jag tror ibland att han hatar oss.

Det går emellanåt flera dagar utan att han säger ett ord till oss. Vi kunde lika gärna vara osynliga.

En dag är han arg på mig, för jag vill gå ut och träffa mina kompisar. Mamma kommer hem och ställer sig emellan oss. Hon är rädd att han ska slå mig

"Om det är någon du ska slå så är det mig", säger hon och spänner blicken i honom. "Du rör inte vår dotter."

Han lyfter handen och ser verkligen ut som om han tänker slå till mig, men så sänker han plötsligt armen. Han går ut och smäller igen ytterdörren och kommer tillbaka först efter flera timmar. Jag tror att det var den dagen mamma bestämde sig för att lämna Anders.

Efter den där händelsen ser jag att mamma har gett upp allt hopp om att Anders ska förändras. Vi gör allt på egen hand och jag tycker att det är skönt, för vi har mamma för oss själva.

Robin är ledsen, han vill att hans pappa ska vara med. Men mamma säger att det är hans eget fel, att Anders har valt att vända ryggen åt sin egen familj.

Så blir det bestämt: i februari ska vi inställa oss för nytt förhör.

Mamma förbereder sig och läser allt som står i ”den svarta boken”, som hon kallar den. Där har hon samlat alla papper som rör vår familj och de år vi tillbringat på flykt och som gömda.

Hon säger att jag och Robin måste komma med, det kan bli så att domaren vill träffa oss.

Anders är sur. Han vill inte åka, men mamma tvingar honom att följa med. Det är han som får köra bilen, och det visar sig bli besvärligt eftersom det börjar snöa kraftigt strax efter att vi gett oss iväg den morgonen.

Vi åker genom snöstormen i flera timmar och blir så sena på grund av vädret att det ser ut som om vi inte ska komma fram i tid.

Vi kommer in i domstolsbyggnaden just när de ropar upp namnet Eriksson. Mamma har inte en chans att hinna gå på toaletten eller få något att äta. Hon föser oss framför sig in i ett rum. Vi går sedan genom flera dörrar, som alla stängs efter oss. Det känns kusligt, jag ser människor som sitter tysta i rummen och väntar. En del gråter ljudligt, kanske för att de har blivit utvisade direkt. De kommer att föras till en uppsamlingsplats där de får stanna tills de skickas tillbaka sitt hemland.

Det är många människor från Mexiko. Jag förstår spanska, så jag hör att de är rädda och säger att de inte vill åka hem. Vad ska hända med oss?

Mamma tror att domaren inte kommer att ta något beslut i dag, det är i alla fall vad advokaten har informerat oss om. Så hon säger att vad som än händer så kommer de att låta oss åka hem.

Vi går in i ett stort rum. Där inne sitter det fem människor runt ett bord. De ser alla allvarliga ut, en man ser ut som om han är väldigt ilsken.

Domaren ber mamma att sätta sig bredvid advokaten och börjar ställa några frågor till oss. Hur går det i skolan? Vad gör ni på fritiden?

Vi svarar artigt som mamma har sagt att vi måste göra. Vi visar även upp våra betyg. Domaren tycker att vi är jätteduktiga som pratar flera språk, han ser imponerad ut.

Advokaten ber sedan att vi inte ska behöva vara med vid förhöret.

Anders har också bett om att få slippa vara med. Domaren godkänner detta, så vi blir utskickade. Det sista jag ser är mamma som sitter vid sidan om advokaten med ett mycket allvarligt uttryck i ansiktet.

Vi får sitta utanför salen på hårda stolar. Det finns inget att köpa, dörrarna är låsta och jag kan bara sitta där rätt upp och ner. Man får inte gå runt, det är bara när vi ska gå till toaletten som vi kan röra på oss. Ingen säger något, allt är så tyst.

Jag tycker att det tar en evighet innan mamma kommer ut. Det har då gått sex timmar och jag är vrålhungrig och jättetrött. Också mamma ser trött ut och försöker le mot mig men lyckas inte riktigt med det.

Domaren ropar in oss i rummet och säger att han redan har fattat sitt beslut. Han behöver inte fundera på saken, utan säger att familjen Eriksson har beviljats asyl i USA. Och så lyfter han sin träklubba och slår den i bordet. Sedan önskar han oss lycka till och går ut ur salen.

Vi har fått uppehållstillstånd och får stanna här i USA för alltid. Mamma kramar oss och gråter. Advokaten vill att vi går ut och firar, men mamma säger att vi alla är trötta. Vi har en lång resa hem, så hon vill åka genast. Vi sätter oss därför i bilen och mamma ber Anders att köra till ett ställe där vi kan hämta mat att äta på vägen. Hon vill bara komma hem.

Hon säger att hon känner sig hjärntvättad. Hon har suttit i rättssalen i sex timmar och svarat på frågor men inte fått en enda paus utom den sista timmen när de lät henne gå på toaletten.

Jag klappar henne på kinden. Jag tycker att hon har varit jätteduktig.

Mamma och Anders säger knappt något till varandra. Det borde vara den lyckigaste dagen i deras liv, men det råder en kuslig tystnad mellan dem, och den tystnaden håller i sig också när vi kommit hem.

Så jag går in i mitt rum och pratar i telefon med mina kompisar, men jag kan inte sluta att känna att vi egentligen borde fira denna dag. Ja, borde vi inte ha ett party?

Men inget händer, förutom att mamma ringer till Liza i Sverige. De bestämmer att det nu är dags att skriva en uppföljare till *Gömda*.

Nästa dag är det fortfarande så där tyst och kyligt mellan mamma och pappa. Det är en tystnad och en kyla som väcker en så stark oro i mig att jag börjar bita på naglarna och får ont i magen.

Jag får lust att krypa ihop under sängen med min osynliga vän trollet, så där som jag gjorde när jag var liten och världen var hotfull och hemsk och människorna otäcka.

Kapitel 11

Så kommer den dag då mamma berättar för mig och Robin att hon och pappa ska skiljas. Det är inget som hon bara säger därför att hon är irriterad och arg på pappa, utan hon menar det verkligen.

Jag har länge velat att de ska göra det, men när det nu plötsligt är på allvar känns det konstigt. Mina föräldrar ska skiljas, jag vill knappt tro att det är sant och tårar trillar ner på min kind.

Jag känner mig skyldig. Jag bad ju mamma att lämna honom.

Tänk om hon lämnar honom på grund av det? Ja, tänk om det är min skuld att familjen nu splittras?

Jag trodde att jag skulle känna lättnad den dagen de bestämde sig för att gå skilda vägar, men i stället har jag bara ett fruktansvärt dåligt samvete för att Anders nu blir lämnad ensam.

Mamma säger att vi borde äta. Hon har gjort i ordning middag, men ingen av oss är det minsta hungrig. Alla tre sitter vi och petar i maten.

Anders är som vanligt på sitt rum. Det var länge sedan han slutade äta med oss.

"Stackars pappa", säger jag plötsligt. Mamma tittar upp på mig och säger att det kommer att bli bra för honom att för omväxlings skull få ta hand om sig själv. Nu måste han gå ut och göra något med sitt liv.

Hon säger att Anders kan arbeta med något som han inte prövat på tidigare eller gå i skolan, det finns så många möjligheter.

Jag är ändå orolig för hur det ska gå för pappa – hur han ska klara sig utan oss.

Mamma hittar snart ett hus som hon kan hyra. Hon gillar att det inte ligger i samma område som vi bor i, för vi behöver flytta till ett nytt område. Jag och Robin får åka tillbaka till vårt gamla område hur ofta vi vill, säger hon.

Mamma vill att jag och Robin ska följa med och titta på huset som vi ska bo i när vi är med henne. Jag har ingen större lust, så jag gör det motvilligt. Jag vill plötsligt inte alls flytta. Jag vill att vi stannar i samma hus som vi nu bor i och fortsätter att leva med Anders. Det är som om jag med ens har bytt sida. Jag tycker synd om Anders och förstår inte längre varför mamma måste lämna honom.

Vi hittar snart fram till rätt adress och går husesyn. Jag tycker att huset ser tråkigt ut och jag påpekar att vi inte har några möbler. Jag är över huvud taget väldigt negativ.

Mamma säger att vi får köpa möbler, och varför gör vi inte det redan i dag? Kanske kan vi bo där i natt?

Jag vill bara gå hem till det andra huset, men jag säger ingenting. Jag vill inte såra mamma.

Så vi åker och köper möbler till huset. Mamma hittar en soffa och jag och Robin får nya möbler till våra rum.

Jag tänker hela tiden på att de ska skiljas. Kommer vi aldrig att ses som en familj mer? Tankarna snurrar runt i mitt huvud och jag tycker att allting känns overkligt och skrämmande.

Jag ringer min kompis Josh och berättar hur jag känner. Han lyssnar lika uppmärksamt som alltid och säger att det är viktigt att jag behåller kontakten med Anders.

”Han är ju din pappa, och ni behöver varandra.”

Patty, mammas kompis, är alltid i vårt nya hus. Jag vet att hon kommer för att stötta mamma, men jag tycker att det är väldigt tjatigt ibland. Jag vill att mamma ska vara med mig och Robin.

”Men ni är ju alltid med era kompisar, så varför ska jag sitta här helt ensam?” säger hon.

Jag tycker inte att vi längre rår om vår mamma. Hon har alltid varit där när vi behövt henne, alltid funnits hemma. Nu går hon ofta till gymmet och ibland går hon till och med ut på kvällarna.

Det känns så konstigt. Mamma ska vara hemma, tycker jag.

Så en dag kommer Anders hem till oss och börjar skrika och gapa.

Patty är där och säger till honom: ”Du kan inte komma och skrika här, för det är Mias hus.”

Jag står där i hallen när mamma försöker tala med Anders.

”Jag har ingen mat”, säger han plötsligt.

”Jag gav dig pengar till mat”, säger mamma. ”Så du klarar dig.”

Patty säger till Anders: ”Du måste gå härifrån.”

Plötsligt känner jag att någon rusar förbi mig, det är Anders. Han säger inte ens något till mig, utan slår igen dörren med buller och bång. Det känns som om hela huset skakar till.

Jag är arg på mamma, hon kunde väl åtminstone ha gett honom lite mat.

”Ska han svälta?” undrar jag. Varför är hon så elak? Stackars Anders, tänker jag.

Nästa dag ringer Anders till mig och Robin när mamma är borta; han vill komma över. Så vi låter honom göra det.

Han säger återigen att han inte har någon mat. Vi har massor med mat i vårt kylskåp och vårt skafferi, så jag och Robin plockar ihop kassar med mat, rengöringsmedel och toalettartiklar.

Vi skyndar oss att bära ut alltsammans till hans bil. Mamma kan komma vilken minut som helst.

Vi ställer kassarna i baksätet och bagageluckan på bilen. Anders ger sig genast iväg.

Vi flyttar förpackningar och burkar så att det inte ska synas att något saknas, och vi stökar till lite i kylskåpet så att det ser ut som vi varit jättehungriga när vi kommit hem från skolan. Vi vill att mamma ska tro att det är vi som har ätit upp all maten.

Anders kommer hem till oss varje dag. Han säger att han har rätt att vara i huset, för det är lika mycket hans hus som vårt.

Han fikar och tittar på teve och beter sig verkligen som om han bor där. Mamma är så arg på honom att hon blir vit i ansiktet. Hon försöker få ut honom ur huset, men det går inte och hon ger upp.

Hon försvinner ut och kommer tillbaka med Patty. Anders tål inte Patty, så han ger sig genast av. Det är så mamma blir av med honom. Anders avskyr Patty, han tycker att det är hennes fel att han och mamma nu ska skilja sig. ”Det är det som händer när man får kompisar, man får egna idéer”, säger han.

När Anders gett sig av i vredesmod, säger Patty till mamma att de måste sätta stopp för detta och få Anders att sluta komma hem till oss.

Mamma invänder att Anders måste få tid på sig. Han är rädd, men med tiden kommer det att bli bättre.

På det svarar Patty att hon inte tror att det kommer att bli bättre, utan snarare värre om inte mamma gör något.

Jag gillar inte Patty längre, precis som Anders tycker nu också jag att det är hennes fel att de skiljs. Jag och Robin fortsätter att ge Anders kassar med mat, diskmedel, toalettsaker och annat. Men dag upptäcker mamma vad vi gör. Hon blir upprörd och sätter sig ner vid köksbordet med oss.

”Jag ger honom pengar så att han ska kunna köpa sig sin egen mat”, säger hon med skarp röst. ”Han får tillräckligt.”

Jag är arg och skriker: ”Du vill att han ska svälta ihjäl. Varför kan du inte hjälpa honom? Hjälp honom!”

Mamma säger att han inte alls kommer att svälta, men om vi fortsätter att ge honom all mat så kommer vi i stället att svälta.

Du bara ljuger, tänker jag för mig själv. Du vill inte hjälpa honom.

”Jag och Robin kommer att fortsätta ge honom mat. Och du kan inget göra”, säger jag trotsigt.

Mamma suckar och försöker få oss att förstå. Hon säger att från och med nu så ska vi vara med när hon ger honom pengar, så att vi ser att han får det han behöver. Men jag ger henne en kall blick, för jag tror inte dugg på att hon kommer att låta oss vara med då.

Men det visar sig att jag har fel. Snart är det dags för Anders att komma och hämta pengar igen, och hon ringer till honom och säger sedan till mig och Robin att vi ska vara där när han dyker upp.

När Anders kommer tittar han förvånat på oss säger: ”Vad gör Emma och Robin här?”

Mamma säger: ”Jag vill att de ser att du får pengar eftersom de tror att du håller på att svälta ihjäl.”

”Det är inte tillräckligt, det som du ger mig”, säger Anders.

”Det är allt jag kan ge dig”, säger mamma. ”Det är mer än du behöver. Sluta att använda barnen, du gör dem bara illa. Skaffa dig ett jobb och gör något med ditt liv. Du kan inte leva på mig resten av livet. Dina sex månader är snart slut.”

När de skilde sig sa mamma att hon skulle hjälpa honom i sex månader. Men de har snart gått och det börjar bli hög tid för honom att stå på egna ben.

Men han lyssnar inte, han tycker att han ska få vad han anser att mamma är skyldig honom. Det stannar vid detta, de kommer inte längre. Så jag och Robin fortsätter att ge honom mat och saker. Mamma ger upp, hon kommer ingen vart med oss.

Han har oss sina klor, säger hon. Och så suckar hon och lägger till: ”Jag hoppas att ni vaknar upp en dag.”

Kapitel 12

Mamma säger att hon känner sig ensam. Jag sitter ju jämt vid min dator och chattar eller är ute med kompisar, och Robin är alltid ute med sina kompisar och kommer hem först när det dags att äta och göra läxor.

Jag föreslår att hon ska skaffa vänner via datorn.

Hon tittar på mig och frågar: ”Kan man göra det?”

”Det finns sidor för det”, förklarar jag. ”Tror du att vi lever på stenåldern, lilla mamma?”

Så jag hjälper henne att bli medlem på en kontaktsajt som jag tycker se bra ut. Den är för både kvinnor och män, och de söker i första hand vänner.

Mamma vill inte gå in i ett nytt förhållande ännu, hon vill vara ensam en tid, men inte för den skull behöva känna sig ensam.

Vi hjälps åt att skapa en profil åt henne på hemsidan. Jag tycker att den ser riktigt bra ut. Jag är stolt över att jag kan hjälpa henne.

Jag visar henne hur hon ska göra. Vi skickar mejl till några män och kvinnor som vill ha kompisar. Det är vad hon är ute efter: att kunna prata med någon på kvällarna. Någon som har gått igenom liknande saker så att de kanske kan trösta och stötta varandra.

En helt ny värld öppnar sig för mamma via datorn. Hon pratar med folk som hon inte känner, men hon behöver inte säga var hon bor eller hur hon lever. Det är något som mamma gillar: att hon fortfarande kan vara hemlig.

Patty tycker att mamma ska vara försiktig. ”Det finns dårar där ute”, säger hon. Hon gillar inte alls att mamma är ute på nätet och träffar nya människor. Mamma har inte lika mycket tid över för Patty nu, och det verkar som om Patty är lite svartsjuk på mammas nya vänner.

Mamma köper nya kläder och går till en frisör. Det är väldigt ovanligt, hon gör nästan aldrig det annars.

Hon verkar så glad nu för tiden. Hon har förändrats, hon målar sig och tar mer hand om sig själv.

En dag när jag, mamma och Robin sitter i vardagsrummet och tittar på en film på teve kommer plötsligt Anders in genom dörren.

Mamma reser sig ur soffan och säger till honom att han inte har något där att göra, utan måste ge sig iväg.

Men Anders tittar på mig och Robin och säger:

”Mia ska berätta en hemlighet för er.”

Jag ser på dem båda. Vilken hemlighet? Vad pratar han om?

Mamma ger honom en hård blick och säger:

”Säg nu vad du tänker säga så att vi kan fortsätta vår kväll.”

Men efter denna kväll blir ingenting längre vad det har varit. Det som vi snart ska få höra kommer att helt förändra vår attityd gentemot mamma och göra så att min relation till henne länge präglas av avsky och djup misstro.

Jag kommer att hata henne efter denna kväll.

Jag tittar på Anders och håller på att förgås av längtan efter att han ska berätta något, något som vi inte vet.

Anders ser på mamma, som stirrar iskallt på honom och säger:

”Varsågod, tala ut nu och ge dig sedan iväg.”

Jag undrar om hon hade sagt detta om hon vetat vad som skulle komma.

Så plötsligt börjar Anders prata: ”Er mamma har förstört den här familjen.”

Mamma blänger på honom men vänder sedan blicken mot teverutan och säger inget.

Anders höjer rösten: ”Så fort vi har kommit i trygghet så vill hon bli av med oss alla. Här sitter jag i USA utan pengar på fickan.”

Han höjer rösten ytterligare: ”Det är så hon gör. Hon tänker bara på sig själv. Hon är helt egotrippad. När det inte passar henne, så ger hon sig iväg. Hon har redan lämnat ett barn. Nu kommer hon att lämna er också. Hon vill inte ha er, det vet jag. Fråga henne om Daniel i Sverige.”

Vad pratar han om? Jag förstår ingenting.

Jag tittar på mamma, men hon vänder sig mot Anders och säger: ”Nu ringer jag till polisen. Men du, Anders, kan ju fortsätta att prata tills de är här. Nu ska sanningen fram. Jag säger det en gång för alla, för det här är sista gången jag hör på dig.”

Mamma går in i köket och ringer till polisen.

Anders säger: ”Det är så hon gör, hon vill inte att ni ska veta sanningen om Daniel.”

Vem är Daniel som han pratar om hela tiden? Vad har han med vår familj att göra? undrar jag tyst och förbryllat. Jag kan se på mamma att det måste vara någon viktig person. Men vem är det?

Men innan jag hinner fråga Anders något så kommer hon ut ur köket och säger att polisen är på väg. Och med blicken stadigt fäst på Anders lägger hon till i en ton som är både ledsen och skarp: ”Alla år som du var tyst när jag behövde prata. Allt skulle vara så hemligt. Inget fick vi säga, inget fick vi avslöja för någon.”

”Det var du som ville hålla det hemligt”, säger Anders. ”Du skämdes väl över Daniel. Tyckte att det var bättre att ingen visste något.”

Vi hör ljudet av polissirener i fjärran.

Plötsligt tar Anders ögonen från mamma och ser rakt på mig och säger allvarligt:

”Du har en annan pappa.”

Jag tittar frågande på honom. Varför säger han så? Det är ju han som är min pappa, jag aldrig haft någon annan pappa än Anders.

Varför är han arg på mig? Vad har jag gjort honom? Jag har ju hjälpt honom hela tiden. Jag tycker att jag alltid har stått på hans sida. Han behöver väl inte ljuga för mig. Jag vet att han är min pappa.

Han säger ingenting mer, utan ser bara på mig en kort stund till och ger sig sedan av innan polisen kommer.

Jag rycker i mammas arm och säger: ”Berätta om Daniel för oss. Vem är han?”

Mamma suckar ljudligt och säger:

”Låt mig prata med polisen först, sedan ska vi prata om Daniel – och din pappa.”

Jag bara stirrar på henne. Anders är min pappa. Vad pratar hon om?

Det känns som om det hinner gå evigheter innan polisen ger sig iväg. Jag och Robin sitter där i vardagsrummet och försöker titta på filmen. Det snurrar i huvudet på mig. Jag har så många frågor som jag måste få svar på att jag känner mig yr och lite illamående.

Mamma kommer in i rummet. Jag ylar ”Varför?” med gråten i rösten.

Mamma sätter sig ner med oss båda, ser på oss och tar ett djupt andetag.

Vi pratar om Daniel först. ”Ni har en bror som bor i Sverige”, säger hon.

Jag gapar och får inte fram ett enda ord. Jag tror henne inte. Vi skulle väl veta om vi hade en bror i Sverige.

Men hon står på sig: jag och Robin har en bror i Sverige.

Men varför är han i så fall inte här med oss?

”Det är lång historia”, säger mamma.

Kapitel 13

Jag är alldeles skakad av avslöjandet att jag har en bror jag inte känt till, men jag är nästan ännu mer skakad av att ha fått veta att jag har en annan pappa. Så efter par dagar går jag in till mamma och ställer henne mot väggen. Jag har så många frågor, och jag kastar dem i ansiktet på henne men tycker inte att jag får de svar jag vill ha.

”När kan vi träffa Daniel?” Mamma bara suckar och säger att hon inte vet. Det kommer att ta nästan två år innan jag ser min storebror för första gången på länge. Jag har alltid trott att han var en kusin till mig. Vi åkte Finlandsfärja tillsammans en gång och mamma sa då att han var min kusin.

Men det var alltså min egen bror, den där pojken som jag minns att jag träffade den gången. Jag vill träffa honom igen, jag vill se honom, prata med honom.

Jag är så nyfiken på vem han är och vad han gör. Kommer han ihåg oss? Varför bor han inte med oss? Varför lämnades han kvar i Sverige?

Frågorna är så många, men jag får inga riktiga svar.

När ska jag få de där svaren som jag vill ha? När ska det äntligen bli slut på alla lögnerna och när ska sanningen till sist få komma fram helt och hållet?

Jag är inte bara besviken på mamma, utan också så arg på henne att jag knappt kan se på henne. Jag hade fel när jag trodde att jag kände henne och stod henne nära. Jag vill bara lägga mig ner på golvet och skrika som ett sårat djur. Varför har min mamma ljugit för mig alla dessa år? Varför har jag och Robin aldrig fått veta sanningen?

Så kommer jag att tänka på det tjocka häfte med mjuka, svarta pärmar där mamma har samlat alla papper från tiden vi varit på flykt. Det är det häftet hon kallar ”den svarta boken” och hon använde den när vi skulle söka asyl här i USA.

Jag har alltid vetat att den finns, men jag och Robin har aldrig fått titta i den eller ens röra den. Jag har bara sett den.

Nu bestämmer jag mig för att smyga in i mammas sovrum och leta rätt på ”den svarta boken” och ta reda på hela sanningen om mig och min familj.

Jag har ”den svarta boken” i mina händer, men ännu vågar jag inte öppna den där jag sitter på sängen i mitt rum. Jag tittar på boken, lägger ifrån mig den, reser mig från sängen och sätter mig ner igen och trummar nervöst med fingrarna på den svarta pärmen. Är jag verkligen beredd på att veta sanningen? Är jag stark nog att möta det som döljer sig mellan de här pärmarna? Jag vet att det är hela mitt liv som står skrivet där svart på vitt.

Jag öppnar försiktigt boken och kastar en blick på den första sidan och slår igen boken, och så håller jag på i kanske en timme.

Så tar jag ett djupt andetag och beslutar jag mig för att gå igenom innehållet sida för sida. Jag har haft ett sådant sjå med att få tag i boken och nu vågar jag inte läsa den. Fegis, tänker jag för mig själv.

Jag lägger mig ner i sängen med boken framför mig.Jag har låst dörren och barrikaderat den med skrivbordet och en stol. Jag vill inte att någon ska kunna komma in och störa mig medan jag läser.

Först är det personbevis för hela familjen, allt översatt till engelska, så jag har inga problem med att läsa och förstå. Jag föredrar engelska framför svenska.

Jag bläddrar vidare och fastnar för ett dokument som handlar om mig.

13 mars 1992

Barn- och ungdomspsykiatriska mottagningen i Ludvika

Psykologoutredning angående patient född oktober 1986. Utredning görs på moderns uppdrag.

Modern och styvfadern ger följande information om familjens mycket speciella levnadsomständigheter. Familjen håller sig gömd av rädsla för patientens biologiska fader, som misshandlat modern redan före graviditeten. Denne flyttade från familjen då patienten var två månader. Styvfadern finns i patientens liv sedan denna var åtta månader.

Patienten var tre år gammal när den biologiska fadern försökte strypa modern. Han hade en kniv mot patientens hals. Patienten talade inte på sex månader efter denna händelse. Under året som följde flyttade familjen tio gånger för att ej nås av den biologiska fadern.

Flickan blev vittne till hur styvfadern misshandlades av den biologiska fadern och några landsmän till denne.

Biologiska fadern har själv försökt att köra på flickan med bil. Sedan tre års ålder har flickan och hennes familj varit helt gömda.

Patienten vet ej de rätta förhållandena kring sin isolering eller att XX är hennes far.

Modern och styvfadern håller sig inne med patienten och dennes tre år gamla halvbroder. Familjen går bara ut när det är nödvändigt.

Modern har ej vågat läkarundersöka barnen. Genom barnpsyks försorg är de därför helt nyligen vaccinerade.

Före tre års ålder har patienten gått några månader på dagis. Sedan dess har hon inte lekt med andra barn eller kunnat röra sig fritt ute ens med föräldrarna.

På grund av isoleringen har hon haft *enures* och *encopres*.

Utredning av patienten:

Utredning grundar sig på fyra besök under tiden 920122–920303 då jag har träffat patienten ensam. I anslutning till dessa besök har jag talat med modern och styvfadern.

Använda metoder:

Ericas sandlådematerial, Machover minneskomplettering, Spiq peformance-test på intelligens, CAI och Goodenoughs utvecklingstest och målning och lek. Patienten har således prövats med avseende på social och emotionell utveckling och personlighetsutveckling.

Bedömning:

Genom sin isolering ligger patienten efter i språkutvecklingen. Hennes teckningsförmåga är däremot inte påverkad; där visar hon normal begåvningsutveckling. Hon vill gärna skriva bokstäver och längtar efter att gå i skolan och få en skolväska. En allsidig språklig stimulering behövs mycket snart, genom ett utbyte med fler människor än dem hon just nu träffar.

Också henne kontaktförmåga är präglad av isoleringen. Hon är mjuk och behaglig i sitt första närmande. Men hon visar snart ett omättligt behov av andra människor. Kontakten präglas också av hennes tal som inte är tillräckligt stimulerat. Det är svårt att förstå vad hon säger.

Genom sitt instängda liv i en grupp på fyra personer har hon inte behövt anstränga sig tillräckligt för att göra sig förstådd.

Hennes grovmotorik är klumpig. Hon kan missa att sätta sig rätt på barnstolen när hon är inne hos mig.

Modern har berättat om hennes aviga rörelsemönster i hemmet, varför vår konsultläkare har undersökt henne. Denne bedömer att hon möjligen är något sen i koordinationsutvecklingen.

Begränsad träning är troligtvis den avgörande orsaken.

I sitt sandlådebyggande är hon tydligt präglad av sin osäkra situation.

Hon gömmer föremål i sanden och täcker över dem med flera lager där hon varvar sand och andra föremål ovanpå vartannat.

Oron väcks och hon har inte ro att avsluta en sandlådebild utan gör en ny framställning om och om igen.

Patienten visar rastlöshet och brist på sammanhang som påverkar hennes förmåga att koncentrera sig. Det är för patienten helt enkelt farligt att gå till grunden med frågor och utreda förhållanden i sin omgivning.

Hon visar också i berättelse till bilder och teckningar att hon är störd av ett mycket oroande tankeinnehåll och aggressivitet. Det är både egna oförlösta känslor och rädsla för minnen som stör henne.

Tyvärr är det omöjligt genom familjens nuvarande situation att bearbeta patientens känslor, vilket är skadligt för hennes känslomässiga utveckling.

Modern och styvfadern beskriver också hur aggressiv hon kan vara mot brodern och att hon förstör föremål där hemma. Föräldrarna har behövt gömma undan knivar och skärp för att patienten inte skall skada sig själv eller andra.

Hon har under de senast åren rivit av huvudena på de flesta dockor hon har fått. Jag ser också detta som tecken på obearbetade känslor av att själv vara mordhotad.

Hon kommer förmodligen att upprepa detta destruktiva mönster tills hon befinner sig i frihet.

Sammanfattning:
Denna femåriga flicka hämmas i sin utveckling av den isolering som familjen tvingas leva i. Därtill har hon ett stort behov att bearbeta sina mycket traumatiska upplevelser. Denna bearbetning kan göras först när hon och familjen befinner sig under säkrare förhållanden. Patienten blir allvarligt störd i sin utveckling om hon inte snart får möjligheter att leva mer öppet och därmed möjlighet att bearbeta sina trauman.

Hon behöver, när familjen kommer i större säkerhet, hjälp att bearbeta sina svåra upplevelser. Eventuellt kan det visa sig att denna hjälp behöver ges av en professionellt kunnig person.

Jag vill därmed med kraft intyga att patienten länge farit illa av att leva gömd.

Ludvika som ovan
N. N.
Leg barnpsykolog

Tårarna trillar nedför mina kinder. Jag har knappt kunnat läsa den sista biten för alla tårar. Jag svär och gråter.

Det är mig som det här brevet handlar om.

Äntligen får jag veta sanningen om allt som har hänt och allt som alltid varit så hemligt. Och plötsligt går det upp för mig att Robin är min halvbror.

Jag har ingen enda människa som bryr sig om mig, jag är ensam i hela världen. Det är så jag känner just nu. Hur kunde du pappa, mannen med de mörka ögonen, gör mig så illa? Du måste hata mig eftersom du försökte mörda mig.

Vad har jag gjort för att väcka det hatet? Varför ville du se mig död?

Kapitel 14

Jag läser vidare i "den svarta boken" och kommer till en händelse som mamma beskriver med egna ord:

Människor som drabbas av jordbävningar beskriver upplevelsen som att det sker i ultrarapid. Något liknande hände med oss den natten.

Jag flög upp ur sängen. "Anders!" skrek jag. "Han är här. Gud hjälpe oss!"

Först fattade jag inte vad det var som lät.

Det verkade som om det var en explosion. Ljudet ekade i huset och i mitt huvud.

Väggarna skakade. Jag slet upp Robin ur sängen.

"Anders, vad är det som händer?"

Ännu ett fruktansvärt brak hördes; det kom från Emmas sovrum. Dånet rullade genom väggarna och in i vårt sovrum. Ytterväggarna skakade, gardinen fladdrade.

"Emma!" skrek jag med förtvivlan i rösten.

Det klirrade till och jag hörde ljudet av krossat glas. "Fönstren!" skrek Anders och rusade ut i hallen.

Jag rusade efter honom med Robin fortfarande i famnen.

En isande vind slog emot mig när dörren till Emmas rum flög upp. Anders tände taklampan och jag bländades först av ljuset. Två svarta hål gapar mot mig från det som har varit fönstren, gardinerna vajar för vinden.

Jag känner att jag svajar till, det svartnar nästan för ögonen, men jag tar mig samman och skriker: ”Emma!”

Sängen är full av glassplitter från de stora fönstren, det ser ut som diamanter som glittrar över hela det mönstrade täcket. Jag ser Emmas huvud, hon ligger helt stilla.

Den här gången har han lyckats: hon är död, *död*.

Anders rusar fram till sängen, det är fullt med glassplitter också på golvet. Jag ser att hans fötter blir blodiga, han skriker att jag ska hålla mig undan.

”Emma”, hör jag honom säga. Han lyfter försiktigt bort täcket så att glasbitarna inte trillar ner på henne. Hon ligger alldeles stilla med tummen i munnen. Sakta tar han bort några glasbitar som har fallit ner i sängen. Hon rör sig inte.

Varsamt lyfter han upp henne och kommer tillbaka till mig i dörröppningen. Jag ser blod droppa från hans fötter.

Han räcker över Emma till mig och säger att han har glassplitter i foten.

Jag lägger ner Robin på golvet och undersöker Emma, försöker se om hon är skadad. Jag frågar om hon har ont någonstans. Blicken är glansig, hon svarar inte. Jag ser in i hennes tomma blick. Hon är tyst, gråter inte utan bara har sin tumme i munnen.

Anders pratar med mig, men jag hör inte för jag är alldeles för upptagen med att se om Emma har några skador.

Han griper tag om min axel för att få uppmärksamhet.

”Vi måste ta barnen upp på övervåning, det blåser kallt här. Vi måste få dem i säkerhet, där han inte kan komma in.”

Han håller upp fötterna en stund och plockar ut fler glasbitar. Han lägger ifrån sig dem på byrån och ser på mig. Jag har båda barnen i famnen och han manar mig att gå upp på övervåningen med dem. Jag ser hur han låser dörren till

Emmas rum och än en gång tecknar åt mig att gå upp på övervåningen. Det känns som om jag är en robot som lydigt lyssnar och gör precis som han säger.

Uppe på andra våningen lägger jag ner Robin och får hjälp av Anders med att sätta ner Emma på sängen.

Anders tittar ut genom fönstret, han ser två personer som springer bort från huset.

Jag ringer efter pappa som genast säger att han ska komma med en gång. ”Morfar är på väg”, säger jag till Emma, men hon är i sin egen värld.

Pappa kommer snart och han undersöker Emma men kan inte se att det är något fel på henne. ”Hon verkar chockad, det är allt”, säger han. Vem skulle inte vara det? Det känns som om vi har varit med om ett jordskalv.

Det är flera minusgrader ute och pappa och Anders sätter igång att leta efter något att täcka för fönstren med.

Pappa säger med hög röst: ”Mia, gå och sätt på dig kläder och koka lite kaffe.”

Det känns säkert nu när pappa är här, han har alltid funnits där för mig. Mamma har också kommit och hon skakar på huvudet och säger:

”Ska det här aldrig ta slut? Du måste anmäla honom, Mia. Det kan inte fortsätta så här. Dina barn är i fara. Ska ni alla behöva dö innan det här är över?”

Plötsligt känner jag mig trött där jag ligger lutad över ”den svarta boken”.

Jag ser inte mycket för tårarna. Jag hör att mamma har kommit hem, så jag gömmer undan boken och blundar. Hon knackar på dörren, men jag öppnar inte, utan ligger med slutna ögon och försöker sova. Jag slumrar in, men bara för en liten stund. Plötsligt vaknar jag och känner mig iakttagen, men ingen är där. Den jag kände i min närhet var bara mannen från drömmen jag just vaknat ur.

Mannen med de mörka ögonen försökte ta mig i drömmen. Jag är kallsvettig, men det var bara en dröm, och det säger jag också till mig själv för att dämpa hjärtats slag. Jag tittar på klockan. Jag har sovit en timme. Jag har inte ätit på länge men känner ingen hunger utan tar upp "den svarta boken" igen och börjar läsa där jag slutade.

Mamma träffade honom på en fest våren 1984. En av hennes kompisar hade just träffat en annan kille från Libanon. Mamma berättar hur intensivt mannen med de mörka ögonen uppvaktade henne. Han överöste henne med presenter.

Hon menar att han fick henne att känna att hon var hans allt. Med honom var livet alltid en fest.

Men vardagen kom snabbt tillbaka när hon blev gravid med mig.

När han slår henne första gången är hon gravid i tredje månaden. Efter detta följer en till synes ändlös rad av slag och hotelser. Mamma tillbringar mycket tid på sjukhuset eftersom hon är sjuk under graviditeten. Jag förstår inte varför hon gick igenom detta. Varför avbröt hon inte graviditeten?

Jag föds i oktober. Det är mammas syster som är där och hjälper mamma när jag föds. De har inget namn till mig ännu, alla trodde att det skulle bli en pojke.

Mammas syster föreslår namnet Emma, och det är vad jag senare blir döpt till.

Mamma försöker få tag i mannen med de mörka ögonen, men hon får inget svar när hon ringer till honom, så det tar två dagar innan han får veta att jag har kommit till världen. Han blir besviken över att jag är en flicka. En man som han ska ha pojkar, flickor är odugliga enligt Koranen.

Mamma får åka hem med mig. Det är morfar som hämtar oss på sjukhuset.

Så en dag står han där utanför dörren, min far. Han vill ta med oss på en åktur. Han har köpt en Volvo men har inget körkort, så mamma vägrar att åka med honom. Han får inte heller ta mig med sig. I stället går hon ut på en promenad med mig. Jag har långt svart hår och stora mörka ögon.

Mamma kallar mig trollungen, det är ett namn som kommer att följa mig hela livet, även som vuxen.

Jag fortsätter att läsa i häftet, mycket av det som står där handlar om mig.

Nästa gång min pappa kommer hem till oss har han fyra kompisar med sig.

Han går rakt in barnkammaren och lyfter upp mig ur spjälsängen, där jag ligger och sover.

”Släpp henne!” säger mamma och försöker ta mig ifrån honom, men han lyssnar inte utan vill visa upp sitt lilla underverk för sina kompisar.

Och plötsligt så börjar han kasta mig runt till kompisarna. De står i en ring och jag flyger genom luften. Mamma är förtvivlad och försöker fånga mig men lyckas inte.

De kastar runt mig som om jag är en påse och bara skrattar allt högre och högre. De tycker att det är kul.

Nu skriker jag med hög röst och till sist får mamma tag i mig. Mannen med de mörka ögonen är sur, mamma har avbrutit hans lek och han börjar skälla på henne i stället.

”Din dumma hora, du ska inte ta min dotter ifrån mig. Hon är min och jag gör vad jag vill med henne.”

Han försöker ta mig igen men mamma ger sig inte, utan skyddar mig med hela sin kropp.

Hon tar en filt och lindar in mig i den och rusar ut ur lägenheten och går hela vägen hem till sina föräldrar i den smällkalla vintern. Hon ser till att jag hålls varm, men själv så bryr hon sig inte om att hon fryser. Tårarna strömmar nedför hennes kinder där hon går med mig i famnen.

Folk försöker fråga om hon behöver hjälp, men hon bara fortsätter att gå. Hon vill komma i säkerhet i morfars hus, för dit vågar han sig inte.

Vi stannar hos morfar och mormor eftersom mamma behöver få känna sig trygg. Så får jag kolik, jag skriker ständigt. ”Men jag har den snällaste baby någon kan tänka sig”, säger mamma. ”Jag vet inte hur bra jag har det.”

Mamma och jag bor ofta på kvinnojouren, det finns en i grannstaden. Staden där jag växte upp är för liten för att ha en sådan. Jag minns Inger som var föreståndare där, och jag minns också att mamma alltid var ledsen.

Så kommer den dagen när han ska få hämta mig mot mammas vilja.

Kommunen har bestämt att jag ska träffa min pappa, det ska vara bra för mig och honom.

Mamma tror inte på detta ett dugg, utan är arg och sur på Eva på kommunen. Men hon har inget val utan måste ge med sig och gå med på att han har mig en stund.

Han hämtar mig hemma hos mormor och morfar. Men jag skriker hela tiden, och efter en halvtimme har han tröttnat och kommer tillbaka med mig så att jag får vara hos min mamma.

Mamma beslutar sig efter detta för att han inte kommer att få se mig annat än över hennes döda kropp.

Hon är trött på att han ska få komma och göra som han vill. Han bryr sig egentligen inte alls om mig, utan vill bara jäklas med min mamma.

Det är sista gången jag är med mannen med de mörka ögonen, men han kommer inte på lång tid än att försvinna ur våra liv.

Kapitel 15

Det är tyst i huset, det har hunnit bli kväll och jag har inte visat mig på hela dagen. Robin och mamma har knackat flera gånger på dörren, men jag har inte öppnat.

Mamma har försökt prata med mig, men jag är arg och tycker bara att hon har svikit mig och också Robin. Jag är rädd att hon tar "den svarta boken" ifrån mig innan jag hunnit läsa den klart.

Jag slumrar till igen, men bara för en stund. Mannen med de mörka ögonen förföljer mig i drömmen, men så vaknar jag.

Och jag börjar läsa igen.

Jag får börja på dagis. Mamma är med mig den första tiden. Inskolningen tar tre veckor, allt ser ut att gå bra. Mamma är glad, för hon ska gå en vidareutbildning.

Det är första måndagen som jag är där utan mamma.

Då händer något som förändrar allt. Mannen med de mörka ögonen tar sig in på dagiset.

Mamma får ett telefonsamtal från Lennart, som är dagispersonal.

Hon bara skriker: "Var är Emma? Är hon i säkerhet?"

Han svarar inte, utan ber henne bara att komma så fort som möjligt. Hon packar snabbt ihop sina saker och sätter sig i en taxi.

När hon kommer fram är hela dagiset stängt. Inga dörrar går att öppna, utan hon hittar en ringklocka som hon ringer på tills Lennart kommer och öppnar dörren.

”Var är hon?”

”Kom in”, säger han utan att möta mammas blick.

”Var är Emma?”

”Hon har fått åka iväg med polisen, de tyckte att det var bäst så.”

”Med polisen?”

”De vill tala med dig på en gång. Så snart de kört Emma till ett säkert ställe kommer de och hämtar dig.”

”Vad hände, vad hände?” Mamma griper tag i Lennarts arm och säger: ”Snälla, berätta!”

”Din före detta man kom hit strax efter samlingen. Han kom in just som personalen höll på att klä barnen för att gå ut.

Han sa att han skulle hämta Emma. Så vi sa till honom att han inte kunde hämta henne, och då började han skrika.

Han skrek att han omedelbart skulle ha Emma. Han blev mer och mer hotfull, barnen blev rädda och även personalen.

Han började slita i barnen för att se om Emma fanns bland dem.

Det var väldigt obehagligt för alla.

Han skrek mer och mer och slängde saker omkring sig. Allt blev en enda röra. Vi ringde till polisen. Jag sa till honom att de var på väg.

Så fort de hörde vem det handlade om, sa de att de skulle komma med en gång.”

Dörrklockan ringer, det är polisen som står utanför.

Mamma känner igen de båda polismännen, det var de som rådde henne att sätta stålpluggar i dörren hemma så att han inte kunde lyfta av den mer.

De tar mamma med sig och ser till så att hon får rafsa ihop lite kläder hemma i lägenheten.

Ytterligare en gång får hon och jag vara i det vita, hemliga huset för kvinnor som måste gömma sig.

Mamma hör ifrån honom igen, han berättar att han deltog i massakrerna i flyktinglägren Sabra och Shatila utanför Beirut under inbördeskriget.

"Det var en torsdagskväll i september", säger han. "Israelerna hade spärrat av lägren i flera dagar. Det satt tiotusentals människor där inne, mest kvinnor och barn. De måste ha varit skräckslagna.

Israelerna var på höjderna runt omkring när vi fick order om att gå in i Sabra. Det var hett den kvällen, det första skyddsrummet vi kom till måste det ha varit över trehundra personer i. Vi sköt dem alla. Folk försökte fly, men vi sköt dem i ryggen.

En familj hittade vi på en bakgård. Vi skar halsen av de vuxna och sköt barnen i huvudet. När vi sköt babyn försvann hela huvudet."

Jag får svårt att läsa. Är detta vad du hade tänkt göra med mig, ditt eget kött och blod?

"Vi höll på hela natten", sa han. "Ända till fredag morgon. Kom de inte ut från husen mejade vi ner dem med bulldozer. Nästa natt var vi i Shatila, men där fick vi inte tag i lika många. De hade gömt sig som råttor, de fegisarna."

Han tittar på min mamma och säger: "Jag skulle inte tveka att döda dig och Emma. Jag gjorde en jävla karriär i milisarmén. Hade det inte varit för snytingen som jag gav mitt befäl, hade jag aldrig lämnat den."

Gud vad jag önskar att han aldrig hade kommit till Sverige eller träffat min mamma!

Så ringer föreståndaren från dagis och ber mamma att komma dit och tala med henne.

Hon börjar samtalet med: ”Jag hoppas att du förstår ...” Det låter olycksbådande ... Vad vill hon att mamma ska förstå?

”Maria”, sa hon, ”jag tror inte att vi kan ge rätt omsorg till Emma, vi kan inte ge henne vad hon behöver.”

Mamma undrar vad hon menar. ”Det är Emmas dagis, det är mitt dagis. Emma har rätt till barnomsorg.”

”Vi kan inte ha Emma här, det är farligt för de andra barnen. Föräldrar har klagat och personalen är rädd för honom.”

Mamma tittar på henne, vädjar om att jag ska få vara kvar. Men föreståndaren har bestämt sig för att jag måste sluta gå där.

”Vi vill hjälpa din dotter på alla sätt.”

”Skitsnack.”

”Du måste förstå. Han har inte bara kommit hit och ryat lite, om du tror det. Han skrämde upp personalen och slet i barnen. Kallade barnsköterskorna horor. Hade sönder saker. Han var våldsam.

Personalen har fått mardrömmar och tvingats söka hjälp hos en psykolog. Jag måste tänka på min personal, inte bara på ett barn.

Emma kan inte längre vara kvar här.”

Det är sista gången jag får gå på dagis, och nu är det bara mamma och jag mot hela världen.

Hon kallar mig trollunge och försöker le.

Mamma ringer upp honom efter det att vi kommit hem från dagiset.

”Nu har du lyckats, du gjorde så att Emma inte kan gå till dagis. Du tar sakta men säkert livet av oss. Är det vad du vill göra?”

Han suckar och säger att han bara vill ta hand om oss. Han kan försörja oss.

”Med vad då?” fräser mamma i luren. ”Dina kriminella aktiviteter?”

Hon är så rasande att hon glömmer bort att vara rädd för honom.

”Du kommer att ta död på oss sakta men säkert. Ja, du kommer att döda oss.”

Mamma är både arg och ledsen. Hon pratar mycket med morfar.

”Vill du att jag dödar honom?” frågar morfar på fullt allvar, men det kan mamma inte begära av honom. Hon är också rädd för att min pappas vänner då skulle hämnas på både henne, hennes barn och hennes föräldrar.

”Det skulle jag aldrig kunna leva med”, säger hon.

Anders kommer in i våra liv igen, han är den som jag alltid kallat pappa. För ända tills jag var sexton år gammal trodde jag att det var han som var min pappa.

Mannen med de mörka ögonen kommer jag aldrig att kalla pappa.

Kapitel 16

Jag är så trött, men jag bara känner att jag måste gå vidare i läsningen. Jag vill veta allt om det som har hänt mig, hur jag växte upp, hur det var med morfar och mormor och mammas syster, allt detta vill jag veta. Jag måste förstå varför allt detta hände oss, vad vi gjorde för fel.

Varför föddes jag?

Jag har så många frågor men inga svar. Varför svek du mig, mamma? Varför byggdes mitt liv på en lögn? Jag vet att svaren finns i ”den svarta boken”.

Jag tittar mig omkring i mitt rum. Jag ser på alla mina mjukisdjur där på sängen och alla änglar i olika former som jag har överallt: det är änglar på sängöverkastet, änglar på tapeterna, tavlor med änglar, stearinljus i form av änglar, ängladockor, små gipsstatyer av änglar.

Jag har alltid trott att dessa änglar ska skydda mig, men nu vet jag inte längre om jag tror att de kan det.

Inte heller känns mitt rum längre som den trygga fästning det alltid varit för mig.

Mamma och jag har alltid haft det bästa förhållande. Hon var inte bara min mamma utan också min bästa vän. Nu är allt borta, det vi hade är förstört.

Jag försöker minnas min bror Daniel, men jag har inget tydligt minne av honom. När jag är klar med läsningen ska jag be mamma att ge mig ett fotografi av honom. Är han lik mig eller Robin?

Varför följde han inte med oss? Han är ju min bror. Varför svek min mamma också honom?

I hopp om att få svar läser jag vidare i häftet.

En dag dyker han upp som gubben i lådan. Han vill träffa mig, sin dotter, sitt eget kött och blod, som han säger.

Mamma försöker prata med honom. Hon tar just sin eftermiddagslur och vill vara i fred, men han lyssnar inte. Snart har han trängt sig in i hallen.

Det går inte att prata med honom.

Hans mörka ögon brinner av hat. Han går runt i lägenheten och kastar saker omkring sig.

Han går ut i köket. Mamma följer efter honom och säger vädjande:

"Snälla du, gå härifrån. Sluta plåga oss på det här viset."

Men han bryr sig inte om henne. Han ute efter någonting och plötsligt hittar han vad han letar efter: ett vapen. Han får tag i en av de stora förskärarna.

Han trycker knivbladet mot mammas hals och säger:

"Jag ska skära halsen av dig, din jävla hora!"

Plötsligt avbryts han. Jag har vaknat och gråter. Han släpper plötsligt mamma, som faller ihop som en tom påse. Han har tagit andan ur henne när han tryckt kniven mot hennes hals.

Hon försöker skrika men upptäcker att hon tappat rösten. Hon kravlar sig efter honom, men det är för sent. Han står lutad över sängen i barnkammaren.

Mamma säger med en hes stämma:

"Du rör inte Emma."

Hon vet inte var hon får kraften ifrån, hon vet bara att hon måste skydda sitt barn till varje pris.

Hon kastar sig över honom, biter honom, sliter i hans hår, klöser honom med sina långa naglar. Plötsligt slutar han att försöka bjuda motstånd.

Förfärad ser mamma att det finns blod på golvet. Har hon lyckats skada honom? Men så är det inte.

Det är jag som blöder från huvudet. Han har med kniven gjort ett fyra centimeter långt snitt i hårbotten. Såret är nu öppet och blöder kraftigt. Han ger sig av, för han har lyckats med det han var ute efter: att skada mig. Mamma ser triumfen lysa i hans ögon. Med hjälp av en handduk försöker hon hejda blodflödet.

Det är morfar som än en gång kommer till vår undsättning. Han ser till så att jag kommer till sjukhuset. Där klipper de av mitt långa hår och syr igen såret med några stygn.

Jag får komma hem samma dag. Anders har kommit till sjukhuset, och han hjälper oss hem.

Morfar tar och pratar med mamma. Som så många gånger förr säger han: ”Låt mig göra slut på honom.”

Men mamma säger med bestämdhet nej. ”Vill du att det ska bli en vendetta? Hans blodsbröder kommer att ta oss en efter en. Jag kan inte låta det hända min familj.

Om det är någon som ska göra något så är det jag”, säger hon. ”Men det skulle sluta med blodbad för oss alla. Det får absolut inte hända.”

Morfar tittar på henne med trött blick.

”När ska allt detta ta slut, Mia? När?”

Jag bär i dag som vuxen ett cirka fyra centimeter långt ärr som han, min far, har gett mig. När jag ser det ärret påminns jag om vad han gjorde mot mig den där gången. Hur han medvetet skadade sitt eget barn.

Varför gjorde du det?

Så den tolfte november försöker han strypa min mamma. Hon tappar medvetandet, och poliserna som kommer till lägenheten tror först att hon är död. Men hon överlever, och han blir efterlyst för mordförsök.

Den här gången har han gått för långt. Egentligen gjorde han det redan innan detta hände, men det är nu mamma förstår att vi inte kommer att klara oss utan hjälp från samhället. Så hon ber om skydd och får det.

Vi får vistas på hemlig ort, och mamma kan inte prata på tre veckor.

Vi kommer hem efter en vecka som undangömda.

Mamma tror att vi kan känna oss säkra nu när han är inspärrad. Då har väl ändå hans vänner förstått att samhället ser allvarligt på det som hänt.

Han sitter häktad i väntan på rättegång och dom.

Mammas väninna Helena blir den första att höra av sig. Hon tycker att mamma genast ska ta tillbaka sin anmälan. ”Annars vet man inte vad som händer”, säger hon. Men mamma har bestämt sig för att skydda mig till varje pris. Hon tror att Helena bara är orolig och försöker därför lugna henne.

Men ack vad hon har fel.

Helvetet har just bara börjat.

Kapitel 17

Nu följer hans blodsbröder varje steg vi tar och ringer och hotar oss och kommer objudna hem till oss. Mamma försöker tala dem till rätta.

Men de lyssnar inte – vill inte lyssna.

Dag och natt vakar de över oss som hökar redo att kasta sig över sitt byte.

En dag kommer de upp till lägenheten. De hotar att döda mig om inte mamma tar tillbaka sin anmälan.

Efter det förändras mamma. Hon ger upp och ber åklagaren att släppa fallet.

Men det handlar om allmänt åtal, så det går inte att göra något. Det blir en rättegång som urartar eftersom mamma vägrar att samarbeta med åklagaren.

Mamma är rädd, och framför allt är hon rädd för vad som kan hända med mig.

Jag har hört mamma säga att hon tycker att hon gav upp alldeles för lätt den gången – efter allt som vi gått igenom. Han hade lyckats få henne vettskrämd. Hon tyckte sig förstå att inget skulle komma att ändras, utan att hon måste beskydda mig med sitt eget liv.

”Om det bara var mig han var ute efter, så hade jag låtit honom ta mitt liv. Men jag skulle aldrig ha låtit honom ta min trollunge.”

Hon var tvungen att kämpa för min skull. Jag kan sedan jag själv blev mamma verkligen förstå henne, för barnen är allt man har. För min mamma är jag och min bror hennes allt. Det är så mycket som har tagits ifrån henne: hennes hemland, vänner, familj. Men barnen har hon kvar. Jag och Robin är för henne det band som ingen kan bryta.

Jag är fyra månader när Anders kommer in i mammas och mitt liv. Och jag är cirka ett år när han flyttar in hos oss.

Han är pappa för mig alla dessa år, den jag trodde var min pappa.

Jag förstod aldrig att jag och Robin inte var riktiga syskon, utan halvsyskon. Det var alltid mamma som tog hand om mig, och Anders som tog hand om Robin, men det trodde jag då berodde på att de båda var killar och vi var tjejer. Men nu förstår jag varför: Robin var Anders barn. Och jag var min mammas. Men de har aldrig gjort så att jag känt mig utanför.

I oktober får jag en lillebror, det är samma månad som jag själv är född i. Det är två år och två dagar som skiljer oss åt.

Som barn firade vi alltid våra födelsedagar tillsammans.

Han var inte bara min bror utan också min bästa kompis ända tills jag var tolv. Det finns band mellan oss som ingen kan rå på eller förstå. Men det är väl på grund av allt vi gått igenom tillsammans.

Jag har minnen från julen det året. Vi hade en gran med röda kulor i. Jag minns också att mannen med de mörka ögonen kom med massor av presenter, men mamma vägrade ta emot dem när han inte kunde visa att han hade kvitton på sakerna.

Mamma sa att hon inte ville ha något stöldgods i sitt hus, så om han vill ge mig något så skulle han visa att han hade betalat för det.

Men jag fick andra presenter, bland annat en gunghäst som jag hade i många år. Jag älskade att gunga på den. Men tyvärr kunde vi inte ta den med när vi levde gömda. Jag minns den fortfarande. Den var av brunt, mjukt tyg och hade vita tyglar. Och så hade den vit man och ögon av vitt glas.

Det var en riktig sagohäst.

Mona från kommunen kommer hem till oss en dag och sätter sig vid köksbordet för att prata med mamma. Hon säger till mamma att situationen är ohållbar.

På gatan utanför vårt hus står det en svart BMW. Det är min pappas kompis Ali som bevakar oss.

Mona säger att det är dags att göra något, för jag far oerhört illa av alla förföljelsen. Hon föreslår därför att vi ska åka bort så att jag kan vara ute.

Vi är aldrig utomhus annat än korta stunder. Vi gör bara det allra nödvändigaste de få gånger vi går ut, och då är alltid Mona eller mammas syster eller mormor och morfar med oss. Vi är aldrig ensamma, utan har folk runt omkring oss hela tiden.

Mamma tittar på mig och håller med om att jag inte kan leva så här. Hon tycker att jag är som en blomma som torkar ut och vissnar. Så blir hon helt tyst medan en stilla ström av tårar rinner nedför hennes kinder.

Kort därefter åker vi bort en tid. Vi hamnar i semesterby utanför Strängnäs.

Jag får äntligen vara ute, men mamma är alltid med mig. Vi ser en massa djur: ekorrar, harar. Jag försöker följa efter dem, jag vill ta dem i min famn, men de är kvicka och jag får inte tag i dem.

Mamma säger att jag börjar leva igen, blomman har fått vatten och luft.

Jag hittar blåbär och blir alldeles blå om händerna och på kläderna. Men mamma bryr sig inte, utan hon är bara lycklig över att se mig där jag sitter i blåbärsriset och försöker få in så många bär som möjligt i munnen.

Vi tillbringar tre veckor här vid Mälaren.

Jag badar fast det är kallt i vattnet. Ibland blir jag alldeles blå om läpparna. Jag fryser så att jag skakar men vill inte sluta bada.

Jag vill inte att detta någonsin ska ta slut. Jag lever, jag får vara ute.

Men tyvärr tar det slut. Vi måste hem igen till radhuset med de tre våningarna.

Mamma försöker göra det lätt för mig. Kajsa, min kompis, kommer ofta hem till oss och hälsar på och leker med mig.

Men samma skugga som tidigare faller över våra liv. Så fort vi kommit hem igen sitter han där utanför vårt hus i sin Saab. Varför låter han oss inte vara i fred? Vad vill han oss, mannen med de mörka ögonen?

Kommer han alltid att följa oss som en skugga? Är han djävulen själv? Vad har vi gjort för att han alltid ska försöka göra oss illa?

Mamma märker att jag blir allt tystare, snart är jag tillbaka i det tillstånd jag var i innan vi åkte till stugan. Jag sjunger inte, pratar inte, utan sitter där för mig själv, helt tyst.

Om jag inte hörs så kanske han inte kan se mig, den elaka farbrorn som vill oss ont.

Mamma börjar få svårt att hålla reda på tiden. Hon är drogad av de mediciner som hon får av en psykolog. Hon knaprar på dem som om de vore godis.

Mamma står i hallen när han kommer in, mannen med de mörka ögonen.

”Jag ska hämta Emma!” skriker han åt henne.

Mamma flämtar till och tittar sig omkring. Hon kan inte se mig någonstans.

En kall vind blåser genom huset från fönstret han slagit sönder.

”Var är hon?!” skriker han.

Han kommer in i köket och sliter upp vaxduken och där under bordet är jag.

Jag brukade ofta gömma mig under bordet, sängen eller soffan. Och där pratade jag med min hemliga kompis trollet för att lugna mig själv.

Han tar mig i benet och sliter fram mig från under bordet.

Jag säger inget och tittar honom inte i ögonen.

”Jag är din far!” skriker han. ”Känner du inte igen din egen pappa!? Känner du inte blodsbanden? Blodsbanden mellan oss, blodsbanden!”

Han rycker upp mig från golvet och gör mig illa.

Jag är fortfarande alldeles tyst. Om jag inte säger något försvinner han kanske.

Mamma kommer rusande och klöser honom.

”Släpp henne, din djävul!” skriker hon.

Han slår till henne i ansiktet så att hon faller till golvet, sedan kommer han emot henne med sin svarta stilla blick. Han är rasande men visar inte detta med en min. Man kan bara ana det.

Nyckeln vrids om i låset i ytterdörren och Anders kommer in och skriker: ”Vad i helvete gör du, ditt jävla as? Släpp Emma! Släpp genast Emma!”

Jag faller handlöst när min pappa tappar mig i golvet.

Anders duckar för ett knytnävsslag från mannen med de mörka ögonen, som i nästa stund tvärt ger sig av.

Det hörs hjärtskärande gråt. Det är jag som sitter där på golvet och gråter.

Ännu en otäckt kall vind blåser genom huset. Jag fryser, jag vill komma upp till mammas trygga famn och bara var där och få värme och lite trygghet.

Mamma tar upp mig och lägger en filt om mig och sitter där med mig mitt i röran.

Det tycks gå flera timmar innan hon släpper mig. Jag rör mig inte där i hennes famn och jag är tyst, helt tyst.

Mona ser till så att vi kommer iväg igen till en annan stuga. Den ligger i Dalarna och är röd, och intill den finns det en sjö.

Vi får ett andningshål igen, men det är bara för stunden.

Snart är vi tillbaka i radhuset, som har blivit ett skräckens hus.

Kapitel 18

Det är december. Mamma och jag gör i ordning hemma och pyntar med tomtar och andra julsaker och klär granen.

Hon tar många pauser, för hon är väldigt trött. Men hon har lovat att i morgon ska vi baka inför julen. Jag tycker att det ska blir rolig. Jag gillar att baka, för då får jag smaka på degen och bli härligt kladdig om händerna.

Mamma är inte alls glad, utan hon tycker att det ser absurt ut med de svarta gallren för fönstren.

Vi ska få också larm till alla fönster och dörrar. Det är för att hålla mannen med de mörka ögonen och hans kompisar borta.

Men det blir inte så. De hinner aldrig sätta in larmen innan katastrofen är ett faktum.

Mamma har börjat träffa en psykolog i grannstaden. Jag och Robin får följa med dit. Mona eller morfar är alltid med och passar oss när mamma är med psykologen i ett annat rum.

”Vi behöver hjälp, han tar livet av oss, han tar livet av Emma. Hjälp oss!” viskar mamma med en röst som är så svag att den nästan inte hörs. ”Han dödar oss.”

”Vem?” frågar psykologen.

”Emmas pappa”, säger mamma.

Mormor kommer och hjälper oss med det sista julstöket och griljerar skinkan åt oss. Hon säger att vi kommer att vara i vårt hus på julafton, men att vi kan fira nyår hemma hos dem.

Mamma går nu dagligen till psykologen. Mormor och morfar kommer då hem till oss och tar hand om mig och Robin.

När mamma kommer hem från psykologen går hon och lägger sig. Hon ligger ofta i sängen och sover mycket. Men jag och Robin har mormor och morfar runt oss hela tiden.

En dag när bara jag, mamma och Robin är hemma ringer det på dörren. Jag springer mot dörren med lätta steg och skriker: ”Kajsa kommer!” Kajsa är min bästa kompis.

Mamma skriker: ”Nej, öppna inte dörren! Stanna!”

Men det är för sent, jag har redan öppnat dörren.

Där i trapphuset står han, mannen med de mörka ögonen.

Han sliter tag i min arm. Kniven glimmar till och han skriker: ”Jag skär halsen av horungen!”

Mammas känner hur benen viker sig under henne. Hon flämtar till och säger: ”Ta mig i stället. Ta inte Emma, ta mig i stället. Släpp henne, släpp henne!”

”Aldrig!” vrålar han rakt ut. ”Hon är min dotter, jag gör vad jag vill med henne.”

”Ta mig i stället”, ber mamma.

Plötsligt hörs en ljus röst:

”Vad håller du på med?”

Det är mammas syster som har kommit.

Han släpper kniven och taget om mig och säger ”förlåt, förlåt”. Och så ger han sig av lika plötsligt som han kommit.

Den här gången räddades vi av min moster.

Jag är trött, men ännu finns det mycket kvar att läsa i ”den svarta boken”. Det gör så ont att läsa det här att jag måste skära mig i handlederna med ett rakblad för att smärtan ska bli verklig. Jag ser hur blodet sipprar fram och pressar en pappersnäsduk mot såren tills det slutat blöda.

Så fortsätter jag att bläddra i häftet tills jag kommer till nästa händelse där jag är med.

Jag kan inte sluta läsa. Jag måste komma till slutet. Jag vill veta vad som hände.

Hur kunde mannen med de mörka ögonen göra så att vi tvingades fly från Sverige?

Det blir nyårsafton och det är gnistrande kallt ute.

Anders går ut för att värma upp bilen till oss. Men han kommer snart tillbaka. Bilen går inte igång, det är för kallt.

Vi får vänta på morfar, som får komma och hämta oss.

”Ska vi gå dit?” säger Anders plötsligt.

Mamma har inte varit ute på flera månader, ingen av oss har varit det.

”Det är bara en kort bit. Vi tar barnvagnarna och klär oss varmt.” Han tittar ivrigt på oss. Hans kinder har fått färg bara av den korta stund han varit ute.

Mamma ler, det är det första leende vi ser i hennes ansikte på länge.

Vi ger oss av. Jag och Robin sitter väl påklädda i var sin vagn.

Det är oerhört kallt, men snön är samtidigt så glittrande vacker och gnistrande vit att den verkligen lyser upp kvällen.

Men plötsligt står de där framför oss på gångvägen, kompisarna till mannen med de mörka ögonen.

De slår ner Anders och försöker ta mig ur vagnen.

Men det kommer människor som passerar förbi och de ropar:

”Vad håller ni på med?”

Männen blir rädda och plötsligt är vi alldeles ensamma på gångvägen. Det är nästan som om vi drömt alltsammans.

Anders kravlar sig upp men blöder från ett sår i pannan.

Men vi är där tillsammans, och det är det enda som betyder något.

Vi går hem till morfar som ser till så att Anders blir omplåstrad, men hans sår i pannan måste sys, så han får åka till sjukhuset. Så något nyårsfirande att tala om blir det inte.

Medan jag och Robin är hos morfar och mormor, är mamma och Anders på akuten hela natten. När de kommer tillbaka från sjukhuset är de dödströtta och går och lägger sig med en gång.

Nästa dag är de ledsna och väldigt nervösa.

Ska det aldrig ta slut?

Det blev vår sista nyårsafton hemma.

Kapitel 19

Efter bara ett par dagar in på det nya året bestämmer de på socialkontoret att vi ska leva på hemlig ort. Vi kommer aldrig att komma tillbaka dit där jag är född. Staden där vi alla är födda och där mammas familj bor.

Där har jag mina vänner som jag aldrig mer kommer att träffa.

Men det vet vi inte i den stunden, utan vi ger oss av med hoppet om att vi en dag ska komma tillbaka.

Vi återvänder aldrig. Jag är i dag vuxen och har aldrig återvänt till min barndomsstad.

De bestämmer att vi ska vara borta i två veckor.

Vi packar lätt, men mamma tar ändå med många saker till mig och Robin som vi alltid tidigare lämnat hemma. Varför packar vi så mycket den här gången?

Jag begriper det inte då, men senare kommer jag att förstå att mamma visste att vi aldrig skulle komma hem mer.

Hon går runt och tar farväl av allting i huset. Hon ser sig omkring en sista gång.

Så stänger hon dörren till vårt hem.

I dag förstår jag min egen mamma bättre. Jag har pratat med henne i flera timmar om det som hände och läst om det i ”den svarta boken”. Och jag vet att jag själv skulle ha gjort vad hon gjorde, för man gör allt för att skydda sina barn och ge dem trygghet. Man är till och med beredd att lämna sitt hem, sin familj och sitt land.

När jag kommer ut från mitt rum efter två dagar med ”den svarta boken” i handen och handledsband för att dölja skärsåren, frågar jag mamma:

”Varför dödade du inte honom? Varför lät du honom göra oss allt detta? Jag avskyr honom.”

Jag vet nu att mannen med de mörka ögonen är min pappa.

Jag har ingen lust alls att träffa honom. Men jag är nyfiken på hur han ser ut, så mamma letar fram ett fotografi av honom som hon har gömt undan. Hon ger mig det.

Jag ser på fotografiet och sedan på mig själv i spegeln och tycker att jag är en ren avbild av honom. Ja, jag är kusligt lik honom, jag har likadan näsa och hårfärg som han. Och hans mörka ögon är mina ögon.

Jag vill först slänga fotografiet, men så gömmer jag undan det på en plats där ingen kan hitta det. Ingen utomstående ska få veta vad som finns i mitt förflutna, vem som är min far. Det är bara jag som får se det fotografiet.

Jag gömmer också undan det för att jag inte vill bli påmind om att det var mannen med de mörka ögonen som tog min barndom ifrån mig och gav mig livet som gömd och instängd. Det är hans fel att jag aldrig fick leva ett normalt liv.

Så kommer jag att tänka på att jag har en bror som jag inte känner. Jag ställer mamma mot väggen och vill veta allt om honom.

Mamma visar ett fotografi av en pojke. Han liknar Robin men är inte det minsta lik mig.

Han är i sjuårsåldern på det nu gulnade fotografiet.

Mamma säger att det kortet fick hon för ett par år sedan via Liza. Hon har haft det undangömt sedan dess. Inte ens Anders har känt till att hon har det.

Trots att vi inte alls ser ut som syskon är jag nyfiken på min storebror och vill träffa honom. Så jag frågar mamma:

”När kan vi prata med honom, när kan vi ses?”

Men mamma är inte beredd att ta kontakt än.

”Vad ska jag säga till honom efter alla dessa år?” säger hon med en bekymrad min.

”Kan inte jag få ringa till honom?” säger jag.

Men hon säger att när hon är redo ska hon göra det. Fast hon ser väldigt osäker ut när hon säger det.

Hon tittar rakt ut i luften och frågar sig själv: ”Kommer han att komma ihåg mig? Tänk om han bara lägger på luren om jag ringer till honom?”

Hon tvekar, och det kommer att ta år innan hon vågar lyfta luren och ringa till sin son i Sverige. Närmare bestämt två hela år.

Kapitel 20

Mamma fortsätter att chatta på internet. Hon har mycket kontakt med en man som heter Jeff. De har också börjat prata med varandra i telefon. Och ibland pratar jag med honom.

Mamma har varit med om en bilolycka och skadat näsbenet. Det måste opereras.

Hon har alltid sagt till oss att inte lämna ut vår adress, så när Jeff frågar efter den i telefonen blir jag tyst. Han vill skicka blommor till mamma nu när hon ska opereras, han säger att han tänker på henne.

”Det går inte”, säger jag.

Men han övertalar mig att ge honom adressen.

Han lovar att inte komma på besök utan mammas tillstånd. Jag vet att jag inte borde ge honom adressen, men efter att ha pratat med honom ett antal gånger i telefon så känner jag att han är någon som man kan lita på.

Så precis när mamma ska ge sig av till sjukhuset för att bli opererad, kommer det ett blomsterbud med en stor vacker bukett till henne.

”Du måste ha fått fel adress”, säger mamma till budet. ”De där blommorna kan absolut inte vara till mig.” Hon ber honom att kontrollera adressen, för hon kan inte ta emot någon annans blommor. De står där och diskuterar ett tag.

Budet vill inte ge med sig, och mamma vägrar fortfarande att ta emot blommorna.

Så mannen ringer till blomsterhandeln, och mamma får prata med personalen där. De bekräftar att blommorna är till henne, och nu förstår mamma att de kommer från Jeff.

Hur i all världen har han fått tag i hennes adress?

Hon åker iväg till sjukhuset med blommorna, och jag vet att jag kommer att få en utskällning när hon kommer hem igen och har förstått att det var jag som lämnade ut vår adress.

Men blommorna är så vackra, och jag tycker inte att det var så farligt. Samtidigt vet jag ju att mamma alltid håller allting som rör vår familj hemligt.

Så bestämmer sig mamma för att hon ska åka och hälsa på Jeff.

De har pratat dagligen med varandra i cirka sex månader.

"Det är dags att vi ses", säger mamma.

Jag är inte alls glad över att hon ger sig iväg. Jag tycker att hon sviker mig och Robin.

Men hon har bestämt sig för att träffa honom. Trots att jag tjurar ändrar hon sig inte.

Hon ska vara borta en hel helg och komma hem sent på söndagskvällen. Jag och Robin ska under tiden vara med Patty.

Jag vill inte alls vara hemma hos Patty, utan jag vill att vi ska vara i vårt hus. Men Patty säger: "Kom nu, ungar, så åker vi hem till mig." Och så blir det.

Jag surar de första timmarna. När mamma ringer och säger att hon har kommit fram och träffat Jeff, så vill jag inte prata med henne.

Jag tycker att hon är en svikare. Det skulle ju bara vara vi tre. Ingen annan skulle få komma in i vårt liv.

Vad kommer att hända om mamma blir kär i Jeff? Kommer hon att glömma oss då och låta oss leva med Anders? Tankarna snurrar runt i mitt huvud. Jag svarar inte när Patty försöker prata med mig.

Mamma kommer och hämtar oss sent på söndagskvällen. Hon är trött och låter irriterad och sur.

”Jag är fet”, säger hon till Patty.

Så vänder hon sig också till mig och frågar:

”Emma, tycker du att jag är tjock?”

Jag skakar på huvudet. Jag tycker att hon är min vanliga mamma och ser ut så som hon alltid har sett ut. Men hon har i och för sig gått upp lite i vikt de senaste månaderna.

”Jeff tycker att jag är fet”, säger hon olyckligt.

Nästa dag anmäler hon sig till Viktväktarna. Hon har bestämt sig för att gå ner i vikt.

Hon pratar allt oftare med Jeff i telefon. Jag märker att hon gillar honom väldigt mycket.

Plötsligt säger hon till mig och Robin att Jeff ska komma på besök om två veckor.

En främmande människa ska komma hem till oss och bo i vårt hus. Det känns både konstigt och obehagligt. Jag blir arg på mamma för att hon öppnar vårt hem för en främling. Robin bryr sig inte alls om det, han säger ingenting.

Jag är så arg att jag bestämmer mig för att gå ut, jag vill bara komma bort därifrån.

Men först ringer jag till Anders och beklagar mig. Jag talar om för honom att Jeff ska komma hem till oss.

Anders säger: ”Vill du bli av med honom, så måste du och Robin vara oförskämda mot honom och bete er illa.”

Vilken bra idé! tänker jag triumferande. Om jag beter mig illa kanske han ger sig av och lämnar oss i fred.

Men när jag föreslår för Robin att vi ska vara otrevliga mot Jeff vill han inte alls ställa upp på det. Han tycker att mamma ska få ha kompisar precis som vi.

Förstår han inte att mamma och Jeff kanske kan bli mer än bara kompisar? Tänk om de flyttar ihop eller – ännu värre – gifter sig?

Så jag hjälper Anders att snoka bland mammas papper när hon inte är hemma. Han tar en del av pappren med sig, han säger att han kan behöva dem en vacker dag.

”Jag kan utöva utpressning mot henne så att hon inte flyttar härifrån och tar er med sig. Jag ska se till så att ni får stanna här”, säger han.

Flyttar? tänker jag förskräckt. Vart skulle mamma flytta med oss?

Samtidigt som jag är arg på mamma tycker jag synd om Anders. Det är hennes fel att han är så ensam nu.

Därför beter jag mig väldigt illa mot henne. Jag försöker medvetet såra henne genom att till exempel säga:

”Du är så ful, mamma, för du bara ljuger! Du är en jättedålig mamma och jag önskar att jag slapp se dig mer!”

Helgen kommer och Jeff dyker upp hemma hos oss på fredagskvällen. Jag har betett mig förskräckligt illa hela veckan. Men mamma har bara sett på mig och suckat.

Nu är Jeff här och jag har lovat mamma att försöka vara snäll. Han har köpt blommor till mamma och godis till mig och Robin. Mutor, tänker jag för mig själv.

Vi sätter oss ner för att äta middag. Jag försöker vara elak men lyckas inte. Jeff är genomsnäll och jag tycker att han är riktigt trevlig.

Det går inte alls som jag och Anders har planerat.

När vi ska gå till sängs på kvällen så lägger han sig i gästrummet. De sover åtminstone inte i samma säng.

Lördagen ägnar de åt att gå och shoppa och träffa Patty.

På söndag morgon föreslår Jeff att vi ska åka till hans bror som har en båt och som bor bara cirka tre timmars bilresa från oss. Det låter kul, så jag bestämmer mig för att följa med.

Det blir en bra dag. Jeff låter oss åka vattenskidor för första gången. Han ger sig inte förrän vi har lärt oss att göra det. Han har väldigt mycket tålamod.

Jag frågar om han har barn och han svarar att han har både flickor och pojkar. Pojkarna är i vår ålder, han säger att jag en dag kommer att få träffa dem.

Vi åker på gummidäck efter båten. Jag tror inte att jag har haft så roligt någon gång tidigare. Robin och jag ler lyckligt hela tiden.

Jag ser att mamma och Jeff håller varandra i handen och pratar med huvudena tätt ihop. Men jag bryr mig inte just då. Jag är alldeles för upptagen med att ha kul.

Hela dagen har gått och jag har inte tänkt på Anders en enda gång.

Jag och Robin somnar i bilen på vägen hem. Vi är båda alldeles utmattade.

Nästa dag följer vi med när mamma kör Jeff till flygplatsen. Mamma ger honom en kram och jag vinkar adjö. Efteråt frågar hon vad jag tycker om honom. Jag känner att jag måste vara ärlig, så jag säger att jag gillar honom. Men i samma stund som jag säger det känner jag mig skyldig gentemot Anders. Vad kommer han att tycka när han får höra hur jag har betett mig? Jag har ju svikit honom.

Jag var den enda han kunde lita på i familjen.

Vad ska han säga nu?

Kapitel 21

Mamma och Jeff har bestämt att hon ska åka till honom och stanna där i tio dagar. Så länge har hon aldrig varit borta.

Hon frågar Anders om han kan passa oss de där dagarna. Men han vägrar att göra det, så vi får vara hos Patty i stället.

Mamma ringer varje dag och verkar så lycklig.

När hon kommer hem igen har hon en förlovningsring på sitt ena ringfinger.

Hon ska gifta sig i augusti.

Jag och Robin bara står där och gapar.

Vi ska flytta till en annan delstat. Lämna alla våra kompisar här och flytta långt bort. Det är så otroligt trist.

Varför kan inte Jeff flytta hit? Men han har ett bra och välbetalt jobb. ”Han kan inte få ett liknande här”, förklarar mamma.

Jag och Robin kommer alltså att få en styvfar. Det känns konstigt och jag vet egentligen inte alls vad jag tycker om det. Både jag och Robin gråter mycket.

Men Patty säger att vi måste tänka på mamma. Hon tycker att mamma förtjänar att få vara lycklig. Så mamma hyr en lastbil för att flytta alla våra möbler. Hon kommer att göra det under helgen.

Den här gången har Anders gått med på att ta hand om oss. På fredagen hämtar han oss när vi slutat skolan. Mamma är då på väg till Jeff i lastbilen.

Vi följer med Anders hem till honom och stannar sedan i hans hus. Han säger till oss att vi inte alls behöver flytta och att vi måste göra så att mamma inte lämnar staden som vi bott i sedan vi kom till USA.

Hela helgen bedriver han propaganda mot henne och säger: ”Hon är en dålig mamma. Hon kommer bara att bry sig om sin nya man och strunta i er.”

När mamma på måndagen är tillbaka vägrar vi att komma hem. Mamma ringer och pratar med oss, men vi har bestämt oss: vi flyttar inte.

Då ringer hon till polisen och de säger att Anders har kidnappat mig. Men enligt dem kan han ha rätt att behålla Robin eftersom han är Robins biologiska pappa.

Mamma har köpt flygbiljetter till mig, Robin och sig själv så att vi på onsdagen ska kunna flyga till den stad där Jeff enligt planerna ska möta oss.

Men hon lyckas inte få Robin att komma hem. Jag är tillbaka, men jag är arg på henne hela tiden. Hur kan hon göra så här mot oss och Anders?

”Du är en elak häxa som bara vill förstöra för oss och göra så att Anders blir ledsen och alldeles ensam”, säger jag ilsket.

Men hon ger sig inte, vi ska flytta.

Det blir onsdag och Robin har inte kommit hem, han är fortfarande hemma hos Anders.

Mamma ringer till Anders och säger att hon gärna skriver på det papper som skulle ge honom vårdnaden om Robin. Hon vet att han egentligen inte alls vill ha den, utan att han bara försöker göra henne illa.

”Det är mig han är ute efter, och då använder han barnen”, har jag hört henne säga till Patty. Mamma tycker synd om oss och har vädjat till Anders: ”Använd inte barnen för att komma åt mig.”

Nu säger hon att papperet är klart och att han kan komma och hämta det. Då ändrar sig Anders och säger att Robin visst kan få flytta med mamma hem till Jeff. Och en stund senare lämnar han Robin utanför Patty hus.

Polisen är där och de ser till så att vi snabbt kommer till flygplatsen och hinner med vårt plan.

Mamma har båda sina barn hos sig och hon säger att hon vet att det är bäst för oss att vara tillsammans med henne. Det har varit jobbigt att behöva bråka med Anders, och hon tror att distans är den bästa medicinen.

”Anders måste göra något med sitt liv”, säger hon. ”Han måste lära sig att stå på egna ben och kanske en dag gifta sig.”

Robin är ledsen under hela flygresan. Mamma tröstar honom med att han kan åka till sin pappa när han vill. ”Du, Emma, kan följa med då om du vill”, säger hon och ser på mig.

Jag känner mig förvirrad. Anders är inte min pappa längre, utan Robins. Och Robin är inte min bror, utan min halvbror.

Jeff kommer och möter oss på flygplatsen. Han har tagit ledigt från arbetet resten av veckan för att kunna vara med oss. Så att vi kan lära känna varandra bättre.

Vi träffar hans båda söner och spelar bowling och går på bio.

Jeff och mamma är med oss hela tiden. En dag får vi åka jet-ski ute på en konstgjord sjö i närheten av Jeffs hus. Det är något vi aldrig tidigare gjort och vi tycker att det är jättekul.

Vi får också åka fyrhjuling, för Jeff har två sådana i garaget. Han har många leksaker, så även om jag är jättesur på mamma kan jag inte tycka annat än att första veckan hos Jeff är bra.

Så tar mamma med oss till den skola där hon tänkt att vi ska gå. Vi träffar rektorn, som tycker att hon borde tänka mer på sina barn. Man tar dem inte ur högstadiet, utan låter dem gå färdigt innan man flyttar till en annan delstat.

Både jag och Robin börjar stortjuta och mamma säger till rektorn att han kanske kunde tänka lite mer på vad han säger och uttrycka sig försiktigare. Ser han inte att vi har det jobbigt? Han behöver inte göra det värre genom att säga att allt mamma gjort är fel.

”Nu är det här vi ska bo, så låt oss då göra det bästa av situationen”, säger hon.

Men jag är både ledsen och rädd. Kommer jag att klara mig i skolan här? Kommer jag att få några kompisar, eller kommer jag att vara lika ensam som när vi levde gömda?

Kapitel 22

Mamma och Jeff kommer överens om att de ska gifta sig så snart som möjligt.

Mamma har sagt till oss att vi inte kommer att behöva använda några vita lögner när vi är med Jeff, för han vet redan allt om oss. Hon har till och med berättat för honom om Daniel.

Så när Anders en dag ringer och vill tala med Jeff, går det inte riktigt så som Anders har tänkt sig.

”Mia har en hemlighet”, säger Anders, och eftersom Jeff har satt på högtalartelefonen kan vi alla höra vad som sägs.

”Menar du Daniel?” säger Jeff lugnt.

Det blir helt tyst i telefonen en lång stund innan det hörs ett knäpp. Anders har lagt på luren.

Jeff säger att Anders saknar oss, då gör man konstiga saker. Man tänker inte klart utan gör människor illa.

”Men det kommer att bli bättre med tiden”, säger Jeff.

Några dagar senare åker vi alla fyra till ett köpcentrum för att köpa kläder till mig och Robin. Jeff ger mig ett kreditkort och säger att jag och Robin kan få handla själva.

Mamma protesterar, men då säger han till henne:

”De är stora nog att kunna handla själva och ta ansvar.”

Och så blir det. Vi får en viss summa att handla för och jag tycker att det är jättemycket pengar. Jag lovar att inte göra slut på alla pengarna.

Mamma och Jeff säger till oss att köpa vad vi behöver och så lämnar de oss där med kreditkortet. De är lite tysta när vi frågar vart de ska.

Jag tycker att det här ska bli så kul. Jag kan gå och handla och ingen kommer att säga till mig vad jag ska köpa. Vi börjar genast gå i olika affärer och hittar båda två saker som vi gillar. Jag räknar ihop vad allting kostar och kommer fram till att vi har hållit oss inom budgeten.

Mamma ringer på mobiltelefonen och säger att de är på väg tillbaka.

Så plötsligt får jag syn på mamma. Hon ser strålande glad ut.

En ring glittrar på hennes finger.

De har gift sig utan oss. Hennes egna barn fick inte vara med när hon gifte sig!

Jag skriker rakt ut och rusar bort till rulltrappan och åker upp till övervåningen. Jag vill bara komma bort från den som svikit mig så.

"Du borde ha låtit dina egna barn vara med!" skriker jag ner till dem, där de står med uppåtvända ansikten och tecknar åt mig att komma tillbaka.

Jeff åker upp till mig och försöker lugna mig och ber mig att komma ner. Vi ska åka till en fin restaurang och äta middag.

"Var lycklig för din mammas skull", säger han.

Jag följer med honom ner och en stund senare kommer vi fram till restaurangen. Vi sätter oss runt ett bord. Jag vill höra allt om bröllopet.

"Hur var det, mamma?" frågar jag.

"Det var inget märkvärdigt", svarar hon, "men vi har ju båda varit gifta förut. Vi åkte till tingsrätten och tog ut en licens och efter det frågade vi var vi kunde gifta oss. Vi mötte en äldre domare som vigde oss på plats. Det var en enkel ceremoni och allt gick snabbt; det tog inte många minuter."

Jag tittar på ringen på mammas hand. Hon riktigt strålar av lycka. Ja, jag tror inte att jag har sett henne så lycklig på mycket länge.

Jag har hunnit lugna ner mig nu och jag ger båda en kram.

Plötsligt kommer jag att tänka på Anders. Vad ska han säga när han får veta att mamma har gift om sig?

Den kvällen ringer jag till Anders och säger att hon har gift sig. Jag gråter och han är arg på mamma. Det går inte många minuter efter att vi avslutat samtalet förrän han ringer upp henne och skriker och gapar.

Jeff tar telefonen från henne. Han säger med allvarlig röst till Anders att inte ringa mer om det inte gäller barnen.

Så knäpper han av telefonen och drar ur jacket.

Vi sätter oss framför teven och har en lugn hemmakväll.

"Ska ni resa på bröllopsresa?" frågar jag.

Men Jeff säger att det får bli senare. Han har för mycket att göra på jobbet. Han tog ju ledigt när vi kom, så nu måste han jobba desto mer.

Han tittar på mamma och säger: "Honey, you understand?" Mamma nickar och ser bara så där lycklig ut.

När helgen kommer träffar vi Jeffs familj för första gången. Han har nio syskon, så det är en stor familj. Men alla kan inte komma. Vi är ändå många och jag känner mig lite blyg. Tänk om de inte tycker om oss?

Men allt går som en dans. Det blir en trevlig dag med grillning och många skratt, och jag och Robin spelar spel med de andra barnen. De vuxna sitter under tiden i köket och pratar.

Jeffs söner Zac och Andy ska sova över hemma hos oss.

Vi har roligt tillsammans med dem, det är som om vi har känt varandra hela livet. Zac är den jag gillar bäst, han är lite yngre än jag, men vi blir bästa kompisar från början och liknar varandra. Många tar oss för syskon när vi är ute. Vi låter dem tro att vi är det.

Liza kommer hem till oss för att arbeta med boken som handlar om hur vi fick asyl här i USA. Mamma försöker alltid se till att vi äter middag tillsammans, så Liza äter med oss.

En dag när mamma är trött går jag och Liza på bio. Jag tycker om henne, hon är kul att vara med. Vi gillar samma musik och har samma klädsmak och kan shoppa tillsammans.

Mamma är lite tråkig när det gäller kläder. Men Liza klär sig gärna lite vågat, och hon köper otroligt mycket kläder till sig och sin familj. När hon ska packa inför hemresan får hon inte plats med alla kläder i väskan. Vi försöker pressa så mycket vi kan, men det går ändå inte.

Skrattande ger vi upp och hon får låna en väska av oss.

När hon åkt hem märker jag att jag saknar henne. Hon har berättat om det Sverige som jag inte har så många minnen från.

Liza är mammas bästa kompis, den enda hon har från Sverige.

Många tycker att de liknar varandra; det är väl på grund av det blonda håret. De blir alltid tillfrågade om de är systrar.

Sedan vi en av de sista helgerna i september skjutsat Liza till flygplatsen, bestämmer vi oss för att åka jet-ski en sista gång. Vi kommer nog inte att kunna göra det fler dagar det här året, för luften har börjat bli lite kylig.

Jag tar med mig min kompis Pam.

Vi har en bra dag ute på sjön och åker fort på våra små vattenmopeder. Alldeles innan vi ska åka hem känner jag att jag vill köra ett sista varv.

”Pam, kom igen!” ropar jag. ”Låt oss ta en sista runda!”

Pam hoppar upp på den ena vattenmopeden, jag tar den andra. Och så kör vi ut på sjön i full fart. Det är fortfarande mycket folk ute och åker.

Plötsligt ser jag en kille komma rakt emot mig på en jet-ski. Jag försöker väja, men förgäves. I nästa sekund ligger jag i vattnet.

Min kropp domnar bort, jag har helt förlorat känseln i mitt ena ben. Och jag har en fruktansvärd huvudvärk.

Jag försöker hålla mig flytande genom att gripa tag i min jet-ski. Men jag orkar inte hålla mig fast, utan sjunker under ytan flera gånger.

Jag hör Pam skrika hysteriskt, hon har fått syn på allt blod som färgar vattnet rött runt omkring mig.

I nästa stund ser jag henne åka iväg på sin jet-ski i hög fart.

Hon lämnar mig!

Gud, jag kommer att drunkna.

Kapitel 23

Jag känner hur jag börjar förlora medvetandet där jag ligger i vattnet, som färgas rött av blodet.

Mina tankar går till mamma. Vad ska hon tänka när hon ser Pam komma tillbaka ensam?

Hon kommer att bli hysterisk och tro att jag är död.

En båt kommer och de plockar upp mig ur vattnet. Jag faller i ena stunden i dvala och kommer i nästa ur den och har över huvud taget svårt att hålla mig vaken.

När de lagt till vid stranden lägger de mig på en bår och kör mig upp till sheriffkontoret i närheten.

Jag försöker säga vem jag är, men inte ett ljud kommer över mina läppar. Jag är så matt att jag tänker att jag nog håller på att dö.

Som på långt håll hör jag dem säga att en helikopter är på väg för att hämta mig. Jag undrar varför de har spänt fast mig. Så säger en av dem att han tror att jag har inre blödningar.

”Det var en ordentlig smäll”, säger han sedan. ”Det är nästan ingenting kvar av hennes jet-ski.”

Jag blir återigen orolig för vad mamma ska tänka när hon får höra vad som hänt, och jag vill be dem att hämta henne. Men jag kan fortfarande inte få fram ett ljud. De ger mig något som lyckas bedöva mig så att jag inte längre har ont.

Så lyfts jag upp i helikoptern. Det dånar från de vispande rotorbladen.

Var är mamma? tänker jag och försöker vrida på huvudet i hopp om att få syn på henne någonstans.

Men jag ser henne inte, och jag hör dem säga att de genast måste ge sig iväg, för jag behöver komma under vård omedelbart. Just som jag gör ett sista försök att prata faller jag i djup dvala.

När jag vaknar ligger jag i en säng på sjukhuset.

En sjuksköterska kommer in i rummet och ställer sig vid min säng och säger att mamma och Jeff är på väg för att vara vid min sida.

En stund senare kommer mamma in genom dörren i bikini, det är allt hon har på sig. Hon fryser så att hon skakar.

”Min älskade trollunge”, säger hon och kramar min hand och ser på mig med tårar i ögonen.

Hon säger att Jeff och Robin och våra vänner är i korridoren utanför och väntar på att få veta hur det är med mig och vad som kommer att hända.

Så skickar de mig på röntgenundersökning för att se om jag har fått några inre skador.

När jag kommer tillbaka har de gett mamma en vit sjukhusrock som hon kan ha ovanpå bikinin. Hon har skickat hem de andra. Jeff ska komma tillbaka lite senare när han har hämtat kläder till mamma.

Hon sitter vid min sida och smeker min kind där jag ligger i sängen. Det gör så ont i benet. Det känns som om köttet brinner. Jag ber att få något smärtstillande, men de vågar inte ge mig mer innan de vet vilka skador jag har.

Jag måste härda ut. Det dröjer flera timmar innan de med säkerhet kan säga att jag inte har några allvarliga inre skador.

Såret på benet är inte bara långt utan också så djupt att mamma kan se benpipan. De syr ihop såret och vill behålla mig för observation under natten. Jeff är tillbaka med kläder till mamma och får komma in på rummet.

Det kommer ett par poliser och pratar med mamma och Jeff, och de säger att jag har haft en otrolig tur och bara var decimeter från döden. De har tagit hand om pojken som körde på mig, för han var påverkad av alkohol.

Jag blir kvar på sjukhuset till nästa dag. Jag har svårt att sova på natten och vill hela tiden bara komma hem och vara med mamma.

Följande morgon kommer hon och Jeff och hämtar mig. Sköterskan säger att hon ska gå efter en rullstol, men Jeff lyfter upp mig ur sängen och bär mig ner till bilen där de har gjort i ordning en bädd i baksätet så att jag kan ha det bekvämt när vi åker hem.

Jag kommer att få ett ärr på benet, men vi är alla glada över att det hela slutade så pass bra.

"Du lever och det är det som är det viktiga", säger mamma.

En dag när jag har börjat återhämta mig efter olyckan, ringer en av mina kompisar från staden där vi bodde med Anders.

Jag är ute med några av mina nya vänner och jag bara skriker rätt ut när jag får höra vad som har hänt. Mina vänner blir rädda och undrar hur det är med mig. Men jag kan inte få fram ett vettigt ord, utan bara jämrar mig som ett sårat djur och gråter.

Josh har dött, min nära och så kära vän som jag har brukat prata med i telefon varenda dag och som har varit ett sådant stort stöd för mig, inte minst sedan jag tvingades flytta. Nu är han borta för alltid.

Han var den som jag alltid kunde prata med om precis vad som helst.

Jag ringer till mamma och bara gråter och skriker om vartannat.

Mamma säger att jag måste lugna mig.

"Kanske är han på sjukhuset", säger hon. "Du pratade ju med honom i går. Kom hem, så ringer vi till hans föräldrar."

Jag kommer hem, men inombords vet jag att Josh är död, jag känner det ända in i hjärtat.

Mamma har försökt ringa till föräldrarna, men telefonen är upptagen hela tiden – det bådar inte alls gott.

Så får vi tag i hans flickväns mamma. Hon bekräftar att Josh verkligen är död. När mamma säger det till mig sjunker jag ihop som om man slitit skelettet ur kroppen på mig och jag får svårt att andas.

Jeff har under tiden kommit hem, han ringer till sin kusin som är läkare och som kommer hem till oss med en gång. Så fort han är där granskar han mig med professionell blick och öppnar läkarväskan och tar fram en spruta. Jag tittar förtvivlad på mamma, hon sitter där som så många gånger tidigare och klappar mig på kinden.

Läkaren ger mig en spruta med lugnande medel. Jag somnar genast.

Jag sover tungt ända till nästa dag. När jag vaknar hör jag mamma stöka i köket. Jag stiger upp och kommer plötsligt ihåg att Josh är borta. Jag försöker hålla mig lugn, men det är svårt.

Jag tänker på det jag har fått höra. Josh har drunknat i sjön där vi så ofta brukat bada. Hans vänner och han har dykt från klipporna. Men vad som egentligen har hänt är det ingen som vet.

Jag åker tillbaka till min gamla hemstad tillsammans med Joshs flickvän, som jag stämt möte med i en stad som ligger på vägen dit. Hon har det svårt och jag försöker vara som en storasyster för henne och stötta henne så gott det går.

Vi saknar honom båda så fruktansvärt mycket, och när vi kommer till begravningen håller vi varandra hårt i handen. Begravningsgästerna är ljust klädda och det spelas musik som Josh tyckte om. Jag känner igen låtar av Tim McGraw och Simple Plan.

Plötsligt får jag syn på den öppna kistan, man har visning av Josh.

Jag går fram till kistan med darrande knän. Han ligger där så stilla, han har blåmärken i ansiktet. Jag tar hans hand och känner hur kall den är.

Jag vill att han ska vakna, men han bara ligger där med slutna ögon. Och jag förstår att jag aldrig mer kommer att få höra hans skratt eller se hans vänliga, varma ögon. Den snällaste och godaste människa jag känt är död.

I ett slag, och utan att jag kan förklara varför, blir jag helt övertygad om att han blivit mördad.

Jag går med beslutsamma steg fram till en av hans kompisar och ser honom rakt in i ögonen och säger med stadig röst:

”Du dödade Josh. Jag vet att du gjorde det. Men jag vill veta varför du gjorde det.”

Det blir alldeles tyst runt omkring. Joshs mamma ger till ett kvävt skrik och det ser ut som om hon ska svimma, men hennes man är där och fångar upp henne innan hon faller.

Jag vet inte vad som kom över mig. Men jag känner så tydligt att det inte var någon olycka, utan att han verkligen blev dödad där vid sjön, och det av den person som jag just gått fram till och öppet anklagat för mord.

Det finns ingen tvekan inom mig: Joshs död var onödig.

Efter tag kommer hans mamma fram till mig och säger:

”Vad vet du om Joshs död?”

Jag säger inget eftersom jag inte vet vad jag ska svara. Då berättar hon för mig att det pågår en förundersökning där pojken jag gick fram till är den som polisen tror dödade Josh.

Jag flämtar till. Hur i all världen kunde jag vara så säker på att det var han som bar ansvaret för att Josh nu är död? Jag hade ju precis kommit till begravningen och visste inte ens att det gjordes en förundersökning. Den är dessutom inte offentlig.

Hon tar min hand och tackar mig för att jag har varit en sådan god vän till Josh. För Josh och jag var bara vänner, men mycket nära vänner.

Än i dag har jag och hans mamma kontakt. Vi ringer ibland till varandra och pratar då inte bara om Josh.

Jag tror i dag att Josh blev mördad av den jag pekade ut på begravningen och en annan kompis som var med vid sjön den dagen, och att de gjorde det som ett inträdesprov till ett kriminellt gäng. Det är ett gäng som håller på med bilstölder, knarkhandel och annat. Men polisen kunde aldrig bevisa att det var så som många trodde, och därför gick de där killarna fria.

Jag har ett kort på Josh i mitt fotoalbum, ett kort som hans mamma tog bara några dagar innan han dog. Han ler mot kameran och ser ut att vara så full av liv. Nu finns han inte längre bland oss, och jag saknar honom så mycket att inte ens ett helt hav av tårar skulle kunna göra den saknaden rättvisa.

Kapitel 24

Det blir jul, vår första tillsammans med Jeff.

Vi hjälps åt att pynta. Jag gillar julen, det är den bästa tiden på året. Alla är snälla mot varandra och så hjälpsamma och måna om att det ska vara en god stämning hemma.

Vi har alltid haft mycket julpynt: änglar, tomtar, stjärnor, glitter, hjärtan. Det kommer från mormor, vi har ärvt det här med pyntandet från henne och mamma går verkligen in för det med liv och lust.

Vi har varit ute och huggit oss en julgran på Jeffs pappas mark. Den är jättefin och vi klär den med allt möjligt. När vi bodde utan Anders och det började närma sig jul, såg vi en julgran med bara rosetter och stora kulor. Både mamma och jag tyckte att den var väldigt vacker, men vi hade inte råd att köpa rosetter, så vi gjorde dem själva. Däremot köpte vi kulor.

Nu tycker jag att vi har den finaste granen i stan.

Precis som i Sverige delar vi ut julklappar den 24 december. Vi firar exakt samma jul här som där. I USA är det julklappsutdelning den 25. Men mamma har alltid hållit på den svenska traditionen.

I januari kommer Liza tillbaka. Hon och mamma måste jobba med boken *Asyl* som ska ges ut i Sverige i juni.

En dag är vi i köpcentret. Liza tar kort på mig och mamma bakifrån, kort som ska användas i ett magasin med en artikel om oss.

Jag tycker att det är spännande, för det är första gången någon tar kort på oss.

Jeff föräldrar har tjatat om att de vill ha ett fotografi av oss. Men mamma hör inte på det örat. Det kommer inte på fråga, säger hon.

"De får klara sig utan ett foto."

Hemma har vi inga fotografier av oss. Mamma vill inte att det ska finnas något som påminner om oss ifall vi blir tvungna att hastigt ge oss av.

Liza är den första som någonsin har varit hemma hos oss, men det kommer att ändras snart. Efter ett par veckor ger hon sig av, men så ringer hon och frågar mamma om hon kan komma tillbaka med en journalist från Aftonbladet.

Mamma tvekar, vi pratar om saken. Jag och Robin tycker att det är spännande att någon vill komma och göra en intervju med oss.

"Jag vet inte", säger mamma och ser orolig ut. "Det känns som att jag tar en för stor risk om jag går med på det."

Men till sist ger hon ändå med sig. Journalisten, som heter Kerstin, får tillåtelse att komma hem till oss. Liza kommer att följa med henne. Jag tror inte att mamma annars hade gått med på att ta emot en okänd människa, som dessutom är reporter.

Så kommer då Liza och Kerstin. Det är bestämt att mamma ska möta dem först. Hon åker till hotellet där de just tagit in efter att för hundrade gången ha frågat mig om hon ser bra ut. Hon verkar väldigt nervös.

Efter en stund ringer telefonen.

Det är mamma som vill prata med Jeff.

Hon vill komma hem igen, hon säger att hon har ändrat sig och inte vill träffa journalisten. Hon vill bara komma hem.

Vi alla, men mest Jeff, övertalar henne att gå till det avtalade mötet. Och efter en stund lyckas mamma kämpa ner paniken och ta sig till hotellet, där hon träffar Kerstin.

Efter några dagar får också vi andra träffa henne. Jag tycker att hon verkar rar, och också mamma tycks gilla henne.

Kerstin stannar ytterligare några dagar, och när hon och Liza åkt hem känns det lite tomt. Det har varit kul att ha dem båda här. Det är ju så sällan vi träffar någon från Sverige, vårt gamla hemland.

Dagarna går och jag försöker finna mig till rätta i skolan, men lyckas inte särskilt bra. Skolan är jättestor och jag känner mig bara bortkommen och tycker inte alls om att vara där. Jag har dessutom börjat få svårt att koncentrera mig på lektionerna och bråkar med en av mina lärare.

I skolan har jag bara ett par kompisar, men utanför den har jag många vänner. Så jag börjar tillbringa allt mer tid med dem i stället och skolkar mycket.

Hemma är det som vanligt, men jag tycker att Jeff lägger beslag på mamma mer och mer. Alltid ska han prata med henne, vara med henne, krama henne och ta henne ifrån mig och Robin. Vissa dagar känns det nästan som att hon knappt lägger märke till oss, utan bara har ögon för Jeff.

Jag vill att jag och Robin ska få ha henne för oss själva, så som det var tidigare, innan vi flyttade hit. Livet har verkligen blivit trist, och det är som om jag sjunker och bara blir mer och mer ensam.

Ett helt år har bara rusat förbi och plötsligt kommer Liza med familj för att fira jul med oss. Jag blir snabbt kompis med hennes dotter, och hon stannar ytterligare en vecka hos oss när de andra flugit hem till Sverige.

Hon och jag går på klubbar och partyn och har riktigt kul ihop. Och sedan också hon har åkt hem fortsätter jag att festa lika vilt.

Mamma blir bekymrad över mina vanor och försöker prata med mig, men jag lyssnar inte.

”Jag vill ha kul, det är allt”, säger jag och rycker på axlarna åt hennes oro.

Hon har ju Jeff, så varför skulle jag inte få vara med mina kompisar?

”Jag höll aldrig på som du”, säger hon och skakar på huvudet.

Då tycker jag bara att hon är tråkig.

Så ringer mamma upp Daniel efter det att Jeff har tjatat på henne både länge och väl. Det har då gått två år sedan det kom fram att jag och Robin har en bror i Sverige som mamma lämnade där när vi flydde undan mannen med de mörka ögonen.

”Jag vill också prata med honom!” säger jag ivrigt, och mamma låter mig göra det. Men han känns som en främling när jag hör hans röst.

Jag vet att han är min bror, och därför blir jag så besviken när jag inte kan känna det, inte kan bli alldeles varm av att bara prata med honom i telefon.

Det bestäms att han ska komma och hälsa på oss rätt snart och då stanna en hel vecka.

Jag som har varit så angelägen om att få träffa honom, blir plötsligt svartsjuk och sur. Varför måste han komma hit? Hur kommer mamma att vara när han är här?

Den dagen Daniel ska komma får jag och Robin stanna hemma medan Jeff och mamma åker och hämtar honom på flygplatsen. Jag är lite nervös när de kommer tillbaka med honom till huset, och jag ser genast att han liknar Robin. De är lika långa och påminner också utseendemässigt om varandra. Jag liknar honom inte alls, jag är kort och mörk och han är lång och ljus.

Han och Robin får genast bra kontakt, medan jag och Daniel har svårare att nå fram till varandra.

Kanske är det för att de är killar som de har så lätt för att prata med varandra? tänker jag och försöker låta bli att känna mig avundsjuk.

När vi nästa morgon senare sitter runt köksbordet och äter frukost, kramar Robin mamma och säger att det är hans mamma. Jag förstår att det känns svårt för honom att dela henne med ytterligare en person.

Jag och Daniel kommer aldrig varandra särskilt nära. Jag gillar honom, men det är som om vi hela tiden skaver mot varandra.

En dag när vi alla fem ska åka till en mexikansk restaurang för att äta och jag kommer ut ur mitt rum, ser Daniel ogillande på mig och säger:

"Ska du vara klädd så där?"

"Ja, hur så?" säger jag oförstående och tittar ner på min korta, åtsittande kjol och min tighta topp som lämnar magen bar.

"Du ser ju ut som en hora", säger han med en min av avsmak.

Jag känner hur mina ögon smalnar, och jag ska just säga något riktigt vasst till honom när mamma säger:

"Emma, gå och sätt på dig något annat. Du har ju så många fina kläder du kan ha."

Jag går tillbaka in i mitt rum och tar på mig en supertight kjol, som är om möjligt ännu kortare, och en topp med riktigt djup urringning och återvänder till de andra.

Daniel ser ut som om han ska flyga på mig, och Jeff får gå emellan för att lugna ner oss. Då förstår jag att jag och Daniel aldrig kommer att kunna bli riktigt nära vänner.

Daniel stannar i tre veckor. Jag ser inte så mycket av honom, för jag har fått nya vänner. Några av dem använder droger.

En av dem jag umgås med är Jeffs yngsta bror Ben, och han tycker att jag ska pröva en drog som heter ”crystal meth”. Det är ett slags amfetamin, men mycket kraftfullare än vanligt amfetamin.

Det ser ut som pyttesmå blåvita glasbitar, och man hettar upp dem i en stor glaspipa och drar in ångorna. Kristallerna är väldigt sköra och man får inte ta i dem med fingrarna, för då kan kemikalierna tränga in i huden. Man köper dem i små plastpåsar och häller dem direkt i pipan.

När jag tar ”crystal meth” känner jag mig oerhört skärpt och självsäker, och jag kan vara vaken hur länge som helst utan att bli trött. Det är en fantastisk drog, och Ben säger att den är hans livs stora kärlek.

Jag håller med honom: man vill ha den kicken hela tiden. Jag behöver den för att komma bort från alla lögner, all falskhet och en mamma som svikit sin egen dotter.

Jag har hittat en skatt, och jag tänker inte låta någon ta den ifrån mig.

Kapitel 25

”Crystal meth” är en billig drog som tillverkas i stor skala av vit makt-gängen som håller till i husvagnsparkeringarna utanför vår stad. Därför är den inte bara lätt att få tag på, utan man har också råd att vara hög nästan hela tiden. Och det är jag också.

Men efter ett tag märker jag att jag börjar få häftiga humörsvängningar. Från att i ena stunden vara hur lycklig och glad som helst, kan jag i nästa stund bli alldeles galen och rasande över minsta småsak. Som den gången då jag plötsligt börjar skrika åt mamma och kalla henne lögnerska och hora.

”Du kan inte stå här och skrika vad som helst till mig”, säger hon med en både sårad och förskräckt min. ”Det finns faktiskt något som heter hänsyn och respekt, och det måste man kunna visa varandra i ett hem.”

”Det skiter jag i”, skriker jag, ”för du har inte visat mig någon hänsyn eller respekt när du ljugit för mig. Du berättade inte för mig att jag har en storebror, och du lät mig tro att Anders är min riktiga pappa. Så jag säger vad jag vill till dig och kallar dig för det du är: en lögnerska och hora!”

Då ser hon ut som om hon ska börja gråta, och underligt nog gör det mig bara glad och jag fortsätter, fullständigt ohejdbar:

”Du är inte min mamma, för en riktig mamma sviker inte sina barn så som du har gjort. Du är genomrutten och egentligen vet jag inte ens om jag orkar hata dig, för du är inte värd mitt hat. Jag bara föraktar dig och hoppas att du dör snart.”

Det känns otroligt skönt att få säga så, det ger mig en underbar känsla av makt att kunna få henne att vrida på sig som om jag stuckit en kniv i hennes hjärta. Jag är lika obarmhärtig som en bödel och småler bara när hon säger:

”Du får inte säga så till mig, jag har faktiskt bara velat ditt bästa.”

”Det har du inte alls”, säger jag kallt. ”Du har bara tänkt på dig själv och brytt dig lika lite om mig som du brytt dig om Daniel.”

”Säg inte så, Emma. Du förstår inte hur fel du har och hur mycket jag älskar dig.”

”Nu ljuger du igen!” skriker jag till henne. ”Det är det enda du gör: ljuger, ljuger, ljuger! Du har aldrig älskat mig – inte på riktigt, för då hade du inte svikit mig som du gjorde!”

Jag tycker själv att jag är fruktansvärt modig som vågar säga så till henne och jag har inte alls dåligt samvete. Jag har avslöjat vem hon verkligen är och hon kan gott stå där med tårar i ögonen.

”Nu förstår du kanske hur jag har det”, säger jag och går ut ur rummet med en känsla av triumf.

Men lika starkt som jag i den stunden kan känna att jag vunnit, kan jag i nästa stund tycka att jag är en liten insekt på marken som någon när som helst kan trampa ihjäl.

Det är när drogen slutar verka som min självkänsla åker rutschkana på det sättet. Då känner jag mig också trött och hängig.

Jag får allt svårare att hänga med i skolan, och till slut bryr jag mig inte längre om att gå dit. Jag är i stället mycket tillsammans med min kompis Chantelle, som också hon har hoppat av skolan.

Vi festar och knarkar ihop, men Chantelle föredrar att dricka sprit framför att ta meth. Så ibland får jag övertala henne att göra mig sällskap, för det är inte lika kul att röka meth ensam.

Chantelle är väldigt söt och sorgsen. Hon låter killar utnyttja henne, och när de dumpat henne känner hon sig så olycklig att hon måste skära sig. Hon skär sig precis överallt: i armarna, på benen, över magen. Ärren är så stora att hon alltid – oavsett hur varmt det är – måste ha kläder som täcker hela kroppen. Själv skär jag mig bara i handlederna och kan dölja de ärren med sådana där handledsband som är mode bland tonårstjejer här.

Jag förstår inte hur hon står ut med att bli så sårad.

”Varför låter du dem behandla dig som skit?” frågar jag henne, men då ser hon bara ännu sorgsnare ut.

Jag tycker så synd om henne, för hon har verkligen ett hjärta av guld. Men hon är så ensam. Hennes föräldrar vill att allting ska vara perfekt, så de låtsas som om de inte alls ser hur dåligt hon mår.

Till slut är ärren så många och så långa att hon bestämmer sig för att dölja dem med tatueringar. Hon har då fyllt arton och behöver inte längre bry sig om vad hennes föräldrar tycker.

En dag visar hon mig sina tatueringar: på skulderbladen har hon två stora änglavingar som sträcker sig ner på ryggen; på höfterna har hon två gigantiska revolvrar med rykande pipor, och på vartdera låret slingrar sig en glimmande kniv ner mot knäet.

”Fint va?” säger hon och ser stolt ut. ”Jag tänker skaffa fler bara jag får råd.”

Jag är både lite förskräckt och imponerad där vi sitter i hennes rum, och jag bara gapar när hon berättar att hon ska börja jobba på en strippklubb nere i stan.

”De har alltid struntat i mig, så då kan jag strunta i dem”, säger hon och rycker på axlarna när jag frågar om hon inte är orolig för vad hennes föräldrar ska säga.

”Jag tänker förresten flytta hemifrån när jag börjar där”, lägger hon till och visar hur hon tänkt att krälande ormar ska täcka armarna.

När jag någon månad senare sitter och pratar med min langare Jim på hans hotellrum, säger han plötsligt att han aldrig varit på strippklubben där Chantelle jobbar.

”Jag trodde inte att du var en så blyg pojke” säger jag lite retsamt, för Jim är drygt fyrtio och har levt ett hårt liv och suttit ganska många år i fängelse. Han har säkert varit på fler strippklubbar än jag har varit på hamburgerrestauranger.

Jim blir inte sur, utan skrattar bara och ger mig en hastig kram. Han är alltid väldigt snäll mot mig; han kan vara lika omtänksam som en äldre bror. Samtidigt har jag börjat märka att han verkar förtjust i mig på ett annat sätt, men han skulle aldrig drömma om att försöka tvinga sig på mig.

Vi åker till strippklubben, som heter ”A Bunch of Bunnies” och ligger i ett ruffigt område. När Chantelle går ut på en av scenerna skriker Jim som om han är på en rodeo. Jag rycker honom i armen och säger åt honom att vara tyst, för jag vill inte att Chantelle ska bli nervös.

Jag tycker att hon dansar jättebra och att alla de nya tatueringarna verkligen klär henne. Fast hon ser mycket tuffare ut än hon egentligen är. I själva verket är hon ju en av de mest känsliga tjejer jag känner.

Efter showen kommer hon och tar en drink med oss, och jag säger hur bra jag tyckte att hon var.

”Emma har rätt”, säger Jim. ”Du var helt jävla grym.” Och så lyfter han sitt glas och skålar för henne.

Chantelle ler blygt under allt sminket. Hon säger att hon funderar på att flytta till en större stad och jobba där i stället.

”För även om jag trivs här”, säger hon, ”så skulle det vara kul att jobba på en bättre klubb.”

”Vad är det för fel på det här stället?” säger Jim och ser uppriktigt förvånad ut.

Jag skrattar och skakar på huvudet, för ”A Bunch of Bunnies” är en riktigt sunkig klubb.

När Chantelle en stund senare går iväg för att förbereda sig för sin nästa show, lutar sig Jim fram mot mig och säger med lägre röst:

”Emma, jag vill att du hänger med mig på ett jobb.”

”Vadå för jobb?” frågar jag och blir genast nyfiken.

”Mexare”, säger han och lutar sig ännu närmare. ”Jag ska smuggla några mexikaner över gränsen och jag tänkte att vi kunde använda din bil.”

”Min bil?” säger jag förvånat.

”Ja, den har ju tonade bakrutor, så då är det lätt att gömma dem i baksätet. Jag har räknat ut att vi kan få in säkert fem stycken där.”

Jag stirrar på honom, men han skämtar inte, och några dagar senare är vi på väg ner mot gränsen i min Volkswagen Jetta med tonade bakrutor.

Vi kommer fram till den avtalade platsen i skymningen, och Jim stannar bilen och slår av motorn. Han säger åt mig att vänta i bilen och kliver ut. Jag tycker mest att det är spännande, och dessutom kommer vi att få en massa pengar som jag kan använda till kläder och knark.

Plötsligt kommer han springande med fyra rätt kortväxta och mörkhyade män efter sig. Han föser in dem i baksätet och sätter sig sedan bakom ratten och gör en rivstart.

Men vi har inte kört mer än någon kilometer när Jim plötsligt svär högt med blicken i backspegeln. Han har upptäckt att en bil från gränspolisen ligger en bit bakom oss och närmar sig i hög fart.

”Kör fortare!” skriker jag och tänker plötsligt på vad mamma ska säga om polisen kommer hem till henne och säger att de tagit fast mig för människosmuggling. Det kommer att krossa hennes hjärta.

”Vi kan aldrig köra ifrån dem”, säger Jim sammanbitet. ”Vi måste hitta på något annat.”

Kapitel 26

Vi river upp ett stort dammoln i luften bakom oss där vi kör som dårar på den torra och gropiga vägen ute i öknen. Men jag kan ändå se att polisbilen hela tiden kommer allt närmare, och jag grips av panik och ska just skrika till Jim att han måste göra något då han i stället skriker något på spanska till de fyra mexikanerna i baksätet.

I nästa stund tvärnitar han, och alla mexikanerna kastar sig ur bilen och in bakom några buskar på ömse sidor om vägen. Jag hinner se att en av dem haltar svårt innan Jim gör en ny rivstart och skriker åt mig att klättra över i baksätet och stänga dörrarna.

Vi kör vidare i våldsam fart medan jag lyckas få igen bakdörrarna. Men det dröjer inte länge förrän vi blir omkörda av gränspolisen som tvingar oss att stanna.

De säger till oss att kliva ur bilen och tvingar Jim att ställa sig bredbent med händerna på biltaket och ryggen mot dem medan de undersöker om han har några vapen på sig. Sedan inspekterar de hela bilen mycket noga men hittar ingenting, för Jim har sett till så att det inte finns vare sig vapen eller knark i den.

”Gränspolisen är som flugor på en där nere”, sa han innan vi åkte, ”så man ska inte ge dem chansen att sätta dit en.”

Polismännen ser riktigt besvikna ut när de till slut inte kan göra annat än låta oss åka vidare. Men de låter oss samtidigt förstå att de inte för en sekund tror att vi är ute här i öknen i något oskyldigt ärende.

”Där hade vi en jävla tur”, säger Jim när vi sitter i bilen igen. ”Dammet gjorde att de inte såg när mexarna flög in bland buskarna.”

Han ler mot mig som om han bara tycker att det här är kul. Själv skulle jag hellre röka lite meth just nu och bli hög på det sättet i stället.

Vi väntar tills polisbilen försvunnit ur sikte framför oss och vänder då tillbaka till platsen där vi släppte av mexikanerna. De kommer fram från bakom buskarna och småspringer med krökta ryggar fram till bilen. De tycks tro att polisen fortfarande är i närheten.

Vi kör dem till en McDonald's-restaurang så att de får äta och dricka innan vi kör vidare mot staden där vi ska lämna av dem. De verkar helt utsvultna, och jag tycker att det känns bra att få ge dem mat.

I staden möts vi några timmar senare av en annan mexikan som ger oss sjuhundra dollar för var och en av våra passagerare och undrar om vi vill göra fler resor för hans räkning. Jim ser på mig och jag nickar utan att tveka, så han säger till mexikanen, som har en väldigt färgstark skjorta:

”Visst, säg bara var och när så gör vi det.”

Mexikanen ler med dåliga tänder och säger att han ringer när det blir dags igen.

Vi gör fem eller sex sådana smugglingsresor den närmaste tiden och lyckas undgå att åka fast. Varje gång har vi fyra eller fem mexikaner i baksätet på min svarta Jetta och varje gång ser jag till så att de får äta sig mätta innan vi lämnar dem hos mannen med de dåliga tänderna och skrikiga skjortorna.

En dag när jag och Jim sitter och äter på ett taco-ställe, visar Jim mig en 20-dollarsedel och frågar vad jag tycker.

Jag tittar oförstående på honom. ”Om vadå?”

”Ser du något konstigt med den här sedeln?” säger han och håller den uppvikt framför mitt ansikte.

”Nej”, säger jag och skakar på huvudet efter att ha tittat närmare på den.

”Bra”, säger Jim och ler. ”Den är falsk och det är jag som har gjort den.”

Jag gör stora ögon och frågar: ”Hur då?”

”Med en vanlig laserskrivare, och så kopierar jag säkerhetstråd och vattenstämpel från en riktig sedel. Det är inte så svårt som man kan tro.” Han blinkar åt mig och fortsätter: ”Jag tänkte att vi skulle börja med det här i stället för de där tripperna ner till gränsen. Jag har tröttnat på dammet och svettlukten från baksätet.”

”Jag också”, säger jag och tycker att det låter väldigt bekvämt att kunna göra de pengar man behöver.

Så Jim börjar tillverka en massa sedlar i olika valörer i garaget hos Samantha som han nu bor hos. Hon har två pojkar med en galning som inte bor med henne men som ibland dyker upp utan förvarning och slår både henne och pojkarna. En gång kör han hennes huvud rakt igenom väggen.

”Det var ju tur att den är så tunn”, säger hon när jag röker meth med henne några dagar senare. ”Annars hade jag väl varit död nu.”

”Kan du inte göra så att han åker in?” säger jag och räcker över glaspipan till henne och ser på hennes sönderslagna ansikte.

”Det är ingen idé”, säger hon och sätter cigarettändaren under pipan för att hetta upp kristallerna. ”Förr eller senare kommer han ut igen, och då får jag bara ännu mer stryk. Men jag funderar på att överlåta vårdnaden för pojkarna på mina föräldrar, för då kan han i alla fall inte komma åt dem."

Jag tycker så synd om Sam men vet inte hur jag ska kunna hjälpa henne. Det var Bob, pojkarnas pappa, som en gång fick henne att börja med meth, och nu håller han dessutom på att långsamt slå ihjäl henne.

Jim tillverkar sedlar i valörerna 10, 20, 50 och ibland också 100 dollar där i Sams garage. Han och jag hjälps åt med att prångla ut dem på bensinmackar, snabbmatsställen och i mindre butiker. Vi brukar köpa något litet med en stor sedel och på det viset få växel i äkta pengar.

Ibland är vi höga på meth när vi gör det och kan då tappa omdömet fullständigt. Som den gången då Jim av misstag ger en langare en 100-dollar-sedel som han själv gjort. När langaren upptäcker att sedeln är falsk sätter han en pistol mot Jims huvud och hotar att skjuta honom på fläcken.

När vi är höga kan vi också gå in på Wal-Mart och köpa massor med saker som vi inte behöver bara därför att vi har råd att göra det med våra falska sedlar. Det är en kick att kunna bränna pengar på det sättet.

Men vi blir alltmer oförsiktiga, och Jim slarvar också ibland när han gör sina sedlar eftersom han nu är hög i stort sett hela tiden.

En dag slår polisen till mot Sams hus och hittar Jim i garaget där han hög som ett hus håller på att tillverka buntvis med falska sedlar.

Det visar sig att både narkotikapolisen DEA och FBI en längre tid varit honom på spåren, och nu tar de honom alltså på bar gärning.

Jag är just då inte där och blir inte gripen senare heller. Men jag är väldigt nervös de närmast efterföljande veckorna. Jag tycker att jag ser poliser överallt och kan stå i timmar vid fönstret och spana efter dem i glipan mellan gardinerna. Jag blir knappast mindre paranoid av att jag nästan hela tiden är hög på meth.

När Jim ringer från fängelset känns det väldigt sorgligt att jag inte kommer att få se honom på flera år.

”Jag saknar dig”, säger han med sin mörka, lite raspiga röst, och jag svarar att jag tänker jättemycket på honom och kommer att vänta på honom tills han släpps ur fängelset.

Jag menar det verkligen, men samtidigt har jag ju fortfarande andra vänner som jag kan vara med och bli hög tillsammans med. Framför allt finns det andra langare än Jim som jag kan gå till när jag behöver få tag på meth – och det behöver jag nästan jämt.

Kapitel 27

Jag bryr mig inte längre om vad mamma säger, lyssnar inte när hon tjatar.

”Du äter ju inget, du är ju bara skinn och ben. Och du är ute hela nätterna och vill inte säga var du varit.”

Jag bara tittar helt kallt på henne och säger:

”Jag fyller arton snart och då kan du inte längre säga åt mig vad jag ska göra och inte göra, för det är jag själv som bestämmer det. Och inte du!”

”Men min älskade trollunge, jag vill ju bara att du ska ta hand om dig själv. Titta på dig, du bryr dig ju inte ens om att tvätta dig längre!”

”Jag gör vad jag vill!” fräser jag åt henne. ”Jag är inte din jävla trollunge längre.”

Och så går jag ut och smäller igen dörren efter mig.

Jag har helt vänt på dygnet och är ute hela nätterna tillsammans med mina kompisar Britney och Melanie. Chantelle har flyttat till en annan stad och börjat jobba på en bättre strippklubb än ”A Bunch of Bunnies”, så jag har bara kontakt med henne på telefon.

Britney har jag lärt känna via Ben, och hon är så liten och smal att en del killar tror att de kan göra som de vill med henne. Men hon kan klippa till dem innan de hinner fatta vad som händer, precis som också jag kan slå ner vem som helst om jag blir tillräckligt galen. En gång slog jag ner

Jeffs äldre bror Joe, som såg otroligt förvånad ut när han åkte omkull.

Britney byter hårfärg och frisyr så ofta att min mamma ibland inte känner igen henne när hon kommer hem till oss. Om vi har varit ute och festat en hel natt brukar vi ofta sova i mitt rum till sju på kvällen, och då går vi ut igen.

"Hon ser ut som en slampa", säger mamma om Britney.

"Det är du som är en hora", säger jag då.

"Så får du inte säga", säger mamma. "Förstår du inte att hon är dålig för dig?"

"Det är du som inte förstår något", säger jag. "Jag har kul med henne, och det kan du inte fatta, för du är så jävla tråkig själv och har aldrig nånsin vågat ha kul."

"Nu är du orättvis", säger hon. "Jag tycker bara att du är värd en bättre vän än Britney."

Mamma vet inte att Britney har rymt från ett ungdomshem. Hennes föräldrar klarade inte av henne, eftersom hon är helt vild. Mamma vet inte heller att vi ibland brukar stjäla pengar från henne för att ha råd att köpa meth.

En gång stal en av mina pojkvänner över tvåtusen dollar från mamma och Jeff när han var hemma hos oss. Mamma upptäckte det, men jag sa att det inte var han som hade tagit pengarna.

När jag och Britney är ute på klubbar och barer behöver vi aldrig betala för spriten, utan blir alltid bjudna. Vi blir också ofta bjudna på meth av langarna, eftersom de ser att de får nya kunder bland våra kompisar.

Jag och Britney röker mycket meth ihop, och då brukar också Melanie vara med. En gång när Melanie rökt så mycket att hon inte sovit på en hel vecka, blev hon helt tokig. Hon fick för sig att hennes familj var ute efter henne och tänkte döda henne.

”Varför tror du det?” frågade jag henne.

”Jag tror inte”, sa Melanie och stirrade på mig med brinnande blick. ”Jag vet.”

Sedan fick hon en kille i gänget som vi hängde med just då att ge henne en laddad revolver. Hon tänkte skjuta hela sin familj, men innan hon hann göra det kollapsade hon.

Jag blir själv alltmer paranoid ju mer meth jag röker och får precis som Melanie för mig att mina egna föräldrar försöker komma åt mig.

Jag kan stå med örat pressat mot väggen för att höra vad mamma och Jeff pratar om i rummet intill. Tänker de sätta dit mig? Kommer de att låta någon hämta mig mitt i natten och ta mig till en av de där avvänjningsklinikerna som jag hört så många hemska historier om?

Jag tycker jag hör mamma säga: ”Emma tar droger. Vi måste skicka bort henne.”

Jag hör också andra röster som kommer genom väggen och ser stora svarta skuggor som hotar att sluka mig. Men jag kan även under rusen se massor av små gulliga änglar som svävar omkring i taket och som jag kan leka med genom att sträcka upp händerna.

En av mina tjejkompisar såg en gång, när hon rökt mycket meth, hur det satt två främmande och väldigt feta män i hennes badkar och diskuterade hur man knöt rosetter så att de blev snygga. Och en killkompis såg blodiga huvuden som hängde från grenarna på träden i hans föräldrars trädgård.

När ruset tar slut och jag landar i verkligheten igen är jag alldeles utmattad och känner mig fruktansvärt törstig. Jag vill genast ha en ny kick så att jag slipper vara i den här världen som bara är full av lögner.

Jag bryr mig inte om vad som händer med mig, för det är ju ingen annan som bryr sig om mig. Jag är familjens svarta får. Det räcker med att jag ser mig i spegeln för att jag ska förstå det. Robin är smart och duktig i skolan, och jag är raka motsatsen. Jag kan lika gärna förstöra för mig.

Jag hatar allt och alla, och allra mest hatar jag mamma för vad hon har gjort mot mig och vår familj när hon inte sagt sanningen. Ibland måste jag skära mig i handlederna för att riktigt känna hur ont det gör att hata så mycket.

”Tycker inte du också att allt är skit?” säger jag till Britney en kväll när vi är på väg till en klubb.

”Javisst”, säger hon obekymrat. ”Det är väl ingen nyhet. Men bara för det behöver man väl inte sitta hemma och ha tråkigt. Nu ska vi festa!” Och så ser hon så där galet vild ut som bara hon kan göra.

Några dagar senare skriker mamma till mig:

”Den där flickan sätter aldrig mer sin fot i det här huset! Hon har förstört min dotter med sitt jävla knark!”

Då har Jeff en stund tidigare kommit in från garaget med en pipa som han hittat i handskfacket i min bil.

”Vad är det här?” frågar han mig med en hård och genomskådande blick.

Och mamma som är i samma rum stirrar på mig och säger:

”Jag visste det, jag visste det.”

Och jag, som är helt nojig efter att ha varit hög i flera dagar, kan bara tänka att jag åkt fast för att telefonen varit avlyssnad.

”Du tar droger, erkänn det!” skriker mamma och ser ut som om hon vill både gråta och slå mig.

”Jag vet inte vad du pratar om”, försöker jag, men hon fortsätter:

”Det är därför du är så mager och konstig hela tiden. Du knarkar!”

”Håll käften, jävla kärring!” skriker jag tillbaka, och sedan skriker jag ännu värre saker till henne tills hon börjar gråta, och då går jag in på mitt rum och smäller igen dörren.

Senare samma dag säger hon att de har pratat med en god vän som är läkare och som tycker att jag genast behöver komma bort från mina kompisar. Så de tänker skicka mig till vänner som de har i Florida, och där måste jag stanna tills jag är helt drogfri.

”Det tänker jag inte göra!” skriker jag.

Men de tittar båda jätteallvarligt på mig och säger att jag inte har något val.

Den kvällen gråter jag mig till sömns.

Kapitel 28

Nästa dag sätter de mig på flyget till Orlando i Florida. Jag får inte ta adjö av någon, utan skickas iväg som om jag är ett paket, ett kolli.

Jag är så förbannad på mamma att jag bara svär åt henne när hon och Jeff med allvarliga ansikten följer mig till gaten på flygplatsen. Först sviker hon mig genom att inte tala sanning, och sedan skickar hon bort mig!

Fy fan för henne. Fy fan.

”Du kanske inte behöver vara där mer än några månader eller ett halvår”, säger hon som om det skulle hjälpa. ”Jag har pratat med flera som är insatta i det här, och de tycker inte att du behöver behandlas utan bara vara borta ett tag.”

Hon försöker se på mig som om hon bryr sig om mig, men jag har genomskådat henne sedan länge och säger:

”Du ljuger, bara ljuger. Jag vet nog att du inte vill ha mig, precis som du inte ville ha Daniel!”

Och så tar jag min väska och vänder ryggen åt henne och Jeff. Om de vill slippa mig, så ska de också få slippa mig.

Jag känner den familj jag ska bo hos i Orlando, för de bodde tidigare i min gamla hemstad. Min mamma och mamman i den familjen, Gina, umgicks mycket. Jag var själv kompis med den äldsta av hennes båda döttrar, Laura, och kom bra överens med lillasystern, Pam.

De hämtar mig på flygplatsen, och trots att de verkar glada att se mig känner jag mig inte alls glad. Men jag säger inte till dem hur mycket jag hatar att vara här, för felet är ju inte deras utan mammas.

De bor i ett hundraårigt tvåvåningshus av trä i ett trevligt och grönt område. De har en fin trädgård med vitmålat staket runt omkring. Jag delar rum med Laura och Pam. Det är bara de tre som bor där, för Gina är skild från flickornas pappa.

När jag ligger och försöker somna den första kvällen känner jag mig i ena stunden så sviken av mamma att jag skulle gråta om jag var ensam. Hon behöver inte mig, för hon har Jeff nu. När vi levde med Anders var jag viktig för henne, för han drog sig bara undan. Men nu är hon lycklig, och jag måste plötsligt dela henne med någon.

I nästa stund tycker jag att hon förtjänar att vara lycklig efter allt som hon har gått igenom.

Plötsligt blir jag så trött av alla känslor som far åt olika håll att jag somnar tvärt.

Jag vet att mamma och Gina har kontakt varje dag och pratar om mig. Gina är minst lika ordentlig som mamma och har en massa regler som jag måste följa. Jag märker att hon håller koll på mig och inte tänker låta mig börja strula här.

Men fastän jag tycker det är jobbigt att vara övervakad och inte få göra som jag vill, gillar jag Gina. Hon är rak och öppen, och hon visar verkligen att hon bryr sig om hur det går för mig.

Tre gånger i veckan måste jag gå till ett ställe där unga drogmissbrukare träffas under ledning av en äldre person som själv kan ha varit missbrukare. Det är frivilligt, men både mamma och Gina har förklarat att det är ett krav att jag går dit.

Vi får sitta i en ring och prata om varför vi började knarka eller dricka och vad vi vill med våra liv. Jag kan känna igen mig i många av de andras berättelser, men samtidigt är vi väldigt olika. Vi kommer från alla möjliga sorters familjer och har använt alla droger man kan tänka sig för att fly från verkligheten.

Först är jag väldigt spänd, men efter ett tag slappnar jag av och kan berätta ganska öppet om mammas svek och den där känslan av att allting bara är skit och inte längre betyder något.

Ibland börjar någon gråta, men jag har alldeles för mycket hat i mig för att kunna fälla några tårar.

De där mötena är på kvällarna. På dagarna går jag i skolan – i samma klass som Laura. Jag tycker att det är tråkigt att sitta där, men jag vet att jag inte har något val. Jag saknar mina kompisar, mest Britney och Melanie, men också Nick, som har blivit en nära vän och som jag ofta ringer till. Nu när vi inte kan träffas, förstår jag plötsligt att jag är lite kär i honom.

Nick tycker inte om att jag tar meth, för han säger att det är en smutsig och dålig drog.

”Du ska ta sånt som är rent och ger en bra kick”, brukar han tjata på mig. ”Meth är skit, för det bara förstör dig.”

Nu tänker jag att han kanske har rätt, och jag bestämmer mig för att jag ska testa andra droger i stället när jag kommit hem igen.

Som tur är låter Gina mig gå ut på kvällarna och helgerna, bara Laura är med. Jag skulle bli tokig och antagligen rymma om de försökte hålla mig instängd i huset. Jag har levt instängd alldeles för mycket i mitt liv för att vilja göra det en enda dag till.

Vi går på bio eller hänger tillsammans med Lauras kompisar i något köpcentrum. Jag träffar en söt men lite plufsig kille som heter Mick, och vi blir ihop. Han klär sig rätt taskigt och har lika taskig musiksmak och dricker alldeles för mycket öl, men jag är ändå kär i honom. Fast hans killkompisar gillar jag inte alls, de är riktigt jobbiga och dessutom töntiga.

Mick och de där idioterna brukar ibland dra iväg och fiska och kan då vara borta hur länge som helst, eller så åker de motocross i lervälling och ser ännu mer motbjudande ut än vanligt.

När vi har varit tillsammans i ungefär en månad säger Mick plötsligt att han vill göra slut. Jag bara stirrar på honom och tror inte att det är sant. *Han* vill göra slut med *mig*, han som enbart ska vara glad att han har mig som flickvän.

När jag frågar varför han vill göra slut, bara rycker han på axlarna och säger:

"Det känns liksom i magen att det inte är rätt."

Jag tittar på hans rätt stora mage och vet inte vad jag ska tro.

Senare den dagen ringer jag till mamma och gråter och är hysterisk och skriker att jag vill komma hem, för jag är så jävla olycklig här. Men hon tycker att det är för tidigt för mig att komma tillbaka, och hon säger:

"Du måste försöka vara tapper, Emma, och klara av det här. För gör du det kan vi alla få chansen att gå vidare och bli en riktig familj igen."

Men det enda jag hör är att hon inte bryr sig om mig.

Så träffar jag Dennis, som har en väldigt snygg och snabb bil. Vi blir ihop, men efter bara två veckor tröttnar jag på honom och säger att vi inte kan ses mer. Då kommer plötsligt Mick in i bilden igen. Jag stöter ihop med honom av en slump, och innan jag hinner fatta hur det går till är vi ett par igen. Problemet är bara att jag då har börjat dejta en annan kille som heter Austin.

Austin är verkligen en gentleman och får mig att känna mig äldre än vad jag är. Tillsammans med honom går jag på Mardi Gras, det är ett helt galet jätteparty där människor festar på ett sätt som jag aldrig sett tidigare.

Karnevalståget är som hämtat ur någon dröm jag hade som barn, och jag tycker att det är nästan lika bra som att vara hög. Men när jag kommer ut från en av barerna på området med en öl i handen, står plötsligt två poliser framför mig. De frågar hur gammal jag är och ber att få se någon form av legitimation.

När de förstår att jag bara är sjutton, säger de att jag inte får köpa eller dricka öl eftersom jag är minderårig. Och så tar de ifrån mig ölen och ger mig böter. Jag får lust att säga något vasst till dem, men hejdar mig.

Poliserna har lyckats förstöra feststämningen för mig, och en stund senare går jag hem till det hus som jag absolut inte vill kalla hem. Det kanske ser trevligt ut, men det är egentligen ett fängelse.

Nu börjar jag ringa mamma varje dag och tjata om att jag vill komma hem.

”Du måste låta mig komma hem”, vädjar jag. ”Jag håller på att bli tokig här. De är jättesnälla mot mig, men jag står inte ut!”

”Det är för tidigt, lilla gumman”, säger mamma. ”Du får inte vara så otålig. Tänk på hur dålig du var när du åkte.”

”Jag vill komma hem!” nästan skriker jag i telefonen.

Och jag börjar verkligen bli desperat.

Jag vill inte vara kvar här. Jag längtar hem. Det känns som om jag straffas för något jag inte har gjort. Allt är så fruktansvärt orättvis, och jag tycker mamma gör fel som tvingar mig att vara så långt hemifrån. Hon är elak och älskar mig inte.

Till slut märker jag att hon börjar låta allt mindre och mindre övertygad när jag ringer och tjatar på henne om att få komma hem. Jag är vid det laget nästan helt hysterisk och gråter jättemycket i telefonen.

Så en dag ger hon med sig och säger att jag kan få komma hem igen, eftersom jag inte verkar klara av att vara kvar där längre. Jag blir så lycklig att jag bara skriker rakt ut.

Jag har varit i Orlando i tre månader, men det känns som tre långa år. Jag har inte tagit meth en enda gång – bara rökt gräs några gånger.

Äntligen ska jag få komma hem och träffa mina kompisar.

Kapitel 29

När jag kommer hem från Orlando är det fortfarande sommar och väldigt varmt, och jag är ute med mina kompisar hela nätterna och har jättekul. Jag har längtat så mycket efter dem, och de verkar också ha saknat mig.

”Det har varit så jävla trist utan dig”, säger Britney och ger mig en kram, och jag tror henne verkligen.

Hon och jag börjar festa lika vilt som vi gjorde innan mamma och Jeff skickade mig till Florida. Det är så skönt att få göra precis som jag vill igen, och jag bryr mig inte om att mamma ser så där bekymrad ut igen och beklagar sig över att jag kommer hem först på morgonen.

Jag är ung och jag vill ha kul, och framför allt vill jag inte vara så där ordentligt tråkig som jag tycker att mamma är.

”Jag är inte som du”, säger jag föraktfullt när hon klagar på att jag är slarvig och oansvarig och slösar bort alla mina pengar och umgås med människor som hon tycker är dåliga. ”Och jag kan aldrig bli som du – och vill det inte heller!”

Sedan jag läste ”den svarta boken” tycker jag att jag tydligt ser hur olika vi är varandra, jag och mamma. Hon är lugn och skötsam, medan jag är vild och vill pröva nya saker hela tiden. Jag förstår nu att det måste vara min riktiga pappa jag brås på, mannen med de mörka ögonen, han som vill slå, förstöra och döda.

I början dricker jag bara, det blir mycket öl, tequila och rom. Sedan röker jag gräs och tar ecstasy och tycker att det känns skönt. Men snart kommer suget efter en ännu starkare kick, efter Mr White, som vi kallar meth. Jag vet ju hur häftig den kicken är och kan inte motstå frestelsen när Britney en kväll håller fram glaspipan med de små kristallerna mot mig.

”Kom igen, Emma”, säger hon. ”Skit i vad dina föräldrar tycker. De fattar ju ändå ingenting. Säg hej till Mr White.”

”Du har rätt”, säger jag och tar pipan och cigarettändaren hon räcker mig. ”Jag skiter väl i dem, för de skiter ju i mig.”

Och så sätter jag lågan under pipan och drar in ångorna. Det är som att träffa en gammal kär vän igen, en vän som alltid står vid ens sida och aldrig skulle komma på tanken att svika en.

Mr White är den enda jag behöver.

Gud, vad jag älskar att vara så här hög!

Snart röker jag lika mycket meth som jag gjorde innan jag blev förvisad till trista Orlando. För att få råd att köpa så mycket speed som jag tycker att jag behöver, stjäl jag pengar av mamma. Men inte ens det räcker, så en kväll bryter jag mig in i ett hus där mamman till en av mina kompisar bor.

Jag vet att det inte är någon hemma den kvällen, och jag kan alltså i lugn och ro söka igenom hela huset. Jag hittar inga kontanter, men däremot en massa smycken som jag nästa dag tar med mig till pantbanken och får pengar för.

Jag märker att mamma har börjat misstänka att jag tar pengar från henne, för det blir allt svårare att hitta dem. Och nu säger hon också rakt ut:

”Du har börjat knarka igen, eller hur?”

Jag blånekar och blir förbannad och skriker till henne:

”Du har inget med mig att göra, så du ska bara hålla käften! Du bryr dig ändå inte om mig, och snart är jag arton och då gör jag ändå precis som jag vill.”

Jag har börjat följa med Britney till förorten som hon kommer ifrån. Det är mest husvagnar där och i var och varannan sådan finns det ett litet laboratorium där de framställer meth. Så det är inte särskilt svårt att få tag på drogen – om man har pengar, vill säga.

De som styr där och sköter både tillverkning och langning är ett gäng nynazister, och jag och Britney röker mycket tillsammans med dem. En gång när jag tar med mig en av de killarna hem, blir mamma alldeles tokig och skriker att hon ska ringa polisen.

”Du är för fan inte klok!” skriker jag tillbaka. ”Det här är en kompis till mig. Du kan inte hindra mig från att ha kompisar!”

”Du får visst ha kompisar”, säger mamma och tittar samtidigt med skrämd blick på Tom, som är nästan två meter lång, har rakat huvud, stora ringar i öronen, lädervāst och ett hakkors tatuerat på ena överarmen och Adolf Hitler på den andra; han stirrar tillbaka på henne med glansiga ögon, för han är hur hög som helst.

”Men de får inte vara här, för det här är mitt hem.” Hon håller telefonen riktad mot Tom som om det är en pistol.

”Jävla kärring!” säger jag och drar med mig Tom därifrån.

Jag tycker att hon sviker mig när hon förbjuder mig att ta hem kompisar. Inte heller Britney är längre välkommen dit.

Jag får inte leva mitt eget liv. Det är som att vara i ett fängelse.

Jag gillar att vara i den där fattiga delen av stan och bara hänga med gänget hela dagarna och ibland också hela nätterna. Jag struntar i att de är rasister och är aldrig rädd för dem, även om jag vet att de kan vara farliga.

Britney berättar för mig att en vit tjej där i området blev ihop med en svart kille. När ledaren för vit makt-gänget fick reda på det, letade han och några av de andra killarna i gänget reda på tjejen och den svarta killen och stoppade in dem i en bil och körde långt ut i öknen med dem.

Där släpade de ut dem båda ur bilen och sköt den svarta killen framför ögonen på hans tjej. Sedan klädde de av henne naken och skar sönder hennes underliv och lämnade henne att förblöda där.

”Du skojar?” säger jag till Britney.

Men hon skakar på huvudet och ser alldeles allvarlig ut.

Trots det känner jag mig inte orolig när jag är med de där killarna. Jag skulle ju aldrig komma på tanken att bli ihop med någon svart kille.

En dag när jag sitter i en husvagn med Britney och några av killarna i vit makt-gänget tar en av dem plötsligt fram en jättestor glaspipa och frågar om vi vill pröva den.

Jag och Britney bara stirrar på pipan, för den är verkligen enorm. Men sedan blir jag ivrig och säger:

”Visst, det verkar ju skithäftigt!”

Jag tar pipan och häller flera påsar meth i den och hettar upp kristallerna med en tändare och drar in ångorna säkert tjugo gånger i tät följd. Jag känner kicken med en gång, och den är häftigare än något jag känt.

Men i nästa sekund känner jag också en sprängande huvudvärk. Det är som om någon pressar ihop mitt huvud med full kraft från alla håll och kanter. Samtidigt får jag en fruktansvärd hjärtklappning och börjar svettas och frysa våldsamt om vartannat.

Jag tappar pipan i golvet och märker hur jag själv faller åt sidan där jag sitter med ryggen mot en vägg. Jag hör att de andra säger något, men jag kan inte urskilja orden. Och så ligger jag i något slags fosterställning och bara skakar i hela kroppen och känner hur hjärtat slår så vilt att jag tror att det ska hoppa rakt ut ur bröstet på mig.

Det börjar svartna för ögonen på mig och jag kräks plötsligt gång på gång men kan inte ens lyfta huvudet från golvet.

Nu dör jag, tänker jag.

Kapitel 30

Jag är så övertygad om att jag ska dö där på golvet i husvagnen att jag bara vill skaka på huvudet åt de andra när de börjar försöka hålla mig vid medvetande.

”Sluta med det där”, vill jag säga när en av dem upprepade gånger slår mig i ansiktet med handflatan. ”Låt mig få gå.”

Fortfarande svettas jag lika häftigt i ena stunden som jag i nästa fryser, och jag försöker kräkas fastän magen är helt tömd och utkramad.

Så känner jag hur någon lägger en kall handduk på min panna och en lika våt och kall handduk på min rygg. Och händer börjar massera mig på armarna, benen och ryggen. Det rycker fortfarande i hela kroppen på mig, men jag märker att jag inte längre är lika nära att sjunka ner i medvetslöshet.

”Stanna kvar hos oss!” hör jag Herbs röst säga. ”Släpp inte taget!”

Herb är den som äger husvagnen vi sitter i och också den som är den stora langaren i gänget. Han låter nervös och jag tänker att jag måste klara mig för hans skull. Jag vill ju inte ge honom problem genom att dö i hans husvagn, där han tillverkar allt knark.

Skakningarna avtar och jag börjar andas mer normalt samtidigt som hjärtat slutar banka så där vilt i bröstet på mig. Men jag mår fortfarande lika illa och har frossbrytningar.

”Bra jobbat, Emma”, säger Herb och baddar min panna. ”Jag visste att du var en stark tjej.”

Jag har överlevt en överdos och jag kommer aldrig att glömma hur rädd jag blev. Men jag tänker inte vända ryggen åt Mr White bara för att det blev lite för mycket av det goda den här gången. Jag behöver verkligen de här kickarna för att stå ut med alla lögner och all falskhet.

Jag fortsätter alltså att röka meth fastän döden klappat mig på axeln. Om inte ens döden kan skrämma mig, så kommer ingenting att kunna få mig att sluta ta den här drogen, men efter ett tag märker jag att jag blir sårig i halsen. Britney säger då att jag får börja ta det i näsan i stället. Hädanefter snortar jag meth genom en hoprullad sedel, precis som man snortar kokain.

Om man tar det genom vänstra näsborren går det direkt upp i hjärnan och ger bäst effekt. Kickarna blir ofta lika starka som när jag rökte det, så jag känner mig rätt nöjd ändå. Men när jag träffar Nick tycker han att jag borde sluta med meth eftersom den drogen bara förstör mig.

”Titta på dig själv”, säger han och granskar mig hastigt från topp till tå. ”Du ser ju ut som en gammal pundare: mager, skitig och alldeles hålögd. Och ofta är du så borta att ingen orkar vara med dig. Snart kommer du att inte att ha några riktiga vänner kvar.”

Innerst inne inser jag att han har rätt och det gör mig lite ledsen.

”Varför tar du inte en bra drog som kola?” frågar han. ”Då skulle ingen kunna se på dig att du knarkar, och du skulle till och med kunna plugga eller ha ett jobb.”

Jag hänger med huvudet, men han låter mig inte slippa undan, utan ser ganska hårt på mig och säger:

”Och ärligt talat, Emma, så kommer du att dö om du fortsätter med den där skiten. Så är det bara.”

Jag vet att han verkligen bryr sig om mig och inte skulle säga så om han inte verkligen menade det. Några dagar senare prövar jag att snorta kokain i hans bil och upptäcker att den drogen inte bränner lika mycket i näsan som meth. Ruset är inte heller lika utdraget, utan man kommer fortare ner. Därför kan jag ha bättre kontroll över mitt missbruk och dölja det lättare. Men kokain är mycket dyrare än meth, så jag är tvungen att stjäla ännu mer pengar från mamma. Och när inte de pengarna räcker, stjäl jag saker – mest dyra kläder, smink och parfym – i affärer och säljer dem till hälare eller ger dem direkt till langarna.

Fast ofta är jag så desperat att jag tar vad jag kommer över. Då kan jag blanda kokain och meth, och jag kan också ta ecstasy eller andra tabletter. Det viktiga för mig är ju inte *vad* jag stoppar i mig eller röker, utan att jag får bli hög och komma bort från den här skiten en stund. Helst skulle jag vilja slippa den helt, men jag vågar helt enkelt inte ta livet av mig.

Jag är verkligen feg – ingenting värd.

Äntligen fyller jag arton. Nu kan ingen längre bestämma över mig, nu gör jag precis som jag själv vill. Så när mamma säger att hon och Jeff tänker ta mig till ett sjukhus eftersom de tycker att jag ser ut som om jag ska dö, skriker jag till henne:

”Jag är arton, jag är myndig, det är ingen som bestämmer över mig!”

Men då ställer hon sig tätt inpå mig och griper mig om armarna och säger:

”Lyssna på mig, Emma! Du måste få hjälp. Om du inte följer med oss till sjukhuset, så måste vi kanske se till så att du kommer till en avvänjningsklinik som vi känner till.”

”Jävla satkärring!” skriker jag och spottar henne i ansiktet och försöker vrida mig loss ur hennes grepp.

När jag inte lyckas, vrålar jag:

”Din äckliga gamla hora, släpp mig!”

Då släpper hon mig och ser alldeles förskräckt ut.

Robin kommer in i rummet och säger till mig:

”Du är verkligen för jävlig nu, vet du det? Du borde försöka sköta dig i stället för att stå och skrika såna där saker till mamma.”

Jag tittar på honom och tänker att nu sviker han mig också. Nu vänder sig också han emot mig. Nu är jag verkligen familjens svarta får.

”Sköt dig själv, du som är så jävla duktig”, säger jag och går förbi honom och ut ur rummet.

Ingen står längre på min sida hemma. Men jag har fortfarande mina vänner, framför allt Britney och Nick. Och så har jag ju alltid Mr White.

Jag vill helst inte vara hemma alls, så när Nick frågar mig om jag vill följa med honom och ett par av hans killkompisar till Mexiko säger jag genast ja. Till mamma säger jag att vi ska åka till grannstaden och bo hos kompisar där över helgen.

Jag har inga giltiga papper utan bara körkort med mig när vi passerar gränsen i min bil, men jag tänker inte på att jag skulle kunna hamna i ett mexikanskt fängelse om vi blev stoppade och kontrollerade av polisen.

Vi åker till en liten stad vid havet och får bo gratis på ett litet hotell som ägs av en släkting till en av killarna, Lenny.

Det är härligt att kunna vara på stranden hela dagarna och till långt inpå kvällarna. Vi sitter där och dricker och röker och pratar.

Jag tycker att det är kul att vara arton, för jag kan köpa hur mycket sprit jag vill. Men när den fjärde killen i gänget, Derek, går för att köpa gräs inne i stan blir han rånad. Killarna han försöker köpa gräset av sätter en kniv under hakan på honom och tar ifrån honom alla pengarna och mobiltelefonen.

Han är därför väldigt sur när han kommer tillbaka till uteserveringen där vi andra sitter. Jag märker snart att han är sur också av en annan orsak. För när jag kysser Nick tittar Derek på oss med en konstig blick.

Då fattar jag plötsligt att Derek är förtjust i mig, men jag orkar inte bry mig om det. Jag är ju ändå inte ihop med Nick på allvar, utan bara för att ha kul just nu. Men jag gillar verkligen Nick, för han tar hand om mig och beskyddar mig. Därför blir jag så förbannad när jag kommer hem igen och mamma börjar skrika något om att det är Nick som drar ner mig i knarkträsket och försöker döda mig. Det är ju precis tvärtom! Han är som en stor och snäll storebror för mig.

”Håll käften!” skriker jag åt henne. ”Du vet inte vad du pratar om. Du ska bara hålla tyst, för om det är nån som har förstört för mig så är det du!”

När jag säger det ser jag hur ledsen hon blir, och då ångrar jag mig och vill få vara hennes lilla flicka igen. Men i nästa sekund bara hatar jag henne och vill aldrig se henne mer. Hon har gjort det som en mamma aldrig får göra, hon har svikit sina barn.

Jag sjunker allt djupare i mitt missbruk och tål snart inte alls dagsljus. När jag ser mig i spegeln blir jag nästan lite rädd.

Men Britney ser ännu mer nergången ut än jag, och jag oroar mig mer för henne än för mig själv.

Till slut tycker jag att hon är i så dåligt skick att jag måste göra något för att rädda henne. Hon kan inte alls ta hand om sig själv längre, och från mig kan hon inte få mycket hjälp.

Så jag ringer den lokala polisen och avslöjar för dem att Britney är på rymmen från ett ungdomshem. Sedan packar jag ihop hennes saker i en bag och slänger in den i baksätet på bilen och kör till polisstationen. När jag är där ringer jag till Britney och säger att hon måste komma dit och hämta mig.

"De vill inte låta mig gå härifrån ensam", säger jag i telefonen med ynklig röst, precis som om jag håller på att tända av.

"Visst, jag kommer med en gång", säger hon som den fina kompis hon är.

Själv känner jag mig som en riktig svikare eftersom jag ju lurar henne och kastar henne i armarna på polisen. Men jag ser ingen annan utväg. Jag vet att hon inte kommer att klara sig länge till om hon får fortsätta som hittills.

Jag ser inte när de tar henne, för jag orkar inte det. Jag gråter när jag kör därifrån och skär mig sedan i armarna när jag har kommit hem och stängt in mig på mitt rum.

Mammas och mina gräl blir bara värre och värre. Vid ett tillfälle skriker jag till henne:

"Jag hatar dig! Jag hoppas att du dör!"

Senare ångrar jag de orden djupt, och redan i den stunden får de mig att gripas av dåligt samvete.

Jag känner att jag måste komma därifrån innan det händer något riktigt otäckt. Och jag vill också undvika att bli skickad som ett jävla kolli till en drogavvänjningsklinik.

Jag bestämmer mig för att flytta hem till Anders. Jag ringer till honom och han säger att jag kan få bo där men att mamma och Jeff i så fall måste ge honom pengar, eftersom han inte har råd att försörja mig.

”Om du bara ser till att din mamma betalar för dig, och det är det inte mer än rätt att hon gör, så kan du få komma hit redan i morgon”, säger han. ”Det borde räcka med åttahundra dollar i månaden.”

Jag hör att han njuter lite av tanken på att mamma ska tvingas ge honom pengar.

Och jag tycker själv att det känns skönt att få säga till mamma och Jeff:

”Jag flyttar till Anders.”

Mamma bara stirrar på mig och gapar av förvåning.

”Det tänker jag inte låta dig göra”, säger hon när hon hämtat sig lite.

”Du kan inte hindra mig” säger jag kallt. ”Jag är arton och gör vad jag vill.”

Då vänder sig Jeff till mamma och säger:

”Du måste nog låta henne göra det, för då kanske hon kommer tillbaka en dag – annars vet man inte hur det går.”

Mamma börjar gråta och snyftar:

”Snälla Emma, gör det inte. Stanna här hos mig.”

Men jag ser bara helt kallt på henne och går ut ur rummet.

Mamma och Jeff går med på att betala för mitt uppehälle hos Anders och också för min flygbiljett. Om jag bestämmer mig för att stanna där, kommer de att se till så att jag får min bil dit.

När vi några dagar senare skiljs åt på flygplatsen säger jag till mamma med ett hånleende:

”Jag kommer aldrig att komma tillbaka till det här rått-hålet.”

Och när jag ser hur hon börjar flacka med blicken som om hon tänker gråta, får jag lust att såra henne ordentligt och lägger till:

”Jag vill aldrig komma tillbaka till dig.”

Och så vänder jag henne ryggen och går mot gaten.

Kapitel 31

Anders möter mig på flygplatsen, och så kör vi hela den långa vägen till min gamla hemstad. Det känns konstigt att jag ska flytta tillbaka dit nu, jag trodde aldrig att det skulle hända. Men det känns också bra, för jag behöver ändra på mitt liv.

När jag genom bilfönstret tittar ut över det flacka, torra landskapet tänker jag att det här egentligen bara är en flykt. Men vad är det för fel med att fly om man håller på att gå under och tvingas leva med människor som man inte står ut med?

Anders bor inte kvar i vårt gamla hus, utan har flyttat till en liten lägenhet i ett hyreshus i utkanten av staden.

När han säger: ”Det är inte särskilt stort”, tror jag att han menar att jag kommer att få ett väldigt litet rum.

När jag stiger in i hans lägenhet med mina väskor och tittar mig omkring blir jag därför förbryllad, för jag ser bara ett litet vardagsrum med ett minikök i ett av hörnen, och så ett sovrum med plats för bara en säng.

”Var är mitt rum?” frågar jag och letar förgäves efter det med blicken.

”Jag tänkte att du kunde sova här”, säger Anders och pekar på vardagsrumssoffan.

Plötsligt känns det inte längre lika kul att komma hit, men jag håller masken och säger:

”Visst, det blir bra.”

För jag har ju inget val. Vart skulle jag annars ta vägen? Jag är visserligen myndig och kan göra som jag vill. Men jag har inga pengar och inga vänner jag kan bo hos, det vill säga vänner som *inte* tar droger hela tiden.

Anders har gift om sig, och hans nya fru heter Bonnie och verkar inte speciellt glad över att jag ska bo hos hennes man på obestämd tid. De bor konstigt nog inte ihop, men Anders är mycket hemma hos Bonnie och det passar mig utmärkt.

Bonnie har två barn i min ålder och de tycks gilla mig lika mycket som deras mamma gör, men det stör mig inte. För jag har inget till övers för dem. De är bortskämda och tråkiga, och jag tycker bara att det är bra att de låter mig vara i fred.

Jag har ju kvar många av mina gamla kompisar här, och nu börjar jag umgås med dem igen och känner mig med ens välkommen och hemma.

Rätt många av de här vännerna har – precis som jag – börjat med droger sedan vi sågs senast, och jag märker att meth är lika vanligt här som i den stad jag just lämnat. Men de röker också mycket gräs och tar ecstasy och allt det där andra som jag också prövat på.

I början dricker jag mest sprit tillsammans med dem och kedjeröker vanliga cigaretter men också gräs. Men det är något som fattas och jag vet vad det är. Kroppen vill ha giftet som den vant sig vid och som skulle kunna göra att den inte känns så bortdomnad. Och jag vet också att om jag börjar ta meth igen så skulle den här nedstämdheten som tyngt mig en tid försvinna på mindre än ett ögonblick.

Men jag försöker stå emot begäret, för jag tänker på vad Nick har sagt: ”Om du fortsätter med den där skiten, Emma, så kommer du att dö.”

Jag går förbi min gamla skola en dag och blir alldeles överrumplad av alla minnen som plötsligt kommer över mig. De flesta av dem är rätt obehagliga.

En gång blev jag jagad av en mexikansk tjej i korridorerna. Hon gillade inte att jag var populär bland de mexikanska killarna, och nu skulle hon märka mig med kniven som hon hade i ena handen. Hon var helt galen, och som tur var stoppade ett par killar henne och tog ifrån henne kniven och sa åt henne att lämna mig i fred.

En annan gång tog en annan tjej mitt huvud och dunkade det i ett plåtskåp så att det svartnade för ögonen på mig. Hon tyckte att jag hördes och syntes för mycket.

Mamma hade hoppats att jag skulle börja i skolan igen när jag kom hit, men jag har ingen lust med det och bestämmer mig i stället för att söka jobb.

Jag hittar snart ett jobb dagtid som sekreterare och hjälpreda på en bilverkstad, och ett kvällsjobb som säljare i en affär med kläder för ungdomar. Lönen är inte speciellt bra på något av ställena, bara cirka fem dollar i timmen, så jag behöver verkligen båda jobben.

För även om mamma och Jeff betalar för mitt uppehälle hemma hos Anders, så måste jag ju ha pengar till kläder, smink, sprit, biobiljetter och bra gräs.

Det tråkiga med den här staden är att det bara finns ett ställe man kan gå till på kvällarna. Det är en stor bar där de bara spelar countrymusik. Där är jag och mina kompisar varje lördagskväll. Annars träffas vi hemma hos varandra och röker och dricker eller har partyn ute i öknen.

Egentligen fattar jag inte vad jag gör här, för jag tycker ju att det är en riktig håla.

När jag var liten brukade jag och en tjejkompis bryta av långa kvistar på buskarna och med dem slå huvudet av de små ödlor som satt alldeles stilla på en solvarm mur som bildade skarp gräns mellan villaområdet och hyreshusen. Det fanns inte så mycket annat att göra.

Det finns som sagt bara en bar här i staden, men desto fler kyrkor. Alla vuxna här är så goda och allt verkar så bra, men under ytan finns det hur mycket skit som helst. Om man skulle berätta för folk här vad deras barn gör på kvällarna och på helgerna, skulle de kalla en för lögnare. De kan inte föreställa sig att deras små änglar super och knarkar och stjäl.

Mamma ser till så att jag får min bil, för jag behöver den för att kunna ta mig till mina olika jobb. Hon försöker inleda samtal i telefonen, men jag vill inte prata med henne.

”Låt mig vara i fred”, fräser jag bara. ”Jag har inte tid med dig.”

Och så knäpper jag av telefonen.

Jag står inte ens ut med att höra hennes röst – än mindre vill jag se henne. Jag kommer aldrig att kunna förlåta henne, det vet jag.

Jag säger inget till Anders om hur det är mellan mig och mamma. Han verkar inte heller speciellt intresserad av att veta hur jag har det, utan pratar knappt med mig de få gånger vi träffas.

Han jobbar i lagret på Wal-Mart och är mycket hemma hos Bonnie, och själv är jag nästan aldrig hemma i hans lägenhet. Så vi ser knappt varandra. Och det tycker jag bara är bra, för jag skulle inte orka med om också han började lägga sig i mitt liv.

Ibland när Anders är hos sin fru, tar jag hem mina kompisar och vi har fester i lägenheten. Jag försöker städa efteråt, och några gånger upptäcker jag att det fattas saker. När Anders frågar var det och det har tagit vägen, ser jag helt oförstående ut och säger:

”Ingen aning. Jag har inte tagit det.”

”Du ljuger”, säger han då och ser riktigt arg ut. ”Om du stjäl från mig, så får du inte bo här.”

”Jag har inte stulit något”, säger jag lika ilsket. ”Men om du tror det kan du väl kasta ut mig. Jag bryr mig inte, för jag kan ändå inte bo sämre än så här.”

Och så går jag ut och smäller igen dörren bakom mig.

Men det är sant att jag har stulit från Anders, jag har tagit pengar från honom.

Den senaste tiden har jag börjat umgås med en tjej som heter Tiffany. Hon röker mycket meth och vill ha sällskap. Och jag känner verkligen att jag behöver Mr White igen, men då behöver jag också mer pengar – mer än vad jag tjänar på mina båda jobb.

Det är härligt att få bli riktigt hög igen. Jag förstår inte hur jag kunde tänka mig att leva utan Mr White.

Hösten går medan jag försöker stå ut med mina båda tråkiga jobb genom att vara hög så ofta som möjligt.

Så en dag ett par veckor före jul, ringer mamma och säger:

”Lägg inte på, Emma. Jag måste få berätta en sak.”

”Då får det gå fort, för jag har bråttom.”

”Jag kommer dit.”

”Hit?”

”Ja, redan i morgon.”

”Varför då?” frågar jag vresigt.

”Jag har fått problem med ögonen och måste träffa en specialist där”, säger hon och låter konstig på rösten. ”Jag ser allt som i en dimma. De tror att det kan vara allvarligt.”

Jag säger ingenting, och hon fortsätter:

”Undersökningen är på förmiddagen, så jag tänkte höra om vi kan äta lunch när jag är klar?”

”Jag vet inte om jag har tid”, säger jag men låter antagligen tveksam, för hon föreslår genast ett lunchställe som hon vet att jag gillar. ”Okej”, säger jag motvilligt och avslutar samtalet.

Nästa dag känner jag att jag verkligen inte vill träffa henne, så jag går inte till det där lunchstället. Och snart har jag helt glömt bort vad jag lovat.

Därför blir jag lite förvånad när jag senare på dagen går förbi ett apotek tillsammans med Tiffany och får se mamma och Jeff stå där inne. Samtidigt upptäcker de mig, så jag hinner inte skynda vidare innan mamma kommer springande och ger mig en kram som jag inte vill ha.

”Varför kom du inte till lunchen?” frågar hon när jag slingrat mig loss. ”Jag väntade säkert en timme.”

Jag svarar inte, utan tittar bara besvärat ner i marken.

Mamma harklar sig och säger:

”Vi ska bara köpa ögondroppar och annat som doktorn ordinerat, innan vi åker hem igen. Jag har precis fått veta att jag har grön starr och kanske kommer att bli blind.”

Jag ser hastigt på henne innan jag vänder ner blicken igen. Min mamma håller på att bli blind och det intresserar mig inte det minsta. Jag skulle inte bry mig om hon så sa att hon håller på att dö.

”Jag måste gå nu”, säger jag.

Och så snuddar jag vid henne med blicken en sista gång innan jag går vidare med Tiffany vid min sida.

Kapitel 32

Tiffany är ofta hemma hos mig i Anders lägenhet när han inte är där. Vi röker mycket meth och hon sover ibland över i soffan i vardagsrummet.

Hon har ett deltidsjobb som servitris men sköter inte det speciellt bra, för hon kommer ofta för sent. Ibland, när hon är för hög eller helt utslagen, kommer hon inte alls. Jag fattar inte att de låter henne vara kvar där. Men de kanske inte hittar någon annan som vill servera på ett så sunkigt ställe.

När vi inte är i Anders lägenhet går vi mellan olika billiga hotell och tänder på i rum som langare hyr. Ofta är vi ett stort gäng som sitter där och röker meth. Till slut känner jag de flesta som kommer till de där hotellrummen för att röka. Men jag blir inte särskilt god vän med någon av dem, vi träffas ju inte där för att lära känna varandra, utan för att bli höga.

En kväll när vi kommer till ett sådant där trist motellrum där folk bara sitter och blir höga, hinner vi knappt hälsa på de andra förrän det stormar in fyra civilklädda poliser med dragna vapen och skriker åt oss att vara stilla och hålla fram händerna.

De börjar kroppsvisitera alla som är där. En av poliserna är kvinna, och det är hon som visiterar mig och Tiffany. Vi har som tur är inget knark och heller inga vapen på oss. Tiffany brukar ibland ha en stilett på sig, för hon blir lätt nojig när hon röker och tror då att hon är förföljd.

En av killarna i rummet är så drogad att han inte reagerar när poliserna knuffar honom och ger honom örfilar. Till slut lyckas de ruska liv i honom och få honom att stå på benen. Han ser helt frånvarande ut när de sätter på honom handklovar och tar honom därifrån.

De låter mig och Tiffany gå, efter att ha gett oss en varning.

”Om jag nånsin får se er, tjejer, i ett sånt här rum igen, så kommer jag se till så att ni får ett rent helvete”, säger den kvinnliga polisen till oss innan hon släpper ut oss ur rummet.

Konstigt nog ler hon när hon säger det, ungefär som om hon bara längtar efter att få sätta handbojor också på oss och hårdhänt tvinga oss in i en polisbil och där kanske slå oss lite för nöjes skull.

Men jag och Tiffany bryr oss inte om vad den där polisen har sagt. Hon lyckades inte skrämma oss mer än våra föräldrar med sina idiotiska predikningar. Vad vet väl de om våra liv och vad vi behöver?

Vi fortsätter att besöka hotellrum där vi kan få meth. Ofta är vi så höga att vi inte skulle märka om det stormade in tjugo poliser i full stridsmundering och började skjuta vilt omkring sig. Snart vet jag inte heller om det är dag eller natt. När jag är riktigt hög kan jag vara vaken flera dygn i sträck.

Precis som Tiffany börjar jag missköta mina jobb, och till slut säger ägaren till butiken där jag säljer kläder att han inte kan ha mig kvar längre.

”Jag kan ju inte ha anställda som kommer och går som de vill”, säger han och slår ut med armarna i en både upprörd och uppgiven gest. ”Och dessutom tycker jag att det verkar som att du inte tar hand om dig själv.”

Jag spelar oförstående men vet att han syftar på mitt utseende. Jag har gått ner mycket i vikt den senaste tiden och sköter inte alltid min hygien som jag borde.

"Okej", säger jag och rycker på axlarna. "Jag behöver ändå inte det här jobbet."

Fast det är inte sant. Den lön som jag får på bilverkstaden räcker inte långt, så jag blir tvungen att försöka stjäla mer pengar från Anders. Men det är lättare sagt än gjort, för han har mycket mindre pengar än mamma och Jeff. Jag ser därför ingen annan utväg än att börja stjäla i affärer igen. Men också det är svårare, för den här staden är mindre än den jag just lämnat, och man känner sig iakttagen vart man än går.

Den känslan förstärks när jag är på väg ner från ett rus. Då kan jag känna mig förföljd av nästan alla jag möter.

"Här kan man ju inte vara!" säger jag till Tiffany en dag när jag känner mig särskilt nojig.

Hon skrattar och säger: "Jag förstår vad du menar. Vi kan väl ta din bil och dra ut i öknen. Där får vi ju vara i fred."

Jag tycker att det låter som en bra idé. Så vi tar med oss några kompisar och kör ut i vildmarken med bilen full med öl, gräs och också flera små plastpåsar med de magiska kristallerna.

När jag kört några mil upptäcker jag plötsligt en polisbil i backspegeln. Jag svär högt och grips i samma stund av panik och skriker:

"Jag har en polisbil bakom mig. Vad fan ska jag göra?"

Det blir rena cirkusen inne i bilen, men innan någon hinner komma med ett vettigt förslag har polisen kört ifatt oss och tvingar oss att stanna.

Jag försöker andas lugnt men stelnar i stället till när jag känner igen polismannen som lutar sig fram mot mig där jag sitter bakom ratten. Han knackar på sidorutan och jag låter den glida ner.

”Jaså, det är du, Emma”, säger han och ler så att det bildas fåror i det solbrända ansiktet. ”Jag kände inte igen dig först. Det var länge sen.”

”Ja”, säger jag och försöker le tillbaka. ”Jag har flyttat hem till pappa.”

Polismannen, som är god vän till både mamma och Anders, låter blicken svepa över de andra i bilen och säger:

”Du saknade väl dina kompisar?”

”Ja, det gjorde jag.” Jag märker hur rösten darrar en aning, för jag tänker på alla droger vi har i bakluckan och gömda i handskfacket och under sätena.

”Det var trevligt att se dig”, säger han och rätar på ryggen. ”Tänk nu bara på att köra försiktigt.”

”Det ska jag göra”, säger jag och försöker mig på ett otvunget leende innan jag låter sidorutan glida upp igen.

”Fy fan, det var nära”, säger Tiffany i en lång utandning och får medhåll av de andra.

Men så snart polisbilen försvunnit ur sikte är det bara en sak som gäller: party! Sedan festar vi hela kvällen och större delen av natten ute i öknen under den väldiga stjärnhimlen.

Ibland är det riktigt stora fester där ute i öknen. När jag en dag surfar på MySpace får jag veta att det planeras ett gigantiskt raveparty i den här delen av delstaten. Men man får inte veta exakt var, utan bara tidpunkten. Information om den exakta platsen får man i sista stund via en mobiltelefonkedja – detta för att polisen inte ska hinna dit medan festen pågår.

Jag och Tiffany och några andra av mina kompisar bestämmer oss för att åka dit. Den kväll som festen ska börja får vi först anvisningar om att åka till en liten stad, eller snarare en håla, mitt ute i ingenstans. Därifrån fortsätter vi rätt ut i öknen och får nya väganvisningar med jämna mellanrum tills vi slutligen kommer fram till en oerhört avsides belägen plats där man har rest stora tält och byggt en scen för dj:n.

Vi röker inte meth, utan tar i stället ecstasy hela natten. Den drogen får det att pirra i huden, och man får hög puls och orkar dansa precis hur länge som helst. Alla kastar av sig kläderna och dansar nakna under stjärnhimlen, och när jag tittar på min kropp tycker jag att huden liksom skimrar. Vi är minst femhundra personer som dansar nakna där ute i öknen, och jag tycker att det är helt underbart.

Vid ett tillfälle lägger jag mig på rygg på marken och bara tittar på stjärnorna, som syns så tydligt och som nu kommer helt nära och dansar framför mina ögon. Jag börjar nästan gråta, för allt är så vackert och fyllt av en kärlek som jag aldrig tidigare upplevt.

Här vill jag stanna, här vill jag gömma mig för alltid.

Men morgonen kommer och plötsligt ropar någon att polisen är på väg. Så då slutar festen helt tvärt, och tälten rivs och alla sätter sig i sina bilar och kör snabbt därifrån i alla möjliga riktningar.

På håll kan vi se polisens blåljus i den lite korniga gryningen, och vi flyr med pulsen fortfarande bankande i våra uttröttade kroppar.

Ecstasy är en härlig drog, men man mår verkligen skit när man tänder av på den. Det gör ont i hela kroppen och man mår så illa att man nästan inte vill leva längre.

Jag föredrar meth, även om jag märker att den sätter allt tydligare spår i mitt utseende. Jag är så mager att jag ser helt utmärglad ut, och jag har sår i ansiktet, för ibland får jag för mig att det kryper omkring små insekter alldeles under huden, och då river jag mig.

En dag säger ägaren till bilverkstaden till mig att jag måste sluta.

”Varför då?” säger jag och får panik när jag tänker på att jag inte kommer att ha några pengar att köpa meth för.

”Det behöver jag nog knappast förklara för dig”, säger han och ger mig en trött och lite bekymrad blick. ”Du kan hämta ut två veckors extra lön, men jag vill att du slutar i dag.”

Jag svär när jag kör hem därifrån, för hur ska jag nu klara mig? Anders blir galen om jag ber honom om mer pengar, trots att han säkert gör en liten vinst på att ha mig boende hos sig eftersom mamma och Jeff ju skickar åttahundra dollar i månaden till honom.

Jag frågar en kompis, Gwen, om hon kan ordna ett jobb åt mig, och hon lovar att höra efter på den restaurang där hon jobbar. Medan jag går arbetslös försöker jag ordna pengar genom att stjäla i affärer och ta vad jag kan från Anders. Jag gör också en langare som jag känner lite tjänster. Som tack för hjälpen får jag meth av honom.

Jag är nästan aldrig hemma i lägenheten, och om Anders någon gång frågar var jag egentligen håller hus på nätterna, svarar jag att jag sover över hos kompisar. Han bryr sig aldrig om att kolla om det är sant.

En kväll när jag sitter i ett billigt hotellrum och röker meth ringer en av mina kompisar, Tori, på mobilen och är helt hysterisk.

Hon gråter och skriker att hennes älskade hund har sprungit bort och att jag måste hjälpa henne att hitta den.

”Jag kan inte”, säger jag. ”Jag är hög.”

”Men du måste hjälpa mig”, snyftar hon. ”Jag klarar mig inte utan Zombi!”

”Okej, jag kommer”, suckar jag och räcker över glaspipan till en av de andra i gänget.

En stund senare kör vi i min bil gata upp och gata ner och spanar efter den förbaskade hunden. Jag förstår inte varför hon är så kär i den. Den ser ut som vilken byracka som helst och dessutom luktar den alltid illa.

Men Tori älskar sin Zombi, och jag försöker vara en god kamrat och spejar genom rutan så där vaket som man bara gör när man är hög på meth.

Plötsligt rycker hon mig i armen och skriker, samtidigt som hon pekar med sin fria hand mitt framför näsan på mig:

”Där är hon! På andra sidan gatan! Sväng här! Fort, innan hon hinner försvinna!”

Och blixtsnabbt vrider jag på ratten för att göra en tvär U-sväng i hög fart tvärs över mittlinjen och hör hur det skriker om däcken. I nästa sekund ser jag bilen som kommer från motsatt håll, men jag hinner inte väja för den utan krockar med den så våldsamt att jag helt förlorar kontrollen över min Volkswagen Jetta, som fortsätter rätt genom ett vägräcke medan Tori gallskriker så att det slår lock för öronen på mig.

Kapitel 33

Lever jag? Eller är det så här tyst därför att jag är i himlen nu?

Jag vrider lite på huvudet och ser att Tori fortfarande sitter bredvid mig. Och hon tittar på mig med en lika förvånad blick och mer viskar än säger:

”Klarade vi oss? Är vi inte döda?”

Jag rör försiktigt på benen och armarna och kan inte känna att jag är skadad. Jag ser heller inget blod på mina kläder.

”Är du skadad?” frågar jag Tori.

”Nej, jag tror inte det”, säger hon med samma förundrade tonfall som nyss. Hon tittar på sina händer som om hon väntar sig att fingrarna ska trilla av i vilket ögonblick som helst.

Vi tar oss ut ur bilen, som har kolliderat med en stor sopcontainer vid sidan av vägen och förvandlats till skrot.

Jag tänker genast på vad mamma ska säga, men inser i nästa sekund att jag inte bryr mig det minsta om vad hon kan tänkas tycka om den här olyckan.

”Vi sticker innan polisen kommer hit”, säger jag till Tori. ”Jag vill inte åka dit för att ha kört hög.”

”Men Zombi då?” säger Tori ynkligt och ser sig omkring efter sin hund.

”Skit i henne!” säger jag bryskt. ”Hon hittar säkert hem, det gör alla djur. Nu vet du ju i alla fall att hon lever.”

Och så skyndar vi bort från bilvraket, som jag nästa dag anmäler som stulet till polisen. Jag vet inte om de tror på mig, men de verkar i alla fall inte ha några vittnen till olyckan.

Min kvaddade bil fraktas till en verkstad, och jag ringer ett kort samtal till Jeff och berättar vad som hänt. Han suckar och säger att han ska kontakta försäkringsbolaget, men säger samtidigt att det nog kan ta tid innan bilen är reparerad och att jag därför måste klara mig utan bil ett tag.

Nu är det min tur att sucka, för utan bil klarar man sig nästan inte här i USA.

En stund senare ringer telefonen och jag ser på displayen att det är mamma. Men jag vill inte prata med henne och svarar därför inte.

Jag struntar fullkomligt i om hon är orolig för min skull. Hon skulle ha brytt sig om mig långt tidigare.

Nu blir Tiffany och andra kompisar tvungna att skjutsa mig så fort jag ska någonstans. Jeff har berättat att bilen kommer att bli kvar på verkstaden ett bra tag eftersom den var helt kvaddad och försäkringsbolaget tar tid på sig för att göra sin utredning.

Det är som om inte bara alla människor utan också alla ting är emot mig just nu.

”Får inte du ibland en känsla av att det pågår nåt slags konspiration mot dig?” säger jag en kväll till Tiffany när vi sitter ensamma i Anders lägenhet och röker meth. ”Du vet, som om precis allt och alla bara försöker förstöra för dig?”

”Absolut!” säger Tiffany ivrigt och sänker glaspipan och tändaren med den fladdrande lågan. ”Jag märker hela tiden att folk liksom följer efter mig och bara väntar på ett tillfälle att få ta ner mig. Det är bara dig jag litar på i hela världen.”

Jag blir alldeles rörd när hon säger så och tänker att även om jag inte har någon familj längre, så har jag i alla fall Tiffany.

När jag en dag är på väg med några påsar meth från langaren jag känner till ett par av hans kunder, ringer Gwen och säger att jag kan få komma till restaurangen där hon jobbar och prata med ägaren om en anställning.

Jag går dit nästa dag och har ansträngt mig att se så fräsch ut som möjligt och är trevlig och tillmötesgående mot ägaren. Han verkar schyst och säger att jag kan få jobba både dag- och kvällspass.

”Det passar jättebra”, säger jag och ler som om min högsta dröm i livet alltid varit att få servera på en trist restaurang som den här.

Redan följande dag börjar jag skolas in och sedan dröjer det inte länge förrän jag får servera.

Anders verkar nöjd med att jag har ett nytt jobb.

”Fast du borde nog tänka på att utbilda dig i stället”, säger han strängt en av de där få gångerna när vi är i lägenheten samtidigt.

”Visst”, säger jag uttråkat och har lust att säga att det inte angår honom det minsta vad jag väljer att göra med mitt liv.

Jag vill ha kul tillsammans med mina kompisar och få bli hög när jag känner att jag måste det för att stå ut.

Via Tori träffar jag Mark, som är byggjobbare och som jag tycker är jättesnygg. Jag flirtar med honom inför ögonen på Tori och ett par andra kompisar, och han lutar sig fram mot mig och frågar om vi inte kan ses, bara vi två?

Det var ju precis det jag ville, så två dagar senare smiter jag iväg från restaurangen en stund och har min första date med Mark.

Jag blir blixtförälskad, och efter den träffen ses vi varje dag.

Vi går på bio, shoppar och dricker mycket sprit och öl. Jag vågar inte röka meth inför Mark, för han har sagt att han försöker sluta med droger. Så därför röker jag när han inte är med. Även om förälskelsen får mig att sväva, behöver jag fortfarande kicken som bara meth kan ge mig.

Tori har berättat att han har en tvåårig dotter med en annan tjej, och när jag frågar honom om det, så säger han att den tjejen inte längre betyder något för honom. Jag är så kär att jag genast väljer att tro på honom.

Men det borde jag inte ha gjort.

När vi har varit ett par i lite drygt en månad, får jag plötsligt veta – också denna gång av Tori – att Mark väntar ännu ett barn med den där tjejen. Samtidigt som han är ihop med mig!

Och inte nog med det – han har tydligen ytterligare en dotter med en tredje tjej. Men det barnet har han inte erkänt faderskap för.

Dessutom hittar jag en dag en laddad revolver under hans huvudkudde, och när jag frågar vad han ska med den till, svarar han med ett skevt litet leende:

”Det behöver du inte veta.”

Jag märker att jag – trots att jag fortfarande är kär – inte längre kan lita på honom. Han är lika lögnaktig som alla andra, och jag blir så besviken att jag måste röka ännu mer meth än tidigare.

Jag börjar missköta också det här jobbet. Jag kommer ofta för sent och ibland inte alls; jag är ouppmärksam när gästerna vill något och ibland är jag så uttröttad av att ha varit hög länge att jag tappar saker i golvet.

Ägaren sneglar på mig på ett sätt som är en tydlig varningssignal, men jag orkar inte bry mig om det.

När jag kommer hem till Mark efter jobbet en kväll, sitter han och röker meth med ett par killkompisar.

"Jag tyckte du sa att du hade slutat", säger jag förvånat och blir lite upprörd, fastän jag själv röker i stort sett hela tiden.

Han rycker på axlarna och ler det där sneda leendet. "Jag kände att jag hade gjort mig förtjänt av att få bli lite hög i dag."

Och så erbjuder han mig pipan. Jag tar emot den efter viss tvekan, för det känns inte helt bekvämt att röka ihop med Mark. Jag har ju haft en romantisk föreställning om att vår kärlek ska kunna få oss att vilja vara rena. Kärleken skulle ge oss kraften att stå emot begäret, så när nu också Mark ger efter för det känns det som om min kärleksdröm har krossats.

När jag nu vet att också Mark röker meth gör jag inga försök att dölja för honom hur mycket jag själv röker. Jag bryr mig inte längre om vad som händer med oss, utan släpper taget helt och röker för att glömma hur falsk världen är.

Eftersom jag är hög i stort sett hela tiden, äter jag allt mindre och går snabbt ner ännu mer i vikt. Jag blir också mer och mer nojig.

Jag rycker därför till när ägaren till restaurangen en dag tar tag i min arm och säger:

"Nu går vi in på mitt kontor, Emma."

Och så mer eller mindre släpar han mig dit och stänger dörren.

”Jag kan inte ha knarkare bland min personal.” Han ger mig en hård och besviken blick. ”Du får sluta redan i dag.”

Jag har nog bara väntat på att det här skulle hända, men ändå blir jag otroligt upprörd och börjar skrika och spotta och svära.

”Lugna ner dig”, säger han och ser nästan lite skrämd ut.

”Det tänker jag inte göra”, skriker jag. ”Du kan ta ditt jävla skitjobb och stoppa upp det i ditt feta arsle, för jag behöver det ändå inte. Vem fan tror du att du är? Du är en jävla nolla och jag tänker inte ta skit från en sån. Här har du din fula jävla namnbricka!” Jag tar loss namnbrickan och slänger den på honom. ”Och du ska också få dina fula jävla kläder!” Jag börjar slita av mig arbetskläderna och ser hur han genast rodnar.

”Du är fan inte klok”, säger han och smiter ut ur rummet.

En stund senare går jag ombytt ut i restaurangen och skriker till honom där han hukar bakom disken vid kassaapparaten:

”Nu drar jag, ditt jävla kukhuvud! Och du ska vara jävligt glad att jag inte bankar skiten ur dig!”

Jag ser att Gwen bara står och stirrar på mig med en bricka i händerna och förskräckta ögon. Men jag struntar i att jag kanske sviker henne när jag nu spottar på ett jobb som hon ordnat åt mig.

Jag smäller så hårt i dörren när jag går ut ur restaurangen att det låter som om den stora glasrutan ska gå i tusen bitar.

Nu är allt verkligen bara skit. Jag har inget jobb och därför inga pengar att köpa meth för, och utan meth fungerar jag över huvud taget inte.

Jag får meth av en langare mot löfte om att jag ska betala honom inom en månad. Och just då bekymrar jag mig inte om var jag ska få de pengarna ifrån. Det löser sig, tänker jag och sätter lågan under pipan och ser ångorna stiga från de små blåvita kristallerna. Kicken är alltid lika underbar, och jag kommer aldrig att vilja vara utan den.

Men så får jag höra vad som har hänt Josie, en tjejkompis som är lite äldre och har gått på meth längre tid än jag.

Hon blev skyldig en annan langare en massa pengar, och till slut tröttnade han och tog henne till ett ställe en bit utanför staden där han och en kompis till honom slog henne sönder och samman. De krossade båda käkbenen på henne, rakade av henne allt hår, satte en laddad pistol i hennes mun och torterade henne med en sådan där elektrisk metallstav som man använder för att mota boskap.

När Tiffany berättar det för mig känner jag – trots att jag är hög och därför egentligen helt orädd – hur det går en kall kåre längs ryggen på mig. Samma sak skulle ju kunna hända mig, för det spelar ingen roll om man känner de här langarna och till och med röker ihop med dem ibland. När det gäller pengar är de obevekliga och stenhårda.

Jag försöker stjäla pengar från Anders, men han upptäcker det och skäller ut mig. Han säger att hans tålamod snart är slut och att om jag inte skärper mig så får jag flytta tillbaka till mamma igen.

Han tror att jag dricker och att det är därför jag förlorar alla jobb och ser ut som ett spöke. Om han visste att det är Mr White jag är gift med, skulle han antagligen bli helt tokig och låsa in mig i en garderob tills jag tänt av och lovat att aldrig mer ta några droger.

Jag tycker om Anders, även om han kan vara väldigt sträng och därför jobbig. Men han är i alla fall ingen lögnare som mamma.

Jag fortsätter att röka meth, fastän jag vet att jag borde sluta. Mark har börjat tjata på mig om att jag måste lägga av med speed, för han känner inte igen mig längre.

"Det går inte att vara med dig om du är påtänd hela tiden", säger han. "Dessutom var du snyggare förr."

Jag känner mig lite sårad när han säger så, men det finns inte en möjlighet för mig att sluta nu. Jag saknar kraft nog att klara av det, jag är inte ens säker på att jag skulle kunna göra ett kortare uppehåll.

Så när Mark en dag tar ifrån mig pipan och ser mig rakt in i ögonen och säger att det är slut, känner jag mig helt maktlös. Jag blir naturligtvis jätteledsen, men samtidigt kan jag inte se att jag skulle ha kunnat förhindra det. Nu går han ifrån mig, och han gör det för att jag har valt Mr White framför honom.

"Jag älskar dig, Emma", säger han och ser lite sorgsen men samtidigt bestämd ut. "Men det är omöjligt att vara med någon som jämt är så borta som du. Det är som om du bor på en annan planet."

"Men jag tycker om den platsen", säger jag och försöker låta bli att gråta. "Den är i alla fall mycket bättre än den här."

Han suckar och reser sig och går ut ur rummet.

Några veckor senare märker jag att min mens inte kommer som den ska. Jag tänker att det kanske beror på att jag har blivit så mager. Men så bestämmer jag mig i alla fall för att gå till apoteket och köpa ett graviditetstest.

Jag gör testet en dag när Anders är på jobbet. Som nästan alltid i den här staden lyser solen från en klarblå himmel, men jag har dragit för gardinerna. Delvis därför att jag inte längre tål solljus, men också för att liksom gömma mig för världen när jag nu ska ta reda på om det verkligen är så som jag fruktar.

Jag försöker intala mig att min uteblivna mens säkert har att göra med att jag inte längre sköter mig. Men ändå finns det ett tvivel och en rädsla där, och jag vågar därför knappt andas när jag väntar på att provet ska ta färg.

Jag tror inte mina ögon. Det kan inte vara sant! Det måste vara en synvilla som har att göra med att jag är hög.

Provet är positivt, och jag blir alldeles kall trots att det är mycket varmt i rummet.

Jag skyndar mig iväg till apoteket och köper ett nytt test och är alldeles svag i benen när jag går hem till lägenheten med det i handen.

Gode Gud, det får inte vara sant, viskar jag och känner mig iakttagen av tusen ögon och tycker att folk viskar om mig bakom min rygg och fäller elaka kommentarer.

”Titta på henne – hur skulle en sån där pundartjej kunna klara av att ha barn? För hon är med barn, ja, hon är med barn, hon är med barn ...”

Jag är alldeles svettig när jag kommer tillbaka till lägenheten, och händerna skakar när jag tar fram testet ur förpackningen.

Jag fortsätter att be till Gud – något jag inte gjort sedan jag var liten – men det hjälper inte. Också det här andra testet visar att jag är gravid, och jag sjunker ihop på golvet och snyftar och känner mig så ensam och förtvivlad att jag bara vill krypa ihop under soffan tillsammans med min låtsaskompis trollet.

Jag kan inte fatta att jag är med barn.

Herregud, vad ska jag göra?

Kapitel 34

För första gången på mycket länge gråter jag. Det är som om det inte har funnits några tårar i mig hela den här tiden när jag varit hög. Men nu när jag förstår att jag är med barn, finns det plötsligt hur mycket tårar som helst.

Jag kan inte sluta gråta och jag känner att jag skulle behöva ringa någon. Men vem? Jag kan inte ringa mamma, för jag har fortfarande inte förlåtit henne, och Robin är för liten och Jeff känner jag inte tillräckligt väl. Att prata med Anders kommer inte på tal, för han skulle bli alldeles rasande.

Och alla mina kompisar går på droger och är helt borta. Inte ens Tiffany skulle ha något vettigt att säga, och framför allt skulle hon inte kunna hjälpa mig.

För en sekund tänker jag att jag ska ringa Mark, men jag inser genast hur meningslöst det skulle vara. Han har ju redan flera barn som han inte bryr sig om och heller inte vill kännas vid. Han skulle antagligen bara rycka på axlarna och säga:

”Det är ditt problem. Gör som du vill, men försök inte pracka på mig den ungen.”

Jag har inget annat val än att försöka klara det här helt på egen hand. Men jag vet inte om jag är stark nog att göra det, för jag har rökt meth så länge att jag är ett tomt skal.

Jag bestämmer mig i alla fall för två saker den här kvällen, sedan jag torkat mina tårar och gått och slängt förpackningarna till graviditetstesten i en soptunna på gatan så att inte Anders ska få syn på dem.

Det ena är att jag ska behålla det här barnet, för även om allt verkar hopplöst så vill jag absolut inte göra abort. Jag känner med hela min utmärglade, försvagade kropp att jag inte kan förmå mig till det. Det skulle vara detsamma som att ta ifrån mig själv det sista hoppet. För djupt inombords anar jag att mitt ofödda barn kan bli min räddning.

Det andra är att jag från och med den här stunden inte ska röka meth eller ta några andra droger som kan vara skadliga för fostret. Jag förstår att det kommer att innebära en jättesvår prövning för mig, men jag klättrar hellre på väggarna än riskerar mitt barns hälsa.

De här båda besluten gör mig på ett konstigt sätt lättad. Efter en stund förstår jag varför – jag har bestämt mig för att leva.

Jag säger alltså inget till Anders när han kommer hem från jobbet på kvällen. Och jag berättar inte heller för Tiffany att jag är gravid när vi ses nästa dag. Hon ser alldeles häpen ut när jag säger att jag ska lägga av med meth.

”Varför då?” säger hon. ”Har du blivit religiös?”

”Nej, jag har bara tröttnat på att tro att hela världen förföljer mig och att det kryper insekter under huden”, ljuger jag.

”Du kommer aldrig att klara det”, säger hon och ser ut som om hon gärna skulle slå vad om saken.

”Vi får väl se”, säger jag i kort ton och tänker ilsket att jag minsann ska visa den där jävla bruden att jag är starkare än hon tror.

”Ja, vi får väl det”, säger hon med ett försmädligt leende.

Och så skiljs vi där på gatan, och det känns plötsligt som om jag har förlorat min enda vän.

Redan de första dagarna blir abstinensen nästan outhärdlig. Jag svettas och fryser om vartannat, det kryper i kroppen och jag har absolut ingen lust att äta.

När jag ställer mig på vågen i badrummet får jag en chock: jag väger bara 38 kilo! Och när jag ser mig i spegeln är det som om jag ser mig själv för första gången på mycket länge, och det är en hemsk syn. Jag är inte smal på det där viset som många tjejer drömmer om att vara, utan jag är verkligen bara skinn och ben. Jag ser ut som någon som svälter, och i ansiktet har jag fula sår och min hy är dessutom askgrå. Håret bara hänger i slitna testar och jag har mörka halvmånar under ögonen.

Ingen skulle kunna älska mig så som jag nu ser ut.

Jag går ut i köket och gör en smörgås men hinner inte svälja mer än ett par tuggor innan jag måste rusa ut på toaletten och spy.

Jag sjunker sedan ihop invid toalettstolen och snyftar med snor rinnande från näsan.

Tiffany har rätt, tänker jag. Jag kommer aldrig att klara det här.

Och så minns jag att gamla pundare har berättat för mig hur näst intill omöjligt det är att sluta med meth. Det svåraste är inte den fysiska abstinensen, utan att man inte längre kan vara så där hög som man vant sig vid. I stället sjunker många som tänder av djupt ner i en depression som i värsta fall kan leda till självmord.

Jag märker snart att jag själv hamnar i just ett sådant tillstånd. Det är fullkomligt vidrigt att vara där. Jag hade aldrig kunnat föreställa mig att man kunde må så dåligt. Det är som om ett stort, stinkande mörker omger mig även när solen lyser som klarast.

Min depression blir knappast bättre av att jag hela tiden oroar mig för att jag har skadat mitt barn genom att ta droger. Helst skulle jag vilja gå till en läkare och bli undersökt och få svar på om det är så som jag befarar, men jag har inga pengar och heller inga försäkringar som skulle kunna betala en sådan undersökning, så jag får leva med denna oro som är som ett litet rovdjur som hela tiden klöser med vassa klor på insidan av mitt bröst.

Snart börjar jag också oroa mig för att det ska synas att jag är gravid. Jag vill verkligen inte att Anders ska få veta det, så jag börjar använda löst sittande kläder när jag är hemma i lägenheten. Ofta går jag omkring i någon av hans nattskjortor och hoppas att han inte ska upptäcka min ännu ganska obefintliga mage.

"Du har börjat klä dig konstigt", säger han vid ett tillfälle och granskar mig misstänksamt. "Är det något du vill berätta för mig?"

"Nä", säger jag och försöker rycka så nonchalant jag kan på axlarna. "Jag gillar bekväma kläder. Är det något fel med det?"

Anders säger inget, men jag ser att mitt svar inte har övertygat honom.

Robin kommer plötsligt på besök och stannar några dagar. Det är inte så konstigt, för han är ju ändå Anders son och vill naturligtvis träffa sin pappa.

När Anders är på jobbet en av de där dagarna, berättar jag för Robin att jag är gravid.

”Men du får absolut inte säga något till pappa”, säger jag. ”Han skulle döda mig om han fick reda på det.”

”Döda dig skulle han väl knappast”, säger Robin och ser tankfull och besvärad ut på samma gång. ”Men han skulle nog inte bli särskilt glad.”

”Du måste lova mig att inte säga något”, vädjar jag.

”Jag lovar”, säger Robin, och då känner jag mig lugnare, för min lillebror skulle aldrig bryta ett löfte som han gett mig.

När han har åkt hem till mamma, kan jag känna vilken lättnad det innebär att det inte längre bara är jag som bär på den här hemligheten.

Varenda dag måste jag kämpa för att stå emot begäret. Jag tänker då på barnet som jag bär i magen och på vilka skador det skulle kunna få om jag började röka meth igen. Jag har hört talas om barn till missbrukare som har fötts med svåra abstinensbesvär.

Ibland drömmer jag mardrömmar om att jag föder ett missbildat barn. Då kan jag vakna av att jag skriker, och en gång kommer Anders ut i vardagsrummet och frågar varför jag för ett sådant liv.

”Jag drömde om ett monster”, svarar jag sanningsenligt.

Han bara skakar på huvudet och går in i sovrummet igen.

Jag vet att jag en dag – och det ganska snart – måste berätta sanningen för honom. Men jag känner mig inte redo än.

Situationen börjar till slut bli ohållbar, för snart kan jag inte längre – hur vida skjortor jag än har på mig – dölja för Anders vilket tillstånd jag är i. Så en dag när jag är ute på stan och bara går omkring därför att abstinensen gör det omöjligt att vara stilla, ringer jag på mobilen till Anders och säger:

”Jag har något jag måste berätta.”

”Kan det inte vänta tills vi ses hemma?” säger Anders, som är på jobbet.

”Nej”, säger jag, för jag vet hur arg han kommer att bli och föredrar just därför att inte säga det ansikte mot ansikte.

”Vad är det som du bara kan säga på telefon?” frågar han och låter mer spänd på rösten nu.

Jag tar ett djupt andetag och säger: ”Jag är med barn.”

Det blir alldeles tyst i telefonen, och jag tycker att det går flera minuter innan han först stönar svagt och sedan säger:

”Då måste du ta bort det, för du är alldeles för ung för att bli mamma.”

”Nej, jag tänker behålla det”, säger jag.

”Då förstör du ditt liv, Emma”, säger han, och jag hör hur han får behärska sig för att inte höja rösten. ”Du är för smart för att låta nåt sånt här hända. Du skulle ha skyddat dig, eller sett till så att han använde kondom. Vem är han?”

”Det säger jag inte.”

Jag hör hur han stönar igen och sedan liksom suckar fram:

”Emma, lyssna på mig. Du måste göra abort.”

”Det tänker jag inte göra”, säger jag och förvånas över hur bestämd jag låter.

”Du *måste*, du har inget val.”

”Det har jag visst. Jag tänker behålla barnet.”

Nu tappar Anders fattningen och skriker till mig:

”För i helvete, hör du inte vad jag säger?! Du måste göra abort!”

”Aldrig i livet!” skriker jag tillbaka och knäpper av telefonen.

Jag är så upprörd att händerna skakar, men jag är också helt säker på att jag inte kommer att låta mig övertalas att ta bort det här barnet. För detta barn är min framtid och den ska ingen få ta ifrån mig.

När Anders kommer hem efter jobbet börjar vi genast bråka och skrika åt varandra. Han är rasande och tycker att jag är en idiot som vill behålla barnet.

”Det är du som är en idiot!” skriker jag tillbaka. ”Det här är mitt barn”, jag lägger handen på den fortfarande ganska platta magen, ”och det är jag som bestämmer om det ska födas eller inte.”

”Du är ju för fan bara ett barn själv.” Han ser ut som om han ska explodera av ilska. ”Hur ska du kunna ta hand om en unge när du inte ens kan ta hand om dig själv?”

”Jag vet att jag kommer att bli en bra mamma!” säger jag trotsigt.

”I helvete heller”, säger han. ”Du kommer att stå ut bara ett par dar, och sen lämnar du väl ungen hemma hos din mamma så att hon får ta hand om den.”

”Det är inte sant!” skriker jag. ”Du ljuger, och jag vill inte bo med någon som ljuger.”

”Stick då! Dörren är där.” Han pekar mot dörren.

”Ja, det tänker jag fan göra”, säger jag. ”För jag vill inte vara här en sekund till.”

”Och var har du tänkt bo?” frågar han.

”Det ska du skita i”, säger jag och sliter fram min stora bag och börjar slänga ner mina kläder i den.

”Du är så jävla dum”, säger han ilsket och går in i sitt rum och smäller igen dörren.

Jag fortsätter att packa mina saker, och när jag är klar ringer jag Tiffany och frågar om jag kan få bo hemma hos henne ett tag.

”Javisst”, säger hon utan att tveka. Hon frågar inte ens vad det är som har hänt, utan säger bara: ”Jag kommer och hämtar dig.”

Jag är fortfarande arg när jag tar mina båda fullpackade väskor och lämnar lägenheten efter att ha lagt nycklarna på bordet innanför dörren.

Men så fort jag kommer ut på gatan är det som om luften går ur mig. Jag släpper ner väskorna på trottoaren och står som förlamad.

Nu har jag ingenstans att ta vägen. Anders har mer eller mindre kastat ut mig, och att återvända hem till mamma är uteslutet.

Plötsligt går det upp för mig att jag nu på allvar befinner mig på botten. Det kan inte bli värre än så här.

Jag är hemlös.

Jag har inget jobb och ingen bil.

Jag väntar barn och barnets pappa har lämnat mig.

Jag ser ut som om jag ska dö och är så försvagad av mitt missbruk att jag knappt orkar stå på benen.

Jag har en demon som viskar i mitt öra att allt kommer att bli bra igen bara jag öppnar famnen för min gamle älskare Mr White.

Jag vill bara lägga mig ner här på marken och sluta mina ögon och aldrig öppna dem igen.

Kapitel 35

Jag bor hos Tiffany de där första dagarna sedan Anders kastat ut mig. Jag får ligga på en madrass på golvet i hallen i den lilla lägenhet som hon delar med sin pojkvän.

Jag känner hela tiden att jag är i vägen och att de helst skulle vilja vara för sig själva. Men det största problemet är att de båda röker meth och tar andra droger. Och jag har ju bestämt mig för att sluta med allt sådant. Jag röker inte ens vanliga cigaretter längre.

”Skojar du?” säger Tiffany när jag tackar nej till först meth, sedan sprit och till sist en cigg.

”Nej, jag tänker vara helt ren, och då menar jag *alla* droger”, säger jag och tycker själv att jag plötsligt låter som en gammal nunna.

”Du bara *måste* ha blivit frälst! Erkänn!” säger Tiffany och skrattar så där överdrivet som man gör när man är hög.

Hennes pojkvän skrattar också åt mig och det är uppenbart att båda två ser mig som en stor tönt. Men jag vill inte säga vad som är det verkliga skälet till att jag har bestämt mig för att vara ren. De skulle precis som Anders bara tycka att det är alldeles självklart att jag måste göra abort.

Ingen utom jag själv kan förstå vad det här betyder för mig – vilken gåva det här barnet är. Alla skulle bara se det som en olyckshändelse och som något man tar bort lika lätt som man klämmer ut en finne i ansiktet.

Det är bara jag som kan känna hur det här livet växer i mig och blir en del av mig. Om jag tog bort det, skulle också jag dö.

Jag märker snart att jag inte klarar av att leva med två missbrukare. För begäret finns fortfarande så starkt hos mig att det blir en ren plåga varje gång de röker meth. De verkar inte själva förstå hur jobbigt det är för mig, för Tiffany ser enbart förvånad ut när jag säger att jag måste flytta.

”Varför då? Trivs du inte här?”

”Det är inte det”, säger jag.

”Vad är det då?”

”Det är bara så jävla jobbigt att ni tänder på hela tiden.”

”Så då är du lite sugen i alla fall?” säger hon med ett försmädligt leende.

”Det är väl fan klart att jag är”, fräser jag. ”Men det är inte samma sak som att jag *vill* bli hög.”

”Okej, okej”, säger hon och lyfter händerna som tecken på att hon ger upp. ”Flytta då.”

Och det gör jag redan nästa dag. Jag får lov att bo i garaget hos en annan kompis. Han ställer in en tältsäng där och ger mig några rena filtar och säger att jag kan ta vad jag vill i kylskåpet inne i köket.

”Tack”, säger jag och menar det verkligen.

”Det är inget att tacka för”, säger han lite besvärat och rycker på axlarna. ”Du hade gärna fått sova inne i huset för min del. Men min flickvän är så satans svartsjuk, så det går tyvärr inte.”

”Det är okej”, säger jag och börjar bädda min rangliga säng. ”Det här blir jättebra.”

Men det blir det inte alls. Jag sover knappt något alls den där första och enda natten i garaget, för sängen är fruktansvärt obekväm, min kompis stora vakthund skäller med jämna mellanrum på allt möjligt där ute, det surrar från en stor gammal frys och luktar dessutom motorolja och något lösningsmedel.

Och tidigt nästa morgon börjar det komma en massa folk som ringer på min kompis dörr, för han är en av de större langarna i staden och har många gånger försett mig med meth.

De inte bara köper det av honom, utan röker det också inne i hans hus – om de inte snortar eller injicerar det, vill säga.

Jag inser att jag inte kan bo här heller. Så jag viker ihop filtarna, packar mina väskor igen, tackar min kompis för att han ställde upp för mig, och vacklar helt slut ut i det knivskarpa solljuset.

Jag driver omkring i stan på dagarna med mina väskor och tillbringar nätterna hos olika kompisar. Men jag sover nästan aldrig mer än en natt på ett och samma ställe, för dels känner jag hela tiden att jag är till besvär, och dels så står jag inte ut hemma hos någon av dem. För alla mina kompisar tar droger, och det är nog svårt att stå emot begäret utan en massa idioter som hela tiden vill att man ska bli hög tillsammans med dem.

Snart är jag ovän med de flesta av dem. De tycker att jag har blivit knäpp, och jag tycker att de är helt borta och inte fattar någonting. Och det gör de ju inte heller.

Till slut finns det inte längre någon som jag kan sova över hos, och jag blir därför tvungen att sova i någon park varje natt. Det är tur att klimatet här är så varmt att man kan sova utomhus året runt.

Men jag tycker ändå att det känns obehagligt att ligga där i skydd av någon buske och hoppas att det inte kommer någon galning och våldtar mig.

Jag har fortfarande så svår abstinens och är så rädd att jag hela nätterna sover mycket oroligt och därför aldrig riktigt får den vila jag så väl behöver, i synnerhet nu när jag är gravid.

Tröttheten gör att min nedstämdhet bara förvärras, och till slut är jag så deprimerad att jag inte vill leva längre.

Jag har ingenstans att ta vägen; jag har slut på alla pengar; jag kan inte ringa någon och be om hjälp; jag är hungrig, smutsig och hela tiden alldeles sjuk av oro över att mitt ofödda barn kan ha tagit skada av mitt missbruk.

Allt känns så hopplöst att jag en sen kväll sätter mig på en bänk i en park och börjar skära mig i båda armarna med ett rakblad. Det känns skönt att det gör så ont. Det finns något rent i den här smärtan, något äkta. Smärtan är det enda sanna i en värld som den här.

Om jag är smutsig, så är det ingenting emot vad världen är.

Om jag är som ett skal, så är världen det ännu mer.

Jag ser mig omkring, det är tomt i parken. Enstaka lyktor skapar små öar av ljus i mörkret som döljer grönskan.

Jag är helt ensam. Ingen bryr sig om mig. Ingen älskar mig. Så varför ska jag då leva?

Jag håller rakbladet så att det glimmar svagt i skenet från en av lyktorna, och så sätter jag det mot det ställe på handleden där pulsådern syns tydligast. Jag pressar rakbladet in i huden, men när blodet börjar sippra fram är det som om något vaknar i mig. Först tänker jag att det är barnet. Men det är ju fortfarande inte större än en tumme. Då förstår jag att det är lusten att leva som jag känner, om än svagt.

Jag tappar rakbladet på marken och sätter händerna för ansiktet och börjar gråta. Snart gråter jag så häftigt att hela min späda kropp skakar.

Jag vill inte dö. Jag vill leva. Jag vill se mitt barn födas.

Men hur ska det gå till? Jag har ju inget. Jag har ju *ingen*.

Då kommer en tanke till mig som ett flämtande litet ljus: *mamma*.

Skakningarna ebbar ut och jag slutar att gråta.

Jag ska svälja stoltheten och ringa mamma. Det är min enda chans.

Men om hon inte vill prata med mig och lägger på luren? Då finns ju alltid döden.

Jag reser mig på darrande ben från parkbänken och går till en telefonautomat i en gatukorsning. Jag har varit tvungen att sälja min mobiltelefon för att få pengar till mat. Och nu har jag heller inga pengar, inte ens några mynt, så jag måste ringa ett "collect call" och hoppas att mamma vill betala samtalet.

Jag är så nervös när signalen äntligen går fram att jag nästan tappar luren. Så hör jag mammas röst:

"Hallå?"

Den låter på samma gång så välbekant och så främmande. Vi har ju inte pratat med varandra på över ett år. Jag har aldrig svarat när hon har ringt mig, och nu skäms jag plötsligt över det.

"Hej, det är Emma", säger jag med så ynklig röst att jag inte känner igen mig själv.

"Emma, älsklingen!" ropar hon i telefonen. "Vad jag har hoppats att du ska ringa! Är allting bra?"

Då orkar jag inte hålla emot längre, utan jag börjar gråta lika hejdlöst som nyss och får inte fram ett ord på en lång stund.

När jag lyckats samla mig tillräckligt för att kunna prata, berättar jag vad som har hänt. Hon låter först förskräckt när jag säger att jag väntar barn, men i nästa stund säger hon:

”Vi kommer och hämtar dig, gumman. Men först ska vi ordna så att du får någonstans att bo tills vi hinner dit.”

Jag hör hur hon ropar något till Jeff, och så säger hon till mig:

”Jeff går ut på nätet nu och letar reda på ett hotellrum till dig. Och så ska vi se till så att du får mat också.”

Jag får anstränga mig för att inte börja storgråta igen. Jag som trodde att ingen brydde sig om mig, att jag var helt ensam och övergiven.

Nu säger mamma att de har hittat ett hotell där jag kan bo och hon ger mig namnet och adressen. Där kan jag också äta hur mycket jag vill på hennes och Jeffs bekostnad.

”Försök nu att vila och återhämta dig, så kommer vi senast i övermorgon”, säger hon. ”Jag har saknat dig så, min trollunge.”

Och så avslutar vi samtalet, och jag är så omtumlad och lättad att jag måste gråta igen. När jag torkat bort tårarna, tar jag mina väskor och går sakta till det hotell där de har bokat ett rum åt mig.

Det är ett ganska enkelt hotell, men för mig är det som att få komma till paradiset. Jag kan ta en dusch för första gången på över en vecka, och jag kan beställa upp massor med mat.

Jag har inte ätit något på flera dagar och stoppar därför i mig alldeles för mycket mat alldeles för fort och måste springa ut på toaletten och kräkas. Men när jag sköljt munnen och lagt mig på sängen, känner jag mig ändå mätt. Jag är också ren för första gången på länge och njuter av känslan av att ha en frottémorgonrock på min magra kropp.

Jag somnar innan jag ens hunnit krypa ner under täcket.

Nästa dag vaknar jag först framåt lunchtid, och jag är fortfarande så svag att jag knappt orkar stå på benen. Så jag stannar på mitt rum och försöker återhämta mig genom att vila och äta.

Jag äter försiktigt för att kunna behålla maten, och jag sover mycket. Utan att jag tänker på det, försvinner dagen och det blir kväll igen.

När jag kryper ner bland de rena lakanen och släcker lyset, tycker jag att det känns både overkligt och underbart att mamma är på väg för att hämta mig och ta med mig hem.

Men samtidigt oroar jag mig för vad hon tycker om det som jag har gjort. Kommer hon att kunna förlåta mig?

Mitt i natten vaknar jag och har en känsla av att någon står mitt i rummet.

”Mamma!” ropar jag och sträcker ut en hand.

Men det är ingen där, och jag somnar om.

När jag nästa dag sitter i sängen och äter en sen frukost ringer telefonen som står på det lilla sängbordet. Det är hotellportieren som meddelar att mamma och Jeff väntar i lobbyn.

Jag ställer snabbt frukostbrickan åt sidan och hoppar upp ur sängen och tar på mig mina jeans och en tröja och skyndar ut ur rummet.

När jag kommer ner i lobbyn får jag med en gång syn på Jeff. Men jag kan inte se mamma någonstans, och jag blir med ens alldeles skräckslagen.

Tänk om hon har bestämt sig för att hon inte kan förlåta mig och låta mig komma hem?

Jag blir stående mitt i lobbyn med bankande hjärta, och Jeff ser lite undrande ut där han kommer gående emot mig. Vid sin sida har han en mager och tunnhårig kvinna som jag aldrig har sett tidigare. Vem är det?

Kapitel 36

Jag ser oförstående på Jeff och den främmande kvinnan vid hans sida, där de närmar sig mig i hotellfoajén.

Varför vill mamma plötsligt inte komma och rädda mig och ta mig härifrån?

Har hon skickat Jeff för att han ska säga till mig att jag inte får komma hem?

Är det nu jag ska få min dom? Ja, är det nu jag ska få höra att jag varit så elak att inte ens min egen mamma vill veta av mig?

Jag står som förstenad och kan knappt andas. Men så ser jag något som får mig att flämta till. Den där magra kvinnan vid Jeffs sida verkar på något sätt bekant. Och när de kommer ännu lite närmare får jag en riktig chock. För det är ju mamma!

Men varför har hon tappat nästan allt hår? Varför är hon så fruktansvärt mager? Varför ser hon plötsligt så oerhört gammal och trött ut? Är det mitt fel att hon verkar helt nedbruten och måste stödja sig på Jeff? Är det jag som bokstavligt har gjort henne sjuk av saknad och oro?

Jag känner hur tårar väller upp i mina ögon när jag nu rusar fram emot henne och ropar:

”Mamma!”

Hon ser på mig med matta ögon men ler samtidigt lite, och i nästa sekund är jag i hennes famn. Jag snyftar och trycker mig mot hennes bröst och känner hur tunn hon har blivit.

Här står vi båda två, mamma och dotter, och håller om varandra och är som skuggor av dem vi varit.

Jag blinkar bort tårarna och ser på henne och frågar:

”Mamma, varför har du tappat håret? Är du sjuk?”

Men innan hon hinner svara, skakar Jeff på huvudet och säger:

”Inte nu, Emma, du får fråga henne senare. Din mamma är väldigt trött och det har varit jobbigt för henne att åka hit. Så nu måste vi försöka komma härifrån så fort som möjligt. Har du några saker kvar hos Anders?”

Jag skakar på huvudet.

”Bra”, säger Jeff. ”Mia vill helst slippa träffa honom. Då går vi upp på ditt rum och hämtar sakerna som du har här.”

I hissen stryker mamma mig på kinden och ler svagt och säger med en röst som är som en viskning:

”Min lilla älsklingsunge.”

Medan jag packar min väska ligger mamma på sängen med slutna ögon och vilar. Hon ser nästan ut som någon som just har dött, och jag känner hur hjärtat sjunker som en sten i bröstet på mig.

Vad är det som har hänt med min mamma? Varför är det ingen som har sagt till mig att hon är sjuk? För jag kan se att hon har en svår sjukdom, men när jag vänder mig mot Jeff och börjar fråga vilken sjukdom det är, skakar han på huvudet igen och säger:

”Emma, det finns inte tid för frågor just nu. Din mamma vill inte stanna i den här stan en sekund längre än nödvändigt.”

Så när väskan är packad lämnar vi hotellet och åker till en av mina kompisar och hämtar en väska som jag lämnat där. De båda väskorna innehåller alla mina tillhörigheter.

Därefter åker vi till den bilverkstad där min helt kvaddade bil står för att bli reparerad. Jeff har ordnat allt med försäkringsbolaget. Själv har jag varit för hög och för borta för att ha orkat ta itu med någonting.

Min Volkswagen Jetta är ännu inte i kördugligt skick, så Jeff beslutar sig för att vi får låta reparera den färdigt hemma och gör så att vi kan ta den på släp.

Innan vi sätter oss i bilen för att köra hem, ger jag mamma en försiktig kram. Ingen av oss säger något, vi bara gråter tyst där i varandras armar.

Så lämnar vi den stad jag vuxit upp i och där jag också varit väldigt nära att gå under. Jag känner att jag inte vill stanna här en sekund till.

Det blir en lång resa, och mamma sover nästan hela tiden. Jeff har gjort så att hon kan ligga någorlunda bekvämt i baksätet. Själv sitter jag bredvid honom i framsätet.

”Jag tyckte att hon borde stanna hemma och låta mig hämta dig”, säger han och kastar en bekymrad och samtidigt mycket öm blick på mamma över axeln. ”Men hon insisterade på att få följa med. Hon bryr sig mer om dig än om sig själv.”

Jag sväljer en hård klump i halsen och säger:

”Jag har varit dum.”

”Du har kanske inte varit så rädd om dig själv som du borde”, säger Jeff med blicken på vägen framför oss. ”Vad var det egentligen som hände? Varför hamnade du på gatan?”

Jag berättar om det kaotiska liv jag levt sedan jag flyttade hem till Anders och om hur jag nådde ett slags vändpunkt när jag upptäckte att jag var gravid. Men att det då redan hade gått så långt att jag inte längre kunde ta hand om mig själv utan behövde få hjälp – helst av någon som älskade mig.

”Du skulle ha ringt till oss tidigare”, säger Jeff och ger mig en sträng blick. ”Det kunde ju ha slutat riktigt illa.”

”Jag vet”, säger jag och tänker på hur jag satt där på parkbänken med rakbladet pressat mot handleden.

”Nu är det i alla fall över”, säger Jeff, ”och du har fått en chans att ändra på ditt liv och göra det mycket bättre. Se det som att du har nått ett vägskäl och kan välja mellan att ta vara på livet och dina möjligheter eller sjunka ner i knarkträsket igen. Du kommer att få ett barn snart och det barnet förtjänar att få vara lyckligt, så du måste verkligen försöka göra något av ditt liv.”

Han säger det inte i en dömande ton, utan menar bara att jag – precis som alla andra – alltid har en chans att bli en bättre människa.

”Du är nitton år och har hela livet framför dig”, säger han.

Men just i den här stunden känns det inte så. Jag är helt kraftlös och orkar helt enkelt inte se framåt.

Mamma vaknar i baksätet och säger att hon är lite hungrig och skulle behöva försöka äta något. Så vi stannar vid ett matställe som ligger precis intill vägen. Vi går in på restaurangen och sätter oss vid ett bord och får snart in den mat vi beställt.

Jag tycker att mamma äter som en liten fågel och ska just säga det till henne, när hon i stället säger till mig:

”Emma, du borde äta bättre. Du är ju bara skinn och ben.”

Jag tänker: Det är du också. Men jag säger ingenting.

Jag tycker att vi reser i evigheter. Jag känner plötsligt en så stark hemlängtan att jag vill komma fram med en gång. Det är som om jag plötsligt upptäcker hur mycket jag innerst inne har saknat allt det som jag lämnade bakom mig en dag för snart ett och ett halvt år sedan.

Jag vill träffa mina kompisar och Robin igen. Men jag vill framför allt vara där jag känner mig hemma – bland människor som bryr sig om mig.

Jag känner mig helt utmattad men är ändå spänd. Och när jag börjar känna igen landskapet, husvagnsparkeringarna och byggnaderna på ömse sidor om vägen blir jag alldeles nervös. Jag förstår själv inte varför, och när Jeff tittar på mig och frågar: ”Är allt bra?” svarar jag: ”Ja, det ska bli skönt att komma hem.”

Vi får väcka mamma när vi har parkerat i garaget. Hon har sovit i stort sett hela vägen, och jag undrar tyst vad det är som gör henne så trött.

När jag kommer in i huset tycker jag att det känns mycket större än det gjorde när jag lämnade det. Mitt rum är helt orört och jag får en konstig känsla av att jag bara har varit borta några dagar.

Robin kommer hem och blir glad när han får se mig. Mamma har gett mig pengar så att jag kan köpa kläder och annat som jag behöver. Men hon orkar inte själv följa med, så jag tar med mig Robin i stället.

Men när vi har varit i några affärer känner jag att jag vill åka hem igen. Jag får fortfarande för mig att jag är förföljd och litar inte på någon som jag möter. Om det är många människor runt omkring mig kan jag känna mig helt omringad och gripas av panik.

Huset känns som en säker plats och jag lyckas slappna av lite och sätter mig i soffan tillsammans med mamma. Hon tar min hand och ser mig i ögonen och säger:

”Nu har jag fått min älskade dotter tillbaka. Nu känns allt bra.”

”Mamma”, säger jag och börjar gråta. ”Jag har varit så dum och så elak. Hur ska du nånsin kunna förlåta mig?”

”Tänk inte på det nu”, säger hon och stryker min hand. ”Du är mitt barn och därför alltid förlåten. Nu ska vi båda samla krafter och bli starka igen. I morgon ska jag ringa till en doktor så att du kan få komma dit och bli undersökt. Vi måste få veta hur långt gången du är och att barnet mår bra. Men det får som sagt bli i morgon, för nu är jag alldeles för trött. Så i morgon …” Och så somnar hon mitt i meningen, min älskade mamma som ser så förändrad ut med det där tunna håret och de där insjunkna kinderna.

Jag vet fortfarande inte vad det är för fel på henne. Jag har inte riktigt vågat fråga och hon har varit för trött. Men när jag lämnar henne där i soffan vet jag att jag måste få ett svar snart.

Jag har svårt att somna den kvällen. Jag kan fortfarande inte fatta att jag är hemma igen och ligger i min egen säng. Det känns helt overkligt att jag har kommit tillbaka hit, och jag är rädd för att om jag somnar så kommer jag att vakna på marken där i parken och upptäcka att jag bara har drömt alltsammans.

Det här är kanske bara något jag inbillar mig precis innan jag dör? Jag tror att mamma har kommit som en blek ängel och räddat mig, när jag i själva verket är räddningslöst förlorad. Jag kämpar för att inte blunda, men till slut övermannar sömnen mig.

När jag nästa dag sitter vid köksbordet tillsammans med mamma och äter frukost – vi äter båda med lika dålig aptit – lägger hon plötsligt sin hand på min och säger:

”Emma, det är en sak jag måste berätta för dig. Du ser säkert att jag inte är frisk?”

”Mm”, gnyr jag och vågar knappt se på henne.

”Jag har cancer på äggstockarna”, säger hon och låter som om hon just konstaterat att det regnar. ”Jag går på strålbehandling; det är därför jag tappar håret och är så trött och inte har någon aptit.”

Jag får inte fram ett ord, för jag kan inte tro att det är sant. Det *får inte* vara sant! Min mamma får inte ha cancer. Hon får inte dö nu när vi äntligen har hittat tillbaka till varandra igen. Inte nu när jag behöver henne kanske mer än någonsin tidigare.

Om hon dör nu så kommer det att kännas som om det är mitt fel – som om det är jag som har gjort henne sjuk.

Plötsligt minns jag att jag en gång sa till henne att jag hoppades att hon skulle dö. De orden träffar mig nu med fruktansvärd kraft och jag tycker att jag faller där jag sitter med min hand i hennes och tårarna rinnande nedför kinderna.

Kapitel 37

Jag vill vakna upp och upptäcka att det bara var en mardröm, att det inte alls är sant att min mamma har cancer. Men när jag sluter ögonen och öppnar dem igen sitter hon kvar där mitt emot mig vid bordet med sitt tunna hår och sina insjunkna kinder.

Hon håller fortfarande min hand i sin, och hon nickar med ett sorgset uttryck i ansiktet och säger:

”Jag kan knappt fatta det själv. Jag kunde aldrig föreställa mig att det var cancer när jag började må illa och få ont.”

Hon suckar lite och fortsätter med blicken stadigt fäst på mitt ansikte:

”Jag går igenom en strålningsbehandling just nu. Det är därför jag tappar så mycket hår och har så dålig aptit och bara vill sova hela tiden. Vissa dagar orkar jag inte alls stiga upp. Då börjar jag nästan tvivla på att jag kommer att klara av det här.”

Jag får bita mig i underläppen för att inte börja gråta igen och nu är det jag som kramar mammas hand och inte hon som kramar min.

”Varför sa ni ingenting till mig?” säger jag och hör själv hur sårad jag låter – som om det är mig det är synd om. ”Varför fick jag ingenting veta?”

”Vad skulle jag göra?” säger mamma. ”Du svarade ju aldrig när jag ringde. Och när jag lämnade meddelanden, ringde du aldrig tillbaka.”

Hon låter plötsligt upprörd och fortsätter:

”Du ville ju inte ha något med oss att göra. Så vad vill du att jag skulle ha gjort? Tvingat dig att komma tillbaka och lyssna på mig? Du är myndig nu, så jag kan inte tvinga dig till någonting. Jag kunde bara vänta och hoppas på att du någon gång skulle svara i telefonen – och en dag kanske rentav komma tillbaka till mig.” Hon drar ett djupt andetag. ”Och nu har du kommit hem igen – av egen fri vilja.”

”Mamma, jag ska hjälpa dig så att du blir frisk”, säger jag med ynklig röst. ”Jag ska finnas vid din sida och göra allt jag kan för dig.”

”Lilla gumman, vi ska hjälpa varandra att bli friska och starka igen. Jag ska besegra den här sjukdomen och du ska resa dig igen och föda ett friskt och välskapt barn.”

”Men, mamma, tänk om det inte är friskt och välskapt. Tänk om jag har skadat det när jag tagit droger?”

”Det är det vi ska försöka ta reda på nu”, säger hon och sträcker sig efter telefonen som ligger på bordet. ”Jag ska genast ringa till en läkare jag känner och be om att få en tid för dig. Men jag tror inte att du behöver oroa dig. Fostret har nog inte hunnit ta skada. Men det är viktigt att du sköter dig i fortsättningen och försöker vara stark för barnets skull.”

”Det ska jag”, lovar jag tyst medan hon slår numret till läkarmottagningen.

Jag får en tid redan nästa dag. Jag vill att mamma ska följa med mig dit, och det lovar hon att göra. Jag förstår att jag egentligen begär för mycket av henne, men jag kan inte tänka mig att gå dit ensam. Jag är ännu alldeles för medtagen och svag för att klara av en sådan sak. Tänk om doktorn säger att barnet är skadat?

Jag är väldigt lättad och tacksam för att mamma och Jeff inte gör som Anders och tjatar om att jag ska göra abort. Mamma fick själv barn när hon var mycket ung och förstår mig. Även Jeff blev förälder väldigt tidigt och har en kristen tro som gör att han ser det som självklart att jag ska behålla det här barnet.

När jag nästa dag kommer in i undersökningsrummet på läkarmottagningen är jag så nervös att jag mår illa.

"Hur ska jag ha råd att betala det här?" viskar jag till mamma.

"Bekymra dig inte om det, gumman", säger hon och kramar min arm. "Det tar jag och Jeff hand om."

Jag tycker att det är obehagligt att bli undersökt, och läkaren säger till mig att jag måste försöka äta mer och vila. När jag berättar att jag har gått på droger och har abstinens, säger han att han tyvärr inte kan ge mig något som skulle kunna lindra den, eftersom de preparaten skulle kunna skada fostret.

"Så du får helt enkelt försöka härda ut och vara stark – för ditt barns skull."

När han säger så får jag ångest, för jag känner mig inte alls stark. Men undersökningen visar i alla fall att allt ser bra ut så här långt, och vi pratar sedan en stund om var jag skulle vilja föda barnet.

Jag och mamma bestämmer att vi ska åka runt och titta på olika kliniker tills jag hittar någon som verkar bra och där jag tror att jag kan känna mig trygg.

På vägen hem från läkarmottagningen stannar mamma vid ett apotek och köper vitaminer till mig. Och när vi är tillbaka i huset, börjar hon möblera om i mitt rum så att det ska kännas så vilsamt som möjligt där inne.

Hon pysslar om mig så mycket de följande dagarna att jag får dåligt samvete, det är ju jag som borde ta hand om henne och inte tvärtom.

Men Jeff tycker att det är bra att hon ägnar sig åt mig.

"Hon behöver få tänka på något annat än sjukdomen", säger han. "Din mamma har en vilja av stål, och det ska vi vara glada för."

Jag håller med honom men förstår inte riktigt var hon får alla krafter ifrån. Själv orkar jag inte göra mycket annat än att ligga på min säng eller sitta stilla på en stol eller i soffan. Jag måste hela tiden försöka trycka ner den oro som jag har i både kroppen och själen. Jag känner fortfarande begäret lika starkt, och att behöva stå emot det gör mig alldeles utmattad.

Ibland skakar jag som av frossa och känner mig illamående, men jag säger ingenting om det, för jag ser ju att mamma mår så oändligt mycket sämre.

Ofta när hon kommit hem från sin strålbehandling kräks hon länge, och hon fortsätter att tappa hår och magra. Det känns så svårt att se henne så här, och jag gråter mycket i min ensamhet. Men jag är noga med att inte visa det för henne eller låta henne höra min gråt, för jag vill försöka vara stark och tapper för hennes skull.

Hon är ju stark för min skull.

Sedan mamma fick grön starr kan hon inte längre köra bil på kvällarna, för hon har förlorat sitt mörkerseende. Därför måste jag eller Jeff skjutsa henne om hon ska någonstans efter mörkrets inbrott.

Ibland måste vi skjutsa henne också på dagarna om det är mycket trafik, för också det har hon svårt att klara av med sin försämrade syn.

Jag börjar försöka ta hand om mamma lika mycket som hon tar hand om mig. Jag tycker så synd om henne och undrar när hon äntligen ska få lite lugn och ro i sitt liv. Jag har ju själv inte precis gjort det lättare för henne.

Hon har kämpat så mycket och ofta haft det så svårt att hon, om någon, borde vara förtjänt av ett mer rofyllt liv.

Men så blir det inte. En dag ringer telefonen, och mamma får veta att hennes pappa har drabbats av prostatacancer och ska gå igenom en cellgiftsbehandling.

”Inte det också ...”, hör jag henne säga uppgivet när hon lägger ifrån sig telefonen. ”Och jag som inte ens kan åka dit och vara hos honom.”

Jag riktigt ser hur kraften rinner ur henne, och jag blir rädd att hon nu ska ge upp och låta sjukdomen besegra henne.

Jag börjar prata om babyn i hopp om att det ska ge henne livsviljan tillbaka. För hon har många gånger sagt att hon mer än någonting annat vill få se sitt barnbarn.

Hon ler lite vid tanken på det liv som växer i min mage, men jag ser också att hon har ett sorgset uttryck i ögonen. Hon har länge hoppats att morfar en dag ska kunna komma hit och besöka oss och då bo i det rum som hon har gjort i ordning speciellt för honom. Hon har målat väggarna i det rummet gula, för det är morfars älsklingsfärg och den symboliserar för honom liksom för mamma solsken och livsglädje.

Nu verkar det hoppet plötsligt ha slocknat i mammas blick, och jag förstår med ens hur viktigt det har varit för henne att kunna se framför sig hela familjen återförenad här i vårt amerikanska hem.

Jag har knappt sovit något när jag och mamma åker till läkarmottagningen för att jag ska gå igenom en ultraljudsundersökning. Trots att hon följer med mig är jag minst lika nervös som vid den första undersökningen.

Jag har haft återkommande mardrömmar om att jag föder ett missbildat barn och att de missbildningarna är mitt fel. Ibland har jag vaknat ur en sådan dröm och gråtande rusat in till mamma och väckt henne och snyftat:

”Mamma, jag tror att det är något fel på babyn! Jag vill att den kommer ut nu så att jag kan se att den har tio fingrar och tio tår.”

Nu ska jag strax få veta om mina mardrömmar kommer att bli verklighet, och jag känner hur hjärtat bankar i bröstet.

Men läkaren säger att allt ser bra ut, och jag vill gråta och skratta på samma gång. Mamma kramar min arm med det största leende jag sett på hennes läppar sedan jag kom hem igen.

För säkerhets skull tar de några prover för att se att mitt missbruk inte påverkat fostret.

Svaren på de proverna kommer först flera dagar senare, och jag blir så lättad att jag genast måste sätta mig när jag får höra att inte heller de ger någon anledning till oro.

Vågar jag verkligen hoppas att allting kommer att gå bra och att mitt barn kommer att födas välskapt? Kommer jag inte att straffas för att jag varit så elak mot alla och så oansvarig?

Finns det verkligen ett lyckligt slut på hela den här historien?

En gång i veckan går jag nu till en lokal och träffar andra blivande tonårsmammor som precis som jag har missbrukat droger och lider av abstinens.

Det känns skönt att få sitta i den gruppen och berätta om alla tankar och känslor som plötsligt fyller mig nu när jag inte längre är hög och helt borta. De här tjejerna förstår precis vad jag pratar om, för de har gått igenom samma saker som jag och vet hur svårt det är att tända av och försöka vara ren.

Flera av dem tycker precis som jag att barnet de väntar har räddat livet på dem. Jag är nu helt övertygad om att jag hade fortsatt med drogerna och en dag dött om jag inte blivit gravid.

När jag sitter tillsammans med de här tjejerna kan jag för första gången på mycket länge känna mig trygg bland människor jag inte känner.

Och jag vågar också för första gången på mycket länge hoppas – om än försiktigt – att jag har en framtid.

En dag skjutsar jag mamma till cancerkliniken, där hon ska gå igenom en uppföljande undersökning. Eftersom jag den senaste tiden tyckt att hon sett lite bättre ut, blir jag först förvånad när det visar sig att tumörerna har kommit tillbaka på ena äggstocken och är stora som pingpongbollar eller clementiner. Sedan blir jag helt förkrossad.

Ska vi aldrig få det bra?

Ska vi hela tiden bara drabbas av nya olyckor och bakslag?

Kapitel 38

Jag och mamma åker hem från cancerkliniken utan att veta om de nya tumörerna är godartade eller elakartade. De har tagit prover och kommer att ge henne besked om det snart. Vi säger inte mycket till varandra i bilen. Det är som om ingen av oss riktigt orkar ta in det vi just fått höra.

Mamma ser blek men samlad ut när jag sneglar på henne och säger:

”Vi ska klara det här, mamma. Jag ska finnas vid din sida hela tiden från och med nu.”

Hon vänder sig mot mig och ler lite ansträngt och säger:

”Tack, gumman. Det känns så bra att du är tillbaka.”

Och jag tror verkligen på henne när hon säger det. Ja, för första gången sedan jag läste ”den svarta boken” tror jag verkligen på att hon älskar mig.

I gruppen som jag träffar varje vecka – och där alla har haft svåra missbruksproblem – blir jag god vän med en tjej som heter Amanda. Precis som jag kommer hon att bli en ensamstående tonårsmamma, och precis som jag har hon levt ett vilt och destruktivt liv och vänt sina föräldrar ryggen.

Eftersom jag inte vill umgås med mina gamla vänner – de tar ju alla fortfarande droger – umgås jag i stället mycket med henne. Vi går i affärer och tittar på barnkläder och går också på en mammakurs tillsammans och lär oss hur vi ska andas när vi föder.

”Jag tror jag vill försöka föda naturligt”, säger jag till Amanda.

”Hur då naturligt?” undrar hon.

”Utan mediciner och sånt”, svarar jag. ”Jag vill inte vara helt borta när jag föder mitt barn. Jag tycker jag har varit borta tillräckligt mycket.”

”Jag förstår vad du menar”, säger Amanda och nickar eftertänksamt. ”Man vill inte in i någon dimma igen.”

Det känns skönt att ha någon att dela de här sakerna med, någon som jag vet kommer att gå igenom det som jag själv har framför mig, det där som ibland skrämmer mig när jag tänker på det. Särskilt när jag ligger vaken på nätterna kan tanken på förlossningen göra mig så orolig att jag måste stiga upp och gå runt i huset tills jag lugnat ner mig och kan lägga mig igen.

På dagarna har jag börjat inreda det rum som ska bli barnkammare. Den första tiden efter förlossningen ska min baby få sova med mig, sedan ska den få flytta in hit, i sitt eget rum.

Mamma tyckte att vi borde börja köpa saker till rummet med en gång, men för mig kändes det lite tidigt och jag ville vänta med det. Men hon stod på sig och tjatade om det som om hon hade bråttom. Jag förstod inte varför vi måste ha en sådan brådska, men jag började i alla fall leta i affärer efter sådant som jag tycker om.

Så nu har vi köpt en vit vagga, och jag har också köpt vita, gula och gröna barnkläder. Det är sparkdräkter, strumpor och annat. Vissa saker väntar jag med att köpa, för jag vill dels först veta om det är en pojke eller en flicka, och dels först se vad jag får i present av mina vänner när jag har min ”baby shower”. Det är något som alla blivande mödrar har här i USA, och det är en riktig fest där alla ens vänner tar med sig presenter till barnet.

Jag är mest inomhus på dagarna, för jag vill vara vid mammas sida och hon orkar nästan aldrig gå ut. Också Jeff är hemma mycket nu och sköter om mamma och hjälper mig att inreda barnkammaren.

Han stöttar mig verkligen, även om han tycker att jag är för ung för att bli mamma. Han blev ju själv pappa när han var väldigt ung och vet därför hur jobbigt och svårt det kan vara.

”Jag fick aldrig vara ung”, säger han men låter inte alls bitter, för han tycker samtidigt att barnen är det bästa som har hänt honom.

”De fick mig att växa upp fortare och lära mig att ta ansvar”, säger han där han står på en stege och hänger upp gardinerna med färgglada fiskar på. ”Och så hade jag ju mina föräldrar som ställde upp och hjälpte till och såg till så att jag fick en bra utbildning att ha som grund att stå på. Det vill jag att också du ska ha.” Och så ger han mig ett av sina snälla leenden.

Mamma blir nu mycket sämre igen, och jag och Jeff turas om att ta hand om henne. Hon sover ännu mer än tidigare och tynar sakta men säkert bort. Vissa dagar orkar hon över huvud taget inte stiga upp ur sängen, och hon behöver då hjälp med att gå på toaletten.

Jag gråter mycket men är noga med att inte göra det så att mamma ser eller hör det. Jag har lovat både mig själv och Jeff att vara stark och inte i onödan göra henne upprörd. Hon har det nog svårt ändå och behöver allt stöd hon kan få från oss.

Ibland kan jag höra att också hon gråter när hon tror att ingen hör henne. Hon har alltid tvingats vara så stark, och jag förstår nu hur ensam hon ofta måste ha känt sig.

Det gör så fruktansvärt ont i mig när jag hör hur ledsen hon är, och jag vill göra allt som står i min makt för att hjälpa henne.

En dag säger mamma plötsligt att hon vill prata med mig och Robin, och hon föreslår att vi ska åka till en park som ligger en liten bit utanför staden och som vi gärna åker till när vi vill prata eller bara vara ensamma.

Parken ägs av staten och där man kan gå på vandring under en eller flera dagar och campa om man vill. Det finns också bord där om man bara vill åka på picknick, och det har vi gjort många gånger.

Men i dag ska vi inte åka på någon utflykt.

Mamma ser allvarlig ut där hon halvligger i baksätet. Jag sitter bredvid Robin, som kör. Emellanåt sneglar jag över axeln på mamma och tycker att hon verkar trött på ett annat sätt än tidigare.

Vi kör in genom grindarna till parken efter att ha betalat en avgift till vakten i kuren. Robin parkerar i skuggan och vi sätter oss alla tre vid ett av borden. Det är bara vi där, och mamma ser nu väldigt ledsen ut.

Jag undrar tyst vad det är hon ska berätta för oss. Ska hon och Jeff skiljas? Ska vi flytta till någon annan stad där hon kan få bättre vård? Det är många frågor som far runt i mitt huvud medan jag sitter där i en stillhet som annars skulle ha varit rogivande men som nu bara känns explosiv.

Mamma tar våra händer och ser på oss och säger att vi nu måste lyssna noga på vad hon har att berätta för oss.

”Jag pratade med doktorn i går”, säger hon med en liten darrning på rösten, ”och de har nu konstaterat att cancern är elakartad och vill operera mig.”

Det är som om de där orden fullständigt bedövar mig. Jag ser plötsligt suddigt och hör inte riktigt vad hon säger i fortsättningen. I stället ekar det i mitt huvud: Min mamma kommer att dö … kommer att dö … kommer att dö …

Jag har alltid tagit för givet att mamma kommer att följa mig och Robin genom livet och finnas där för oss. Hon ska ju bli mormor till mitt barn och se det växa upp och ge mig goda råd när jag varken vet ut eller in.

Vad kommer nu att hända? Vart ska jag och Robin ta vägen om mamma dör? Måste vi flytta hem till Anders, som inte längre bryr sig om oss?

”Jag vet inte hur det blir nu”, säger hon som om hon har hört mina tysta frågor. ”Först måste de få operera mig och se hur illa det är.”

Jag stirrar på henne och kan fortfarande inte tro att hon är så sjuk som hon säger. Är hon inte bara väldigt trött? Kan inte läkarna ha tagit fel? Det måste vara något annat hon lider av, det kan inte vara cancer. Det *får inte* vara cancer, för min mamma får inte dö.

I samma stund säger hon:

”Vi måste naturligtvis hålla fast vid hoppet, men vi måste samtidigt vara realistiska. Det kan faktiskt bli så att jag inte klarar av det här utan dör.”

Jag hör hur Robin börjar snyfta, och när jag sneglar på honom ser jag att han har tårar i ansiktet och gråter stilla.

Jag blir plötsligt arg och tänker att min mamma minsann inte ska dö, och jag öppnar munnen för att säga något. Men innan jag hinner protestera fortsätter mamma:

”Jag ville att ni skulle få veta det här, och nu måste ni försöka vara starka. De vet ännu inte om cancern har spridit sig i kroppen eller om det bara är på äggstocken det sitter tumörer. De är bland annat därför de måste operera mig.”

Hon ser på oss med den där blicken som är så fylld av ömhet.

”Om det värsta skulle hända, så finns det ett testamente. Jag har sett till så att ni kommer att få det bra. Ni kommer inte att sakna något.”

Jo, vi kommer att sakna dig! vill jag skrika men får inte fram ett ord eftersom jag måste kämpa mot tårarna.

”Vad som än händer”, fortsätter hon, ”så är jag lycklig nu. Jag har tre underbara barn och en man som jag älskar. Vad mer kan jag begära?”

Att få leva i Sverige, tänker jag.

Att få vara med Daniel och se dina föräldrar innan de dör.

Att som belöning för att du varit så tapper och stark få se ditt barnbarn födas och växa upp.

Kapitel 39

Jag och Robin ägnar nu mycket tid åt att vara med mamma och försöka ta hand om henne på bästa sätt. Hon blir svagare för varje dag som går och sover nästan hela tiden.

Min mamma, som aldrig har brukat vila eller visa minsta tecken på svaghet, orkar nu knappt lyfta på ögonlocken och se på mig. Hon, som alltid har varit den starka och den trygga, ligger nu här och tynar bort mitt framför ögonen på mig, och jag kan ingenting göra.

Jag känner mig så fruktansvärt hjälplös de här dagarna när hon inte är på sjukhuset för undersökning och provtagning. Jag sitter vid hennes sängkant och kan bara se hur sjukdomen gröper ur henne och sakta men säkert drar henne allt längre bort från oss – in i ett mörker som ingen återvänder från.

Så kommer då den dagen när hon ska opereras. Det är en omfattande operation som kommer att bli oerhört ansträngande för mamma, och jag har hela natten legat sömnlös och oroat mig för att hennes krafter inte ska räcka till. Hur ska hennes magra, orkeslösa kropp klara den påfrestningen? Den är ju ingen påse som man kan öppna och sticka in handen i hur som helst.

Mamma vill att vi tar farväl hemma. Jeff ska skjutsa henne till sjukhuset och stanna kvar där tills operationen är genomförd. Då kommer han att ringa till mig och Robin och berätta hur det har gått.

”Det kommer att gå bra. Oroa er inte”, säger mamma till oss där vi står vid bilen och kämpar med tårarna.

Jag önskar att jag kunde tro att det blir så som hon säger, och jag skulle verkligen vilja kunna slippa oroa mig. Men det är omöjligt, och jag säger därför inget utan ger henne bara en hastig kram innan hon sätter sig i bilen.

Det blir en dag av nästan outhärdlig väntan. Jag tycker att tiden släpar sig fram, timmarna och till och med minuterna känns evighetslånga, och det enda jag vill är att Jeff ska ringa och säga att allt har gått bra och att mamma får komma hem till oss igen.

Jag går rastlöst runt i huset och gråter stilla. Strax innan mamma åkte till sjukhuset, lovade jag henne att försöka vara lugn – om inte annat för barnets skull. Men det är svårt, för hjärtat slår så hårt i bröstet och tårarna vill hela tiden tränga fram i ögonen. Jag känner mig så ensam och så övergiven, och dessutom plågas jag av dåligt samvete.

Hur kunde jag vara så elak mot henne?

Hur kunde jag säga till henne att jag hoppades att hon skulle dö?

Hur kunde jag bara vända henne ryggen och ge mig iväg och låtsas som att hon inte fanns?

Hon behövde mig, men jag brydde mig inte ens om att svara när hon ringde. Jag svek henne på ett sätt som jag aldrig hade förlåtit om någon hade gjort så mot mig.

Jag har försökt prata med mamma om de här skuldkänslorna, men hon säger bara att man måste förlåta och sedan glömma. Det har hon gjort, för hon menar att hon annars skulle gå under.

”Jag kan inte gå omkring och hata dem som har svikit mig och gjort mig illa, för det skulle ta all min kraft ifrån mig”, sa hon till mig häromdagen. ”Man måste försöka leva i nuet, Emma, och hela tiden gå framåt, inte bakåt. Man vinner inget på att älta gamla oförätter och tänka på hämnd. Tänk i stället på vad du vill göra med ditt liv.”

Jag lagar mat till mig och Robin, men ingen av oss har någon matlust.

Vi tittar på teve och spelar kort. Men jag har ingen ro, och till slut tar jag telefonen och ringer till Jeff, som säger att han ännu inget vet.

Hur länge ska vi behöva vänta? tänker jag när jag knäppt av telefonen. Jag orkar snart inte längre med den här ovissheten. Jag vill att de ska bli klara med operationen och säga att hon kommer att klara sig och bli precis så som hon var tidigare.

Varför måste min mamma tvingas lida på det här viset? Har hon inte lidit tillräckligt i sitt liv?

Så ringer plötsligt telefonen, och jag märker att jag darrar när jag svarar. Det är Jeff som berättar att mamma har kommit ut från operationen och att den varit lyckad. Men de har varit tvungna att ta bort ena äggstocken, eftersom tumörerna var för stora och för många för att de skulle kunna rädda den.

”Hon är fruktansvärt trött”, säger han och låter själv utmattad. ”Hon måste ligga här tills hon har återhämtat sig lite, men sedan kommer vi hem.”

”Det gick bra”, säger jag helt kort till Robin när jag avslutat samtalet. ”Hon får komma hem snart.”

Jag visar inte hur lättad jag känner mig. Plötsligt verkar världen inte längre så ond och orättvis, och jag vågar nästan tro att det finns en framtid.

Men när de några dagar senare kommer tillbaka från sjukhuset blir jag helt förskräckt. För mamma ser ännu sämre ut än hon gjorde när hon åkte iväg, hon är alldeles likblek och kan knappt fästa blicken på mig.

Återigen sover hon nästan hela tiden. Hon har fått en medicin som hon inte riktigt verkar tåla, för hon kräks mycket.

Jag och Jeff turas om att sitta vid hennes sida. Robin är i skolan, mamma har sagt att hon absolut inte vill att han försummar undervisningen eftersom han snart ska ta sin examen, och det är något som hon länge sett fram emot.

Och när den dagen kommer vill hon absolut vara där och se när han går ut high school, trots att hon är nyopererad och knappt kan stå på benen. Jeff hjälper henne upp på en läktare som har rests utanför skolan, och där sitter hon på en bänk och håller hårt i ett räcke för att inte förlora balansen.

Hon tycker att det är särskilt viktigt att vara där eftersom Anders inte velat komma till sin sons examen. Men jag ser att hon är alldeles blek och mår dåligt och knappt kan hålla sig upprätt. Jag vet att hon har väldigt ont i operationsärret som sträcker sig från höft till höft alldeles nedanför magen.

”Vilken tur att det ändå är under bikinilinjen”, försökte hon skämta när hon visade det för mig.

Från sjuksängen har hon ordnat en examensfest för Robin, så när ceremonin utanför skolan är avslutad kommer alla som vill fira honom hem till oss. Mamma är värdinna och har gjort sig vacker. Hon vill inte att någon utanför familjen ska få veta att hon är sjuk, och jag tycker att hon är fantastiskt tapper som kan le och vara trevlig mot alla människor trots att hon just har gått igenom en svår operation.

Jeff tyckte inte att vi skulle ha någon fest eftersom mamma är så svag, men när han pratade med hennes läkare om saken fick han bara delvis medhåll av honom.

”Jag håller med om att hon ännu egentligen inte är tillräckligt stark, men om hon bara kan äta och behålla maten så kanske hon klarar det”, sa läkaren och fortsatte: ”Dessutom tror jag att hoppet och hennes vilja av stål är den bästa medicin hon kan få. Så om hon känner att hon har någonting att leva för och vill visa det, ska man absolut låta henne göra det.”

Så nu står hon här bland alla våra vänner och Jeffs släktingar och riktigt strålar av stolthet. Trots att hon fortfarande är tunnhårig och ovanligt mager, är det nog ingen här som ens anar vad hon just tvingats gå igenom.

Förutom jag, Robin och Jeff är det bara hennes syster Sofia som känner till sanningen. Sofia har erbjudit sig att komma hit och ta hand om mamma, men än så länge klarar vi det själva.

Vi turas om att sköta om henne när hon kräks och behöver hjälp med att gå. Hon är aldrig ensam, utan någon av oss finns alltid vid hennes sida. Ibland kommer det hem en sjuksköterska till oss och tar hand om henne. Mamma tålde dåligt att bli sövd under operationen och är nu väldigt medtagen.

Jag sitter långa stunder och baddar hennes panna med en fuktig handduk, vakar och matar henne med buljong och glass. Det känns hemskt tungt att se henne må så dåligt, men tiden går och hon blir sakta bättre.

Hon orkar fortfarande inte gå ut och kan därför inte följa med mig på de kontroller jag måste gå på för att de ska kunna se att babyn utvecklas normalt i min växande mage. Jag hade så gärna velat att mamma var där när de undersöker mig, för jag är fortfarande orolig för att de ska upptäcka att fostret är skadat av mitt missbruk.

Jag skulle aldrig kunna förlåta mig själv om det visade sig vara så.

I de där stunderna när jag känner mig riktigt ensam och utlämnad, önskar jag att jag hade en pappa till barnet vid min sida.

"Jag blir så ledsen när jag tänker på att mitt barn ska behöva växa upp utan en pappa", säger jag till mamma.

"Jag förstår det, gumman", säger hon och stryker min hand. "Du kanske skulle ta och ringa Mark och säga precis hur du känner."

Men när jag gör det förstår jag med en gång att han är helt ointresserad av att ta på sig den rollen och det ansvaret.

"Jag har redan flera ungar", säger han torrt i telefonen. "Jag behöver inte en till."

Trots att jag inte alls saknar Mark, blir jag ledsen och tänker på mitt ofödda barn.

Så en dag blir jag kallad som vittne i en rättegång som ska hållas i den stad jag nyss lämnade som en människospillra. Man har avslöjat en stöldhärva där Mark har haft ett finger med i spelet. Jag kommer alltså att möta honom och också en del andra gamla vänner i rätten.

Det är människor som tillhör ett annat liv, ett liv som jag helst vill glömma men som jag fortfarande drömmer mardrömmar om.

Plötsligt märker jag hur skör jag fortfarande är, för bara tanken på att åka tillbaka dit ger mig hjärtklappning. Jag får så stark ångest att jag måste sätta mig ner med brevet i handen. Jag hade hoppats att jag aldrig skulle behöva återvända till den plats där jag varit bara en hårsmån från att möta döden.

Jag lägger handen på magen och tycker mig känna hur min oro och min panik påverkar fostret och skadar det. Den trygghet jag trevande börjat skapa mig här, trasas sönder på mindre än ett ögonblick.

Kapitel 40

Det känns svårt att lämna mamma när hon fortfarande är så dålig, men jag måste åka till den där rättegången och vittna mot mina gamla kompisar och kanske vara beredd på att träffa Mark.

Jag känner nu att jag skulle kunna göra vad som helst för att få slippa det. Jag har ju precis börjat komma tillbaka till livet och hittat en balans. Jag är inte rädd för att jag ska börja knarka igen bara för att jag åker tillbaka dit, men jag är orolig för att det ska väcka känslor som får mig att falla ner i ett mörkt hål.

Dessutom behöver ju mamma mig.

”Oroa dig inte för mig, gumman”, säger hon och klappar mig på handen där hon ligger i sängen med sitt bleka ansikte vänt mot mig. ”Du ska ju bara vara borta ett par dagar, och både Jeff och Robin finns ju här. Och den där sköterskan ska komma hit i morgon igen. Så jag har ju en hel tjänarstab.” Hon försöker le men orkar inte riktigt.

Jag säger inget till henne om min oro, utan ger henne bara en stor kram när jag ger mig iväg några dagar senare.

”Var stark nu, mitt hjärta”, säger hon och stryker min kind.

Under hela resan är jag orolig och vid några tillfällen grips jag till och med av panik och vill vända om. Det är naturligtvis inte möjligt, i synnerhet när jag sitter i flygplanet och ser öknen breda ut sig långt där nere.

På flygplatsen blir jag hämtad av en av mammas gamla väninnor som skjutsar mig ända fram till domstolsbyggnaden i staden som jag har så hemska minnen från och vars parker jag nu uppfattar som allt annat än idylliska.

När jag med bankande hjärta stiger in i rättssalen skymtar jag Mark. Han ser på mig med likgiltig min och jag vänder snabbt bort blicken.

När det blir min tur att vittna mot den killkompis som har stulit bankcheckar från en annan av mina vänner, är jag alldeles torr i munnen av nervositet. Men jag lyckas hålla rösten stadig och sätter mig sedan på min plats igen utan att se på någon.

När domaren förklarar rättegången avslutad reser jag mig snabbt och går mot utgången och stöter ihop med Mark.

”Hej”, säger han kallt och verkar inte vara det minsta glad över att se mig.

”Hej”, säger jag och blir i nästa stund plötsligt modig och fortsätter i en ganska vass ton: ”Så du vill inte vara pappa till vårt barn?”

Mark rynkar ögonbrynen på det där viset som jag vet betyder att han är väldigt irriterad.

”Nej, jag har ju sagt till dig att jag har tillräckligt många ungar redan. Det är ingen som tvingar dig att föda den där ungen.”

”Du är så jävla feg”, säger jag och förstår inte vad det var hos honom som gjorde mig så förälskad en gång.

”Jag bryr mig inte om vad du tycker”, säger han och rycker på axlarna och går förbi mig ut genom dörren.

När jag kommer ut ur domstolsbyggnaden känner jag mig på en och samma gång lättad och sorgsen. Det är skönt att rättegången är över och att jag nu kan återvända hem, men det är sorgligt att mitt barn kommer att växa upp utan sin pappa. Det känns särskilt sorgligt eftersom jag tänker på mig själv och inte vill att mitt barn ska behöva uppleva den tomhet och smärta som jag bär inom mig. Är det här ett mönster som jag omedvetet upprepar? Gör jag så att mitt barn får klara sig utan sin pappa bara därför att jag själv inte fått vara med min pappa?

Det är bestämt att jag ska sova över hos mammas väninna och åka hem nästa dag. Men nu känner jag att jag inte vill vara kvar här en minut till. Jag vill inte träffa mina gamla kompisar, och Anders har jag inte haft någon kontakt med sedan han kastade ut mig på gatan.

Jag ringer därför Jeff och säger att jag vill komma hem med en gång, och han lovar att ordna så att jag kan få ett tidigare flyg. En stund senare ringer han och säger att jag kan flyga hem samma kväll.

Medan jag väntar på att mammas väninna ska komma och hämta mig och skjutsa mig tillbaka till flygplatsen, tänker jag på hur annorlunda jag ser på allt nu: mina gamla kompisar, den här staden, Anders.

Jag tänker på den gången då jag och Robin skulle åka och hälsa på honom efter att vi hade flyttat med mamma hem till Jeff. Anders hade som villkor att mamma och Jeff skulle ge honom pengar för att vi skulle få komma på besök och bo hos honom. De gick med på det, men sedan ringde han ändå och sa att det inte passade att vi kom.

När jag nu tänker på det, tycker jag mest synd om Robin. För till skillnad från mig är han ju Anders barn. Att Anders inte vill träffa mig är en sak, men att han inte vill träffa Robin tycker jag är oförlåtligt.

Trots att jag bara har varit borta en dag är det otroligt skönt att få komma hem igen och se mamma. Jag märker att jag behöver henne minst lika mycket som hon behöver mig just nu. Hon är min stora trygghet nu när jag väntar barn, och därför får ingenting hända henne.

Jag fortsätter att sköta om henne, och snart ser jag hur färgen återvänder till hennes kinder och hur blicken blir klarare.

En dag ser hon på mig och säger:

”Jag kommer att klara det här, Emma. För jag har så mycket att leva för. Jag har dig, Robin, Daniel och Jeff. Och så har jag mitt barnbarn som jag vill se.”

När hon en dag kommer hem från sjukhuset, där de tagit bort stygnen från det nu läkta operationssnittet, pratar hon om min baby som om hon är säker på att det är en pojke. Hon har haft en dröm där hon sett en liten blåögd pojke på en ljusblå babyfilt.

Och vid nästa ultraljudsundersökning visar det sig att hon har rätt. Det är en liten pojke jag bär under mitt hjärta.

Jag är fortfarande orolig för att fostret kan ha tagit skada av alla droger jag tagit, men proverna visar att barnet är helt friskt. Jag blir oerhört lättad samtidigt som jag känner en väldig längtan efter att få hålla i honom redan nu så att jag kan räkna alla hans små fingrar och tår och se att allt är som det ska med honom.

Jag har fortfarande dåligt samvete för att jag var så elak mot mamma och gjorde henne orolig när jag tog alla de där drogerna. Jag förstår inte vad det var som gick fel och som fick mig att hata henne så mycket – lika lite som jag förstår hur jag kunde sjunka så djupt i drogträsket att jag utan att inse det lekte med döden.

Nu när jag har fått veta att babyn är en pojke köper jag massor med barnkläder i blått. Jeffs svägerska Melissa ska ordna min ”baby shower” eftersom mamma ännu inte är tillräckligt stark för att orka göra det.

”Vad har du tänkt att folk ska kunna köpa till dig när du redan köpt allting själv?” klagar nu Melissa när hon ser alla mina inköp.

Hela festen går i blått, för så ska det vara om man vet med sig att man väntar en pojke. Till och med tårtan är blå.

När jag sitter där med alla presenterna och alla vännerna omkring mig, känner jag mig plötsligt stolt över att jag ska bli mamma. Det som först var en olyckshändelse och sedan en katastrof, har nu blivit inte bara något vackert utan också något som ger mitt liv en mening.

Mamma blir sakta allt bättre, och en dag vågar hon rentav följa med Jeff hem till Melissa och hennes man, Jeffs yngre bror Peter.

Själv är jag den kvällen ute med en kompis när Robin ringer och bara gråter i telefonen. Jag hör inte vad han försöker säga, men jag förstår att han är hemma. Så jag ringer till mamma och säger att det har hänt något och att vi måste skynda oss hem.

Jag kommer först till huset och hittar Robin hopkrupen i soffan. Han gråter så att han skakar i hela kroppen.

”Vad är det som har hänt?” frågar jag oroligt.

Men han svarar inte, utan kryper bara ihop ännu mer och gråter ännu häftigare.

Först när mamma kommer hem får vi veta vad det är som har hänt.

De har ringt från sjukhuset i staden där Anders bor och sagt att han är intagen där, men av vilken anledning han är det vet inte Robin. Han vet bara att det är någonting allvarligt som Anders råkat ut för.

"Det är för sent att ringa till sjukhuset nu", säger mamma och tittar på klockan på väggen. "Vi får vänta till i morgon bitti."

"Om det är riktigt allvarligt, ringer de säkert igen", säger Jeff och ser bekymrat på Robin, vars gråt nu mest blivit till hulkningar.

Nästa morgon ringer mamma till sjukhuset, och när jag ser hennes ansiktsuttryck förstår jag att det verkligen är någonting riktigt allvarligt som har hänt.

Hon lägger ifrån sig telefonen och drar ett djupt andetag och säger till oss där vi alla tre sitter runt köksbordet:

"Anders har fått en hjärtattack."

"Kommer han att dö?" frågar Robin med en gång och ser så skrämd ut att jag genast vill hålla om honom.

"De opererar honom just nu", säger mamma och sätter sig vid bordet och lägger sin hand på Robins arm. "Läkarna är oerhört duktiga i dag, så de kommer säkert att kunna rädda honom."

Jag önskar verkligen – för Robins skull – att hon har rätt.

Kapitel 41

Mamma väntar tills Robin har gått till sommarskolan, där han får undervisning inför college, innan hon ringer till sjukhuset igen. Hon vill hinna förbereda sig ifall Anders tillstånd har försämrats och hon skulle bli tvungen att säga till Robin att hans pappa svävar mellan liv och död.

Jag hör att hon låter mycket allvarlig, och när hon har avslutat samtalet vänder hon sig mot mig och säger:

”Han har fått en ny hjärtattack, och de säger att det ser väldigt illa ut.”

Jag håller andan ett par sekunder och säger sedan:

”Kommer han att dö?”

Hon suckar igen och stryker sig bekymrat i pannan och svarar:

”Jag vet inte. De säger bara att det är kritiskt. Jag kan inte låta bli att tänka på att Anders egen far dog av en hjärtattack som ung. Men det får du absolut inte berätta för Robin. Lova det!”

”Jag lovar”, säger jag och blir alldeles förtvivlad vid tanken på hur ledsen Robin kommer att bli om Anders dör.

När Robin kommer hem från sommarskolan och undrar om vi har hört något från sjukhuset, väljer mamma att säga sanningen. Hon förvånar mig lite genom att inte ens försöka använda en vit lögn, utan hon sätter sig med Robin i soffan och säger:

”Det ser inte alls bra ut, Robin. Han har fått en ny hjärtattack och de vet inte om de kommer att kunna rädda honom. Men jag tror att de kommer att klara det, för de är väldigt duktiga på det där sjukhuset.” Hon stryker honom över armen medan hon ömt ser på honom. ”Om du vill så kan vi åka dit och vara vid hans sida tills vi vet att han kommer att klara sig.”

Robin nickar där han sitter med sänkt huvud och gråter.

Så nästa dag sätter vi oss alla fyra i bilen och åker den långa vägen till sjukhuset där Anders ligger. När vi kommer fram har han klarat av den värsta krisen och svävar inte längre mellan liv och död. Men hans tillstånd är fortfarande inte helt stabilt, så vi vakar i två dygn vid hans sida tills han är utom fara.

Mamma säger inte mycket till Anders under tiden vi är på sjukhuset, men hon visar å andra sidan inget ogillande utan ser det som självklart att finnas där som ett stöd – inte minst för Robin.

Jag har själv ingen lust att förlåta Anders just nu, men jag är väldigt lättad när han blir bättre och stryker honom över handen innan vi åker därifrån.

Även om jag tycker att han svek mig, så tog han ju ofta hand om mig när jag var liten. Och ibland tänker jag fortfarande på honom som min pappa.

Dagen för förlossningen närmar sig, och jag har gått upp i vikt men väger ändå inte mer än femtio kilo. Jag känner mig fortfarande svag och har abstinensproblem trots att jag nu varit drogfri i över ett halvår.

Jag vaknar ofta på nätterna och kan sedan inte somna om eftersom hjärtat bankar så hårt i bröstet att jag tycker att det är som om ljudet fyller hela mitt rum. Ibland när oron blir för stark för att jag ska kunna stå ut, väcker jag mamma trots att hon verkligen behöver få sova.

"Min älskade trollunge", säger hon när hon ser mitt skrämda ansikte. "Du behöver inte vara orolig. Allt kommer att gå bra, och du kommer att föda ett friskt och välskapt barn, tro mig."

Det märkliga är att jag verkligen gör det i den stunden, och för ett tag försvinner oron. Jag tror på henne och går tillbaka till mitt rum och lägger huvudet på kudden och sluter ögonen. Precis som när jag var liten känns det plötsligt som om inget ont kan hända mig så länge min mamma är i närheten.

När jag en morgon vaknar av att jag har ont och märker att jag blöder mycket, blir jag rädd och ropar på mamma, som genast kommer springande.

"Det är nog bäst att vi åker till sjukhuset", säger hon och hjälper mig på med lite kläder samtidigt som jag kvider och vill bli liten igen och kunna krypa ihop i hennes famn.

När vi sitter i bilen säger hon:

"Det är antagligen inte dags än, men det är lika bra att åka dit ändå och kolla att allt är som det ska."

När vi kommer till sjukhuset låter de mig genast få en plats på förlossningsavdelningen. Där får jag Sprite med tranbärsjuice och blir ompysslad. Jag börjar sakta känna mig lite mer trygg, även om jag fortfarande är ängslig och vill ha mamma i närheten.

Klockan två går plötsligt vattnet och jag får då ett eget rum. Jag kommer att föda barnet snart och kan inte åka hem i dag. Och jag som inte ens har tagit med mig väskan som jag har packat speciellt för det här tillfället!

Mamma ringer till Melissa och ber henne att komma dit. Och när Melissa en stund senare kommer in på mitt rum, säger mamma till mig:

”Jag åker hem nu, gumman, och hämtar din väska och tar en dusch och kommer sedan tillbaka.”

Jag kramar hennes hand och ser hur trött hon är. Hon har ännu inte återhämtat sig från sjukdomen och jag känner att det egentligen är för mycket begärt att hon ska orka vara vid min sida om det blir en utdragen förlossning. Men samtidigt vet jag inte om jag kommer att kunna klara av det här utan hennes hjälp.

”Försök att vila nu”, säger Melissa och klappar mig på handen när mamma har gått. ”Du kommer att behöva alla krafter du kan plocka fram.” Mamma kommer snart tillbaka, och strax därefter kommer också Robin på besök och har med sig godis som han vet att jag gillar.

På en monitor bredvid sängen kan jag följa barnets hjärtslag. Emellanåt kommer det in en sköterska som är den som ska följa mig genom hela förlossningen.

De har ställt in en babysäng i rummet, för om allt går som det ska är det meningen att min son ska ligga där tills det är dags för oss att lämna sjukhuset tillsammans och åka hem.

Framåt klockan fem börjar det göra riktigt ont. Jag är inte alls förberedd på den här smärtan.

De ger mig smärtstillande medel och lägger våta handdukar på min panna. Men jag tycker att smärtan bara blir värre, och till slut står jag inte längre ut utan kastar de våta handdukarna på mamma och vrålar:

”Stå inte bara där! Ta hit sköterskan! Jag klarar inte det här!”

När sköterskan kommer springande får jag ännu starkare smärtstillande piller och dessutom ryggmärgsbedövning, och jag domnar bort och känner inte längre någonting.

”Jag har inga ben!” ropar jag förtjust och fnittrar åt den konstiga känslan av att vara benlös.

Jag glider in i och ut ur en slags dimma tills de ber mig att börja krysta. Värkarna kommer tätt nu, men jag känner ingenting. Jag har själv ingen kontroll över det som händer, utan gör bara som jag blir tillsagd.

Klockan är nu tio på kvällen, och på vardera sidan om sängen står mamma och Melissa och säger åt mig att krysta. Jag gör så gott jag kan – fortfarande utan att känna något – och plötsligt ser jag att det kommer in fler människor i rummet. Det står nu en hel hop läkare och sjuksköterskor vid ändan av sängen, och jag börjar gråta och säger att jag inte orkar mer.

En av läkarna böjer sig fram mot mig och viskar i mitt öra:

”Emma, jag vill att du tar i riktigt ordentligt nu, för din son måste få komma ut med en gång.”

I mitt andra öra viskar mamma samtidigt som hon oroligt sneglar på en skärm:

”Krysta nu, gumman! Det är bråttom!”

Jag vet inte var jag får krafterna ifrån, men jag lyckas krysta så att barnet kommer ut. Och jag ser hur de lyfter upp honom, men jag hör ingenting.

Varför skriker han inte?

Jag ser förtvivlat på mamma och sedan på läkaren som nu böjer sig över min son och därefter hastigt visar honom för mig innan han skyndar ut ur rummet med mitt barn i sin famn.

Vad är det som är fel?

Kapitel 42

Jag tittar på mamma igen och tycker att jag skriker, men i själva verket mumlar jag bara:

”Vad är det för fel, mamma? Lever han?”

Mamma stryker mig över pannan och böjer sig ner mot mig med ett bekymrat ansiktsuttryck och säger:

”De måste ta honom till intensivvårdsavdelningen, gumman. För han föddes med navelsträngen runt halsen och hade ingen puls när han kom ut. Men nu ska han få ligga i en kuvös tills han andas normalt, och då kommer du att få honom tillbaka.”

Hon försöker le mot mig, men jag ser att hon är alldeles blek av oro. Jag kommer plötsligt ihåg att jag har hört att barn som föds med navelsträngen runt halsen kan få hjärnskador av syrebristen.

Jag vill slå händerna för ansiktet och storgråta, men jag orkar inte ens lyfta ett finger där jag ligger. Mamma sitter och klappar mig på huvudet och viskar:

”Lugn, gumman, försök att vara lugn. Det kommer att gå bra. Du kommer att få tillbaka honom.”

I övrigt är det kusligt tyst i rummet nu, det är som om det som har hänt är så hemskt att ingen vill vara här inne.

Det här skulle bli den lyckligaste dagen i mitt liv, men nu vet jag inte ens om min son kommer att överleva.

Jag skulle vilja kunna resa mig och gå iväg till intensivvårdsavdelningen och se på honom, men jag är alldeles för omtöcknad och svag för att klara det. I stället går mamma dit och lämnar mig i rummet tillsammans med Melissa, som också hon ser så där orolig ut.

När mamma en stund senare kommer tillbaka ser jag att hon kämpar för att hålla tillbaka gråten.

"Hur är det med honom, mamma?" frågar jag förskräckt och med mycket svag röst.

Hon sätter sig på stolen bredvid sängen och tar min hand och drar ett djupt andetag och svarar:

"Han kämpar för sitt liv där inne. De säger att han är i chock och inte kan andas själv. Hjärtrytmen är oregelbunden, men de följer den hela tiden på en monitor. Han är så liten, Emma. Nu måste vi vara starka och verkligen tro på att han klarar av att stanna här hos oss."

Jag hör att Melissa kvider något som låter som "Åh, Jesus".

Jag är själv alldeles bedövad, nu inte så mycket av mediciner och smärta som av en ofantlig skräck för vad som ska hända med mitt barn.

Mamma och Melissa turas om att vara med mig på rummet, för de vågar inte lämna mig ensam nu när ingen vet vad som kommer att hända.

Jag är så utmattad att jag trots all oro lyckas somna och sedan sova länge. Men när jag vaknar nästa dag är mina tankar genast hos mitt barn.

"Hur är det med honom?" frågar jag mamma, som ser alldeles kraftlös ut där hon sitter i en fåtölj.

"Det är fortfarande kritiskt, men det verkar som om det värsta är över", säger hon med trött röst. "Han kämpar otroligt tappert, din lille son."

Om jag bara kunde få se honom! Men jag är fortfarande för svag för att orka stiga ur sängen, så jag får ligga här med denna oro som nästan inte går att uthärda.

Det dröjer ända till den tredje dagen efter förlossningen innan jag äntligen får se min son. Då har han tagit sig igenom den värsta krisen, och precis som mamma sa är han väldigt liten och alldeles tyst.

Han säger inte ett knyst utan tittar bara på mig med sina blå ögon. Sjuksköterskan som kommer med honom, säger att han fortfarande är i chock men att det är viktigt att han kissar.

Så när hon har gått ut ur rummet öppnar jag blöjan för att se om han har kissat, och i samma stund som jag gör det riktar han en kraftig stråle rakt mot mig så att jag blir helt blöt.

Jag ringer då till sköterskan, som frågar:

”Har han kissat?”

”Ja, över hela mig!”

Jag tittar på min pojke och tycker att det är ett konstigt sätt att hälsa på sin mamma.

Han fortsätter att vara tyst och vill inte ha bröstet när jag försöker ge honom det. Men i övrigt verkar allt vara som det ska med honom, och när jag nästa dag lyckas få honom att äta lite säger de att vi snart ska få åka hem.

När Jeff kommer och hämtar mig, mamma och Matthew, som jag har bestämt att min son ska heta, känner jag mig ganska pigg och jag vill nu inget hellre än att få komma hem och bara vara mamma.

Jeff har med sig en bilbarnstol som han visar upp för personalen. Det är ett krav att man har en sådan om man ska få åka härifrån med ett barn, och en av sköterskorna följer också med oss ut till bilen och kontrollerar att bilbarnstolen sitter som den ska.

När jag sitter där i bilen tittar jag på min ljushårige och bleke lille pojke, som fortfarande inte gråter eller ger ifrån sig några andra ljud, och jag känner mig så lycklig att jag nästan blir rädd för känslan. För inte så länge sedan satt jag i en park och funderade på att ta livet av mig, och nu är jag på väg hem från sjukhuset med världens vackraste lilla barn.

Det känns så tryggt att vara hemma igen, men bara några dagar senare vaknar jag med feber, och den stiger under dagen. Till slut är jag så matt att jag inte kan hålla Matthew.

”Här, du måste hålla honom”, säger jag till mamma och räcker över Matthew till henne. Sedan faller jag ihop i soffan. På kvällen har jag så hög feber att vi måste åka in till akuten. På vägen dit får jag frossa, och jag känner mig helt borta när vi kommer fram.

Tydligen är det här något som man kan drabbas av när man har fött barn, och jag får penicillin och kommer inte att kunna amma så länge jag tar den medicinen.

Så fort jag kommer hem igen går jag till sängs, och sedan ligger jag som i dvala i flera dagar.

Mamma och Jeff tar under tiden hand om Matthew, som nu har börjat gråta lite, och det ljudet gör mig konstigt nog lättad där jag ligger och knappt vet om det är natt eller dag.

Först efter en vecka känner jag mig bättre och kan ta hand om mitt barn igen.

”Du har världens finaste och snällaste unge”, säger mamma och verkar knappt vilja lämna tillbaka honom till mig. ”Du vet inte hur lätt du har det.”

Men jag känner mig orolig. Kan jag verkligen ta hand om ett barn? Plötsligt känns det så overkligt att jag är mamma, och jag undrar nästan om jag bara drömmer det här.

Min mjölk har försvunnit, så Matthew blir uppfödd med flaska. Men det är inte så mycket att göra åt, och jag är i grund och botten bara glad över att han finns här hos mig och inte bland änglarna.

När Matthew är tjugonio dagar gammal tar vi med honom till en privat klinik för att han ska bli omskuren. Det är något som alla pojkar blir här i USA.

Läkaren som ska utföra ingreppet har omskurit pojkar under tjugo års tid och verkar så lugn att jag själv blir lugn. Men när han tar fram sina instrument och börjar skära i Matthew, känner jag hur jag i stället plötsligt blir illamående.

Matthew skriker som en stucken gris och jag ser hur mamma är alldeles blek i ansiktet och famlar efter en bordskant och griper tag i den.

”Jag svimmar”, säger hon, och jag tror henne.

Efter det att ingreppet är gjort frågar läkaren oss om vill behålla förhuden som ett minne. Vi tittar alldeles förskräckta på honom, och jag frågar:

”Är det vanligt att folk vill det?”

Doktorn tittar på mig över kanten på sina glasögon och småler och säger:

”Det har bara hänt två gånger på de tjugo år som jag har sysslat med det här.”

Matthew gråter hela vägen hem, och när jag byter blöjor på honom ser jag att det har kommit blod i dem. Jag är därför tvungen att byta blöjor ofta de första dagarna så att han inte ska få någon infektion i såret.

Min lilla pojke, tänker jag, du har redan fått mycket att gråta över.

När Matthew är en månad gammal bestämmer sig Robin och Jeffs son Zac för att de ska åka på en rockkonsert i grannstaden.

Mamma är orolig och vill inte att de åker, men Jeff säger att hon måste låta ungarna få växa upp någon gång.

”Du är en riktig hönsmamma”, säger han till henne. ”Du måste låta dem få ta sina egna beslut och göra sina egna misstag.”

Hon ger med sig, och Robin och Zac åker iväg i Robins sportbil efter att ha lovat mamma att ringa när de kommit fram.

På kvällen ringer Robin till mamma, och innan de avslutar samtalet hör jag att hon säger till honom:

”Kör försiktigt hem.”

Mitt i natten vaknar jag av att telefonen ringer.

Varför svarar ingen? tänker jag.

När det efter en stund ringer igen går jag sömndrucken upp och svarar och hör med en gång att det är Angelica, som är Jeffs exhustru och mamma till Zac. Hon låter väldigt upprörd och pratar så osammanhängande att jag först efter ett tag förstår att det har hänt en olycka.

Robin har somnat vid ratten på vägen hem och bilen har kört rakt igenom ett vägräcke och slagit runt fyra gånger och förvandlats till skrot.

Jag skriker till när hon berättar det, och Jeff som nu har kommit ut i hallen tar telefonen ifrån mig och börjar fråga ut Angelica.

Också mamma har vaknat och står bredvid mig och frågar:

”Vad är det som har hänt?”

”En bilolycka”, är det enda jag lyckas få fram.

Mamma rycker genast Jeff i armen och säger med ängslig röst:

”Fråga hur det är med Robin, fråga hur det är med Robin!”

Själv stirrar jag bara tomt framför mig och vill inte tro att det är sant, vill inte tro att jag kanske inte längre har någon lillebror.

Kapitel 43

Mamma och Jeff ger sig genast av till det sjukhus som Angelica har sagt att pojkarna ska föras till i ambulans. Hon visste att Zac hade klarat sig, men inte hur det var med Robin.

”Ring så fort ni kommer dit och vet något!” ropar jag till mamma innan hon sätter sig bredvid Jeff i bilen och stänger dörren.

Jag tycker att det dröjer en hel evighet innan mamma äntligen hör av sig.

”Lever han?” ropar jag innan hon hinner säga någonting.

”Vi vet inte”, svarar hon med kvävd röst. ”Vi hann före ambulansen, och den har fortfarande inte kommit fram. De har bara meddelat att de är på väg hit med pojkarna. Jag hör av mig så fort jag vet något mer. Nu kan vi bara hoppas, gumman.”

Jag tror nästan att jag ska bli tokig där jag går runt i huset i väntan på att telefonen ska ringa igen. Tystnaden är som ett stort svart hål som bara vill sluka mig – så som döden kanske har slukat min lillebror. Till slut står jag inte ut längre, utan går ut på uteplatsen och sätter mig i en av korgstolarna och tittar på den bärbara telefonen i min hand.

Varför ringer de inte? Är det för att de inte vill säga till mig att han är död?

Jag gråter tyst och känner att jag måste få prata med någon, så jag ringer till Anders, för han är ju ändå Robins pappa.

”Robin har varit med om en bilolycka”, säger jag när han svarar.

”Är han skadad?” frågar han med sömndrucken röst.

”Jag vet inte”, säger jag och börjar snyfta okontrollerat i telefonen. ”De slog runt med bilen fyra gånger, så jag är rädd att han kanske är död.”

Nu börjar också Anders gråta, och innan vi avslutar samtalet lovar jag honom att ringa så fort jag vet något.

Jag sitter där i korgstolen och gråter när telefonen ringer en stund senare. Men det är inte mamma utan Anders som ringer och vill veta om jag har hört något.

”Nej, hon har inte ringt än”, säger jag ynkligt.

”Då tycker jag att du ringer henne med en gång”, säger han med bestämd röst. ”För vi måste få veta hur det är med Robin. Det är outhärdligt att inte veta.”

Så jag ringer till mamma men får inget svar, utan kommer bara till hennes röstbrevlåda. Jag försöker igen men får inte svar nu heller.

Jag vet inte vad jag ska ta mig till och kan inte sitta stilla utan börjar rastlöst gå av och an där på uteplatsen bakom huset. Då ringer telefonen, och jag är så nervös att jag hoppar till och nästan tappar den.

”Hej, hjärtat”, säger mamma. ”Ambulansen är här om tio minuter, så då får vi veta hur det är med honom. Jag ringer tillbaka då.”

Jag fortsätter att gå fram och tillbaka på uteplatsen och gråter igen. Men så torkar jag tårarna, för det hjälper ju inte Robin att jag gråter.

Det är de längsta tio minuterna i mitt liv, och när mamma ringer igen håller jag andan.

”Nu har de kommit hit med pojkarna”, säger hon, ”och Robin lever.”

Han lever! Jag börjar gråta igen, men den här gången är det glädjetårar.

”Jag måste sluta prata nu”, säger mamma. ”De ropar på mig.”

”Ring sen igen”, säger jag snyftande.

”Jag lovar”, säger hon.

Jag står där länge med telefonen i handen och gråter och tackar Gud. Jag vet inte vad jag skulle ha tagit mig till om min lillebror hade ryckts bort från mig.

När jag samlat mig lite ringer jag till Anders och berättar vad mamma just meddelat mig. Han säger det som jag själv precis just tänkt:

”Tack gode Gud.”

Någon timme senare ringer mamma och berättar att de nu har gjort en röntgenundersökning och att Robin inte har några skador förutom blåmärken och skärsår.

”De säger att bilbältena och krockkuddarna räddade livet på dem.”

”Men hur mår han? Och hur mår Zac?”

”De är förstås chockade båda två”, svarar mamma. ”De får stanna här något dygn för observation innan de kan åka hem.”

”Stannar ni där i natt?”

”Nej, vi åker hem. Nu när vi vet att han är utom fara.”

Och en stund senare kommer de tillbaka till huset, och jag kramar mamma innan jag går och lägger mig igen för att försöka sova några timmar efter all denna dramatik.

Nästa dag säger mamma att hon har lovat Robin att åka och hämta några saker ur hans bil.

”Du kan väl följa med”, säger hon, ”så kommer du ut en stund.”

Så vi åker till ett ställe i utkanten av staden och hittar den man som har bärgat Robins bil på olycksplatsen. Han talar bara spanska och säger att det är omöjligt att någon kan ha överlevt en sådan krasch. Därför förstår han inte varför vi vill se bilen.

Men mamma, som vill ta bilen till en verkstad och låta reparera den där, står på sig och kräver att han ska visa oss den, och när han motvilligt gör det blir vi båda lika chockade.

Robins Mitsubishi Eclipse är bokstavligen en skrothög. Det går inte att se vilket bilmärke det är, bara att karossen är blå. Bilen är så demolerad att jag plötsligt förstår varför mannen vid vår sida är så övertygad om att ingen kan ha klarat sig med livet i behåll ur det vraket.

Det finns absolut ingenting att hämta här, ingen bil att ta till någon verkstad, inga saker att ta med hem till Robin.

När vi går tillbaka till vår bil för att köra därifrån, ser jag tårar på mammas kinder. Vi förstår båda två vilken änglavakt Robin har haft.

När han senare på dagen kommer hem från sjukhuset är han omplåstrad och blåslagen. Han säger att han vill se olycksplatsen, men mamma tycker att han ska återhämta sig lite innan vi åker dit.

”Det är viktigare att du vilar dig nu”, säger hon till honom. ”Den där hemska platsen lär knappast försvinna.”

Först efter en vecka tar vi med honom dit. Han är alldeles tyst när han går omkring där vid sidan av vägen och försöker förstå vad det är som han har varit med om. Jag tycker att det ser ut som om han försöker minnas en konstig dröm som han har haft.

Det tar flera veckor för Robin att bli helt återställd. Men han vägrar att köra bil, så en dag tvingar Jeff honom att göra det.

”Ju längre du väntar, desto svårare blir det”, säger Jeff. ”Det är som när man har fallit av en häst. Då gäller det att hoppa upp på den igen med en gång.”

Robin vill verkligen inte köra och försöker slingra sig undan, och mamma tycker att han kan få vänta lite med att sätta sig bakom en ratt igen, men Jeff är obeveklig, och en stund senare kör Robin bil för första gången efter olyckan.

”Han var väldigt nervös, men det gick bra”, berättar Jeff när de kommit tillbaka från bilturen.

Det dröjer dock ytterligare en månad innan Robin kör bil helt ensam igen. Och efter det dröjer det ännu en månad innan han köper en ny bil för de pengar som försäkringsbolaget har skickat till honom.

Jag blir lite förvånad när det visar sig att han har köpt en bil av samma märke och modell som den han höll på att dö i. Det enda som skiljer är färgen.

Jeff förhandlar med bilförsäljaren så att Robin får senaste årsmodellen för den summa som försäkringsbolaget har gett honom.

Robin är nervös när han kör hem bilen, men jag kan också se att han är glad.

Då kommer nästa dråpslag.

Zacs mamma Angelica har stämt Robin för att ha orsakat olyckan. Hon har försökt få pengar från sitt försäkringsbolag, men de har vägrat att ge henne några eftersom Zac inte kan uppvisa några skador. Så då försöker hon få pengar på det här sättet i stället.

Robin blir ledsen och tycker att det är obehagligt. Men det är så här det ofta går till i USA – man stämmer till och med människor i sin närmaste omgivning, ibland rentav sina syskon och sina föräldrar.

Jeff blir rasande och säger:

”Hon gör så bara för att hon vill komma åt mig och ge igen. Hon har alltid varit en riktig satmara.”

Jag tycker så synd om Robin som precis helt mirakulöst har överlevt en svår bilolycka och som nu ska behöva oroa sig för han att kanske kommer att bli dömd att betala en massa pengar – pengar som han inte har.

Kapitel 44

Jag trodde aldrig att tiden skulle gå så fort när man har ett barn att ta hand om. Jag har fullt upp med att sköta Matthew, och då hjälper ändå mamma till väldigt mycket. Ibland tycker hon att hon är mer mamma än mormor till Matthew.

När hon säger så får jag dåligt samvete och det händer att jag känner att jag inte alls räcker till.

”Jag klarar inte det här”, kan jag säga då med förtvivlan i rösten. ”Jag är helt värdelös.”

”Det är du inte alls”, säger mamma tålmodigt. ”Tänk på var du befann dig för inte ens ett år sedan, och på var du är i dag. Du har tagit ett stort steg, Emma, och jag tycker att du är jätteduktig.”

Och så klappar hon mig på kinden, och jag står där med tårar i ögonen och önskar att jag en dag kommer att vara en lika bra mamma för Matthew som hon har varit och är för mig.

”Jag har ett hus som står tomt, om du vill bo där”, säger Jeff till mig en dag.

Han menar det hus där vi bodde tidigare och som hans yngsta bror Ben har bott i sedan dess. Men nu har Ben flyttat och Jeff tycker att det är dags för mig att bo för mig själv och bli mer självständig.

Det är inte särskilt långt mellan det nya och det gamla huset, och när mamma och jag nästa dag åker den vägen känns det tryggt att hon inte kommer att vara speciellt långt borta om jag behöver henne.

När jag stiger in i det som ska bli mitt första egna hem känner jag med en gång hur unket det luktar där inne, och jag ser också hur slitet det har hunnit bli på den relativt korta tid som Ben har bott där.

"Här måste målas om", säger mamma och ser sig omkring. "Och golvet måste bytas ut."

Sagt och gjort! Vi börjar redan nästa dag. Jag och mamma hjälps åt med att måla väggar och tak, medan Jeff lägger nytt golv. Han är otroligt händig, och när han gör något går det så fort och ser så enkelt ut att jag inte förstår hur han bär sig åt. Han verkar kunna bygga ett hus lika lätt som andra skruvar ihop en bokhylla från Ikea.

När väggar, tak och golv är klara kör vi dit möblerna som står i mitt rum och en del annat som mamma tycker att hon kan avvara. Det som sedan saknas köper vi. Det ser jättefint ut när möblerna står på plats, men jag känner mig ändå orolig när jag tänker på att jag ska bo här helt ensam.

"Vi kan väl fråga Robin om han vill bo här med dig", säger mamma då jag berättar för henne om min oro. "Det finns ju fyra sovrum här, så ni lär ju knappast behöva gå varandra på nerverna."

Jag tycker att det låter som en jättebra idé, och när vi frågar Robin om han vill bo med mig svarar han ja utan att tveka. Vi har alltid stått varandra mycket nära, han och jag, och det känns därför inte alls besvärligt för någon av oss att dela hushåll.

Jag inreder ett av rummen i huset åt Matthew, det går helt i blått och är fullt av fiskar i alla de former och färger. Matthew älskar fiskar, så jag sätter upp en bård med fiskar på väggarna och hänger olikfärgade plastfiskar i snören från taket. Och ovanför barnsängen hänger jag en mobil med färgglada fiskar som rör sig till musik. Matthew kan ligga där i timmar och titta på dem och skrattande försöka fånga dem med sina små händer.

När också Robin har tömt sitt rum hemma och flyttat alla sina möbler och saker till det gamla huset, säger mamma att hon tycker att det känns ödsligt, så hon beslutar sig för att inreda det ena rummet som syrum och det andra som gym. Det är Robins gamla rum som ska bli gym och han har alltid tyckt om starka färger, så väggarna i rummet är knallblå. Mamma målar dem nu i en vacker jordfärg så att de går mer i ton med färgerna i resten av huset.

Jag trivs snart väldigt bra i mitt nya hem, men om inte Robin också bodde där så vet jag inte om jag hade klarat av att flytta.

Mamma tycker att jag har haft tur som har fått ett så snällt och tyst barn som Matthew, men när han får sina första mjölktänder börjar han gråta så hjälplöst att det gör ont i mig. En dag gråter han ända från morgonen till långt inpå eftermiddagen. Oavsett vad jag gör så är han helt otröstlig.

Ju mer nervös jag blir, desto mer förtvivlat gråter han.

Till slut står jag inte ut längre, utan ringer mamma och gråter i telefonen.

”Jag är fullständigt hopplös som mamma”, snyftar jag. ”Jag kan inte ens ta hand om mitt eget barn. Vad jag än gör så blir det fel.”

”Lugn dig, gumman”, säger mamma. ”Jag kommer med en gång.”

Och en stund senare så är hon där tillsammans med Jeff. Jag är då nästan hysterisk, och mamma försöker lugna mig medan Jeff tar Matthew, som genast suckar och faller i sömn.

”Titta”, skriker jag. ”När Jeff tar honom blir han lugn, men så fort jag rör honom skriker han bara.”

”Det är inte sant, hjärtat”, säger mamma. ”Men jag tror ändå att det är bäst att vi tar med oss Matthew hem så att du får vila lite. Du verkar helt slutkörd.”

Och det är jag också, så när de har åkt och tagit Matthew med sig, faller jag ihop i en hög i soffan i vardagsrummet. Jag sitter där länge och gråter och tycker att jag är en värdelös mamma.

Framåt kvällen börjar jag sakna Matthew, så jag ringer till mamma och ber att de ska komma tillbaka med honom. Men hon tycker att jag behöver en natts ostörd sömn.

”Så vi behåller honom här till i morgon, så kan du hämta honom då”, säger hon.

Tidigt nästa morgon åker jag hem till mamma och Jeff och äter frukost med dem och ser förundrat på min lilla pojke, som inte längre gråter utan verkar glad och förnöjd. Han kunde inte ha en bättre mormor.

När jag och mamma är ute på stan händer det ofta att människor tror att han är hennes barn. Vi låter dem då tro det eftersom vi inte orkar förklara hur det egentligen ligger till.

Ibland när jag ser på Matthew undrar jag vad det skulle ha blivit av oss om inte mamma hade funnits där. Samtidigt kan jag önska att han hade haft en pappa. Det plågar mig att han inte har någon eftersom jag själv har varit ett faderlöst barn, även om Anders försökte fylla det tomrummet.

Jag bestämmer mig för att en dag berätta för Matthew vem hans pappa är och visa fotografier som jag har av honom. Han kommer att få veta sanningen så snart han kan förstå vad jag pratar om, för jag vill inte dölja något för honom. Nej, jag vill inte fylla honom med lögner så som mamma och Anders gjorde med mig.

Det blir jul – Matthews första – och vi firar den med mamma och Jeff.

Matthew har fått en liten tomteluva som han tar av och på hela tiden. Han får massor av julklappar men verkar mest intresserad av presentpapperet och de vackra banden.

Robin säger att han vill åka och hälsa på Anders till nyår, och efter att ha funderat ett tag bestämmer jag mig för att följa med, för jag vill visa Matthew för hans farmor.

Hon får nästan slag när jag ringer på och hon får reda på att hon har ytterligare ett barnbarn.

"Men han är ju jättesöt!" utropar hon när den första förvåningen har lagt sig.

Och hon skyndar sig att ge honom en present och vill att vi ska komma tillbaka snart igen och då stanna lite längre.

Men när jag går därifrån inser jag att Matthew antagligen kommer att se lika lite av sin farmor som av sin far. Han kommer bara att ha mig och min familj, och därför måste jag ge honom extra mycket trygghet och kärlek.

När jag kommer tillbaka till huset känner jag att det har blivit min fasta punkt i tillvaron – en plats där jag verkligen kan känna mig hemma.

Jag bestämmer mig för att läsa några kurser i allmänna ämnen på distans medan jag är hemma med Matthew, för jag vet ju ännu inte vad jag vill göra i framtiden. Mamma har sagt att hon kan ta hand om Matthew när jag behöver plugga.

Hon finns hela tiden som ett stöd för mig, och om det skulle hända mig något vill jag att hon tar hand om min son – det har jag skrivit i ett slags testamente som ligger i min skrivbordslåda. Jag vet att hon skulle ge honom en bra uppväxt.

Hur jag än kämpar och hur mycket mamma än hjälper mig, så tycker jag att det är svårt att vara ensamstående mamma. Jag önskar mer och mer att jag hade någon att dela livet med. Men det är svårt att få tid att gå ut och träffa människor, och de få gånger jag gör det längtar jag nästan genast hem till Matthew.

Så jag ger upp hoppet om att hitta någon – ända tills jag lämnar in min bil för reparation på en verkstad och möter den mekaniker som ska fixa den åt mig.

Han heter Gregg och är i min ålder och vältränad och snygg. Jag märker plötsligt att jag står och flörtar med honom, och när jag kommer för att hämta bilen en vecka senare frågar han om vi inte kan gå på bio.

”Ge mig ditt telefonnummer, så ska jag fundera på saken”, säger jag.

Sedan låter jag det gå ett par dagar innan jag ringer till honom.

Mamma tar hand om Matthew medan jag går på min första date sedan jag blev mamma. Det känns både ovant och spännande – nästan som om det är allra första gången jag gör det.

”Det är en sak jag måste berätta”, säger jag när vi kommer ut från bion. ”Jag har en liten son.”

Gregg ser uppriktigt förvånad ut, för liksom så många andra tycker han nog att jag är lite för ung för att ha barn.

Men jag har bestämt mig för att vara ärlig och för att de får ta mig som den jag är. Gregg är som tur är inte särskilt lättskrämd, så trots att mamma tycker att jag ska gå lite varligt fram med honom dröjer det bara någon månad innan vi är ett par.

När vi tar med oss Matthew ut ser det lite lustigt ut, eftersom vi båda är mörka och Matthew ljus. Matthew liknar faktiskt Robin när han var liten.

Det är mycket mer tidskrävande att vara mamma än jag hade föreställt mig, och jag märker snart att jag inte hinner studera i den takt jag hade planerat. Ofta är jag för trött för att orka öppna böckerna. Men jag inser samtidigt att jag måste skaffa mig någon form av utbildning – fast då en utbildning som inte kräver all min tid. För jag vill kunna vara mycket med Matthew och följa hans utveckling. Det går så fort när barn växer upp. Jag tycker att det var i går jag kom hem med honom från BB, och nu är han redan ett år gammal.

Vi har precis firat hans ettårsdag när mamma åker till sjukhuset för en rutinundersökning och kommer tillbaka med askgrått ansikte.

Man har via titthål upptäckt nya tumörer och beslutat sig för att operera bort den återstående äggstocken samt också båda äggledarna och livmodern.

Kapitel 45

Det känns så obeskrivligt tungt att mamma ska behöva gå igenom en ny svår operation. Hon har ju precis återhämtat sig från den förra och hade börjat hoppas att hon vunnit kampen mot cancern.

Vi i familjen stöttar henne så mycket som vi kan. Jag försöker att ta hand om Matthew helt på egen hand, men ibland säger mamma att hon vill få ha honom en stund.

”Det är bara bra för mig, Emma”, säger hon. ”För då ser jag att jag har något att leva och kämpa för.”

Eftersom läkarna bedömer att man måste skynda sig att avlägsna de nya tumörerna, dröjer det inte länge förrän mamma får en tid på samma klinik där hon opererades förra gången.

Kvällen innan hon åker dit sitter vi i köket hemma hos henne och Jeff och pratar.

”Du ska inte vara orolig, Emma”, säger hon och klappar mig på handen. ”Det kommer att gå bra. Jag har ju så mycket att leva för nu – mina underbara ungar, en fantastisk man som älskar mig, mitt barnbarn, ett vackert hem … Det här är det bästa liv jag kan tänka mig, och jag kommer aldrig att släppa taget om det.”

Jag sväljer hårt och ser på henne att hon verkligen menar vad hon säger. Min tappra mamma kommer aldrig att sluta kämpa.

Nästa morgon skjutsar Jeff henne till sjukhuset och stannar där tills operationen är genomförd och mamma får komma till ett eget rum.

”Läkarna tycker att allt har gått mycket bra”, säger Jeff till mig i telefonen och låter så där ofattbart lugn och samlad som bara han kan göra. Själv kämpar jag med tårarna och har inte kunnat sitta stilla på hela dagen.

Mamma får ligga kvar på sjukhuset några dagar, och när hon kommer hem flyttar jag in i mitt gamla rum igen för att finnas vid hennes sida tills hon har återhämtat sig och mår lite bättre.

Hon är lika medtagen som hon var efter den första operationen och kan knappt stå på benen, så jag får hjälpa henne varje gång hon måste gå på toaletten. Men hon återhämtar sig ändå förvånansvärt snabbt och kan snart äta själv och vara vaken längre stunder.

”Jag sa ju att det skulle gå bra”, säger hon en gång när jag sitter där vid sängkanten och tittar på henne.

Hon är alldeles blek och tärd, men konstigt nog ser hon ändå inte så dålig ut och jag inser att det är för att ögonen strålar av livsvilja.

Efter ytterligare någon vecka kan hon gå själv och jag flyttar tillbaka till det mindre huset och kan börja träffa Gregg lite oftare.

En dag föreslår jag plötsligt – och blir lika förvånad själv som jag ser att han blir – att han ska flytta in hos mig. Vi har då varit tillsammans i flera månader, och jag tycker att det räcker för att man ska kunna flytta ihop.

Äntligen har jag någon att dela mitt liv med, en man som tycker om inte bara mig utan också min son.

Robin har inget emot att Gregg flyttar in, utan blir i stället snabbt kompis med honom. Ofta sitter de i soffan och tittar på teve tillsammans eller pratar. Det händer till och med att de tystnar när jag kommer in i rummet, och om jag då irriterat frågar dem om de just pratade om mig så skrattar de bara.

En dag ringer jag till min gamla kompis Nick och föreslår att vi ska träffas, för jag har hört att han precis som jag har varit drogfri i mer än ett år nu och försöker få ordning på sitt liv och har både jobb och flickvän.

Vi bestämmer att vi ska ses på ett kafé nästa dag, och när jag kommer dit med Matthew i famnen gör Nick stora ögon och säger:

”Du menar väl inte att det där är mitt ...”

”Nej”, säger jag och skrattar. ”Du behöver inte vara orolig. Det är inte ditt barn.”

Han ser först lättad ut, men sedan är det som om han lika snabbt blir lite besviken. Jag minns då att han verkade lite förälskad i mig sista gången vi sågs. Då tog vi fortfarande droger och var så höga att ingenting liksom hände på riktigt. Nu sitter vi här och har landat och känner att vi fortfarande tycker väldigt mycket om varandra.

Jag och Gregg börjar umgås med Nick och hans flickvän Jordan. Vi går på bio tillsammans och äter ofta hemma hos varandra. Vid en av de där middagarna avslöjar Nick att han och Jordan ska gifta sig. Jag börjar genast hjälpa Jordan att planera deras bröllop. Vi går och tittar på brudklänningar tillsammans, och jag provar själv ett par av dem och tänker att någon gång kommer också jag att stå brud.

Jag har inte sagt det till Gregg, men min stora dröm är att få gifta mig en dag.

Jag är verkligen glad för Nicks skull och därför blir jag alldeles förtvivlad när Jordan en dag ringer och säger att han ligger på sjukhus efter att ha tagit en överdos metadon. Han hade i smyg tagit tabletterna från sin mamma, som hade dem för smärtlindring.

Jag förstår ingenting. Han var ju fri från drogerna. Varför fick han ett återfall just nu när allt hade ordnat sig för honom och han skulle gifta sig om bara några veckor? Det är helt obegripligt för mig, och inte heller Jordan förstår varför han gjorde det.

”Om det inte var så att han helt enkelt ville ta avsked av drogerna”, säger hon.

”Som när man kysser någon en sista gång innan man skiljs åt?” snyftar jag.

”Ungefär så”, säger hon, och så avslutar vi samtalet.

Jag åker till sjukhuset där Nick ligger i koma. Jag träffar hans mamma, som säger att han är hjärndöd och att de har kommit överens med läkarna om att inte hålla honom vid liv längre.

Jag springer gråtande därifrån. Mina vänner dör som flugor runt omkring mig och jag är rädd för att jag själv en dag kommer att få ett återfall och kanske hamna i koma.

De begraver Nick bara några dagar senare, och jag får verkligen anstränga mig för att orka åka till kyrkan. Det är så overkligt att han är död, han stod ju i mitt kök och hjälpte mig att laga mat för mindre än en vecka sedan och var då så levande. Nu ligger han där i en öppen kista, och när jag går fram till den vill benen vika sig under mig.

Jag och Jordan står och håller om varandra och gråter. Jag pratar sedan med hans föräldrar och tvillingsystrar, och vi lovar att försöka hålla kontakten med varandra.

På vägen hem från begravningen slår det mig att fastän jag bara är tjugo år gammal så har jag redan förlorat två av mina närmaste vänner, först Josh och nu Nick. De betydde båda mycket för mig och var personer som jag verkligen kunde prata med och anförtro mig åt. De förstod mig, men nu är de borta och jag kan inte sluta gråta.

Jag säger till mig själv att jag måste vara stark nu och inte fly från alltsammans. Jag har en liten son att ta hand om, och om jag sviker honom genom att börja ta droger igen så är jag inte ett dugg bättre än min biologiska pappa.

Ibland pratar jag och mamma om allt som har hänt i vår familj. Jag klandrar henne inte längre, utan förstår nu att hon verkligen gjorde det som hon trodde var bäst för mig och min lillebror.

Ju mer vi pratar om det som varit, desto säkrare blir jag på att jag aldrig kommer att vilja träffa min pappa, mannen med de mörka ögonen. Den nyfikenhet jag tidigare kände finns inte längre i mig.

I Jeff har jag en fantastisk styvfar som verkligen bryr sig om mig, och i bakgrunden finns alltid Anders.

Samma dag som jag fyller tjugoett friar Gregg till mig. Han faller på knä precis så där som jag har föreställt mig att någon ska göra en dag, och så frågar han om jag vill gifta mig med honom.

”Ja, det vill jag!” ropar jag och kastar mig om halsen på honom så häftigt att vi båda faller omkull och hamnar på golvet i en lycklig hög.

Han ger mig den största ring jag har sett, och överlycklig åker jag genast hem till mamma och visar den för henne. Hon säger att hon är otroligt glad för min skull.

”Gregg kommer att bli en mycket bra pappa för Matthew”, säger hon och tillägger: ”Det tycker jag är viktigt.”

Och jag vet att hon har rätt, för Gregg växte upp utan sin pappa, som lämnade hemmet när Gregg var mycket liten. Så han förstår hur viktigt det är för Matthew att han bryr sig om honom.

Jag och mamma börjar förbereda bröllopet, för det är så mycket som måste göras. Men vi har flera månader på oss och livet känns bara roligt just nu. Jag tror inte att jag någonsin har varit så här lycklig.

Äntligen får jag prova min egen brudklänning, och jag kan inte se mig mätt på mig själv i spegeln. Jag tycker att jag är minst lika fin som min favorit Askungen.

Mamma kommer med världens bästa nyhet när hon berättar att hela min svenska familj tänker komma till bröllopet. Mina båda mostrar med sina familjer vill vara med när jag gifter mig. Till och med Daniel kommer, trots att jag inte var särskilt snäll mot honom när han var här. Och också mormor kommer – men inte morfar, för han är för gammal och skör för att orka med en sådan resa.

Ibland pratar jag med mina svenska släktingar på telefon, men min svenska är inte längre lika flytande, för sedan vi flyttade hem till Jeff har vi mer och mer gått över till att prata engelska hemma. Så därför händer det allt oftare att jag inte hittar rätt ord när jag försöker säga något på svenska.

Plötsligt känner jag att det är något jag vill göra innan jag gifter mig. Jag vill träffa Matthews pappa en sista gång.

”Det tycker jag är en dålig idé”, säger mamma och ser riktigt orolig ut. ”Du borde nog tänka dig för ett par gånger innan du gör det.”

Men när jag säger att jag tänker ta med mig Gregg, blir hon genast lite lugnare.

”Om du vill kan jag ta hand om Matthew, så slipper du ha honom med dig.”

”Jag tänker verkligen inte åka utan Matthew”, säger jag upprört. ”Det är ju för att han ska få träffa sin pappa som jag vill göra den här resan.”

”Men, gumman, han är nog fortfarande för liten för att kunna förstå att det är hans pappa”, invänder mamma.

”Det fattar jag väl”, säger jag. ”Men det känns ändå viktigt att få göra det här.”

Så ett par dagar senare sätter jag mig i bilen tillsammans med Gregg efter att ha placerat Matthew i bilbarnstolen, och så kör vi den långa vägen till min gamla hemstad, som jag bara har varit tillbaka i en gång sedan Matthew föddes.

Jag är lite nervös, för jag vet inte hur det kommer att kännas att komma dit igen. Kommer det förflutnas skuggor att sluka mig och få mig att tappa fotfästet?

Men när vi väl kommer fram känner jag bara ett inre lugn. Det finns inget att oroa sig för här, för jag har två skyddsänglar med mig: Gregg och Matthew. De ger mig mer trygghet än jag någonsin kunnat hoppas på att få.

Vi har bokat fyra nätter på ett litet hotell och kommit överens med Anders om att träffa honom och hans fru nästa dag.

Men det blir ett ganska kort och lite ansträngt möte, och efter det känner jag att jag vill åka hem så fort som möjligt. Först måste jag dock göra det som var själva anledningen till den här resan.

Jag söker upp Mark, som blir förvånad när han ser mig men som finner sig snabbt och hälsar vänligt på Gregg. I den stunden både ser och känner jag vilken tur jag har haft som inte har Mark utan Gregg vid min sida. Jag kan inte förstå vad det var jag såg hos Mark, vad det var som gjorde honom så spännande. Han är ju bara en halvkriminell kille som det aldrig kommer att bli någonting av, och jag tänker på hur ledsen jag blev när jag dagen efter förlossningen ringde till honom och han knäppte av telefonen så fort jag sagt att han just fått en son.

Till skillnad från Gregg så är Mark en loser och kommer alltid att vara det, och det känns därför inte särskilt svårt att ta avsked av honom och gå därifrån tillsammans med Gregg och med Matthew i famnen. Om Matthew en dag säger att han vill veta vem hans pappa är och träffa honom, så kommer han naturligtvis att få göra det. Men jag är rädd för att han kommer att bli väldigt besviken.

En kompis som jag råkar träffa berättar att Mark har börjat ta droger igen och att han just har avtjänat ett fängelsestraff för innehav av vapen och stöldgods. Han är dessutom misstänkt för att ha våldtagit en kvinna och riskerar ett nytt och mycket längre fängelsestraff.

Jag måste ha varit helt borta som kunde falla för honom.

Jag vänder mig plötsligt mot Gregg och ger honom en kram med Matthew i famnen och säger:

”Låt oss åka hem, vi har ingenting här att göra.”

”Okej”, säger Gregg som om han förstår precis hur jag känner.

Vi avbeställer de två återstående nätterna på hotellet och sätter oss i bilen och åker därifrån. Det känns som om jag äntligen stänger en dörr till ett mörkt förflutet. I stället börjar nu ett nytt och löftesrikt kapitel i mitt liv.

Jag ringer till mamma och säger att vi är på väg hem, och hon låter både lättad och stolt när hon säger:

”Nu har du varit modig, gumman. Du har blivit vuxen.”

I den stunden inser jag hur viktigt det är för mig att jag och mamma har hittat tillbaka till varandra igen. Trots allt som vi har gått igenom och trots allt otäckt som har sagts, kan jag återigen se att mamma är min bästa vän.

Jag ser ut över det vida landskapet på andra sidan bilrutan och känner mig för första gången övertygad om att en ljus framtid väntar både mig och mamma.

Kapitel 46

Jag och mamma fortsätter att planera bröllopet. Jag hade aldrig kunnat föreställa mig att det var så här mycket som måste göras – det känns nästan som om vi håller på att arrangera Oscargalan.

Vi kommer att bjuda ungefär tvåhundra personer, och det är inte särskilt många för att vara ett amerikanskt bröllop. Gästerna kommer att sitta i två stora tält som vi ska resa i trädgården bakom mammas och Jeffs hus. Men innan dess måste trädgården göras i ordning. En färdig gräsmatta kommer att rullas ut och vackra blommor och små buskar kommer att planteras, och på gräset mellan tälten ska en blomsterportal resas och i den ska jag och Gregg stå när vi vigs av vigselförrättaren.

Jag kommer att ha en vit klänning med långt släp, bar rygg och ett grönt band om midjan. Bröllopsbuketten kommer att bestå av orkidéer i vitt, rosa och ljusgrönt. Och Gregg kommer att vara klädd i smoking med grön fluga, för grönt är det här bröllopets färg.

Alla manliga bröllopsgäster som står familjen nära kommer att ha grön slips, och alla kvinnliga släktingar kommer att bära gröna klänningar som är uppsydda speciellt för det här bröllopet. För vi har valt en alldeles särskild grön färg som är åt det lindblomsgröna hållet.

Inne i tälten kommer dukarna att vara i samma gröna färg, och på varje bord kommer det att stå en stor bukett med skära, brandgula och röda rosor. Jag och Gregg kommer att sitta tillsammans med våra föräldrar så att alla kan se oss.

Jag blir alldeles lycklig när vi väljer vilken bröllopsvagn jag ska komma i, för den ser ut precis som Askungens vagn. Den är öppen och i form av en pumpa med välvda stänger klädda med vitt tyg och täckta av blomstergirlanger med röda, vita och skära rosor. Den kommer att dras av två vita hästar som har band smyckade med blommor.

När vagnen stannat framför huset ska jag gå på en röd sammetsmatta till trädgården medan en brudnäbb strör rosenblad framför mina fötter.

Men vem ska överlämna mig till Gregg? Jag har hela tiden föreställt mig att det ska vara Anders, men när jag ringer honom är han inte alls intresserad av att komma till bröllopet.

”Jag vill inte träffa din mamma”, säger han.

”Men det är ju du som är min pappa”, säger jag med gråten i halsen. ”Om inte du vill överlämna mig, vem ska då göra det?”

”Det kan väl den där Jeff göra”, säger Anders med hård röst. ”Det är ju han som har tagit min plats.”

”Jag visste att han inte skulle komma”, säger mamma med en djup suck när jag gråtande berättar för henne vad Anders har sagt. ”Jag tycker att du ska fråga Jeff om han vill göra det. Jag är säker på att han skulle bli mycket glad och se det som ett hedersuppdrag.”

”Tror du det?” säger jag snyftande.

”Ja, du behöver inte vara orolig. Du kommer inte att gå ensam fram till Gregg.”

Jag frågar Jeff om han vill åka med mig i vagnen, och precis som mamma förutsagt svarar han ja utan att tveka och ser faktiskt glad ut.

Men jag är fortfarande ledsen för att Anders inte vill komma till mitt bröllop, och för att trösta mig sätter jag mig i soffan hemma hos mamma och tittar på *Askungen* för säkert hundrade eller tusende gången.

Mamma kommer och sätter sig bredvid mig och håller om mig, och då känns det lite bättre. Vi sitter där länge tillsammans, ända tills filmen är slut och vi inte orkar gråta längre.

Jag provar brudklänningen en sista gång i affären. Den behöver sys in lite, och de lovar att göra det i god tid före bröllopet, som nu ligger bara någon vecka bort.

Det känns mer och mer overkligt ju närmare jag kommer den dagen. Jag försöker se framför mig hur Gregg står där och väntar på mig mellan två led av brudtärnor i gröna klänningar och lika många unga män i smoking. Och hur mamma kommer ut ur huset med Matthew vid handen, Matthew som är klädd i smoking och ska räcka fram en vit sidenkudde med gröna band som hänger ner på sidorna, och på den lilla kudden ligger det två släta ringar i vitt guld. De ringarna ska jag och Gregg sätta på varandras ringfingrar sedan vi hållit var sitt kort tal – ord fyllda av den kärlek som kommer att hålla oss samman kanske resten av livet.

Är det verkligen möjligt att jag ska få uppleva detta? Jag vågar knappt tro att det är sant, och jag tänker på det första bröllop jag var på här i USA. Jag tyckte att det var som hämtat ur en saga, och nu ska jag få vara med om samma sak. Nu ska jag få vara sagoprinsessan som får sin drömprins. Är det verkligen inte bara en dröm?

När jag kvällen före bröllopet åker hem till mamma och Jeff för att sova där, är jag så uppskruvad och förväntansfull att mamma till slut säger till mig:

”För Guds skull, Emma, sätt dig ner en stund. Du kommer ju inte att orka stå upprätt under vigselakten i morgon om du springer runt på det där viset.”

Men jag lyckas inte slappna av och ett tag funderar jag på att ringa till Gregg, trots att det är förbjudet. Han sover hemma hos sin mamma i natt och får inte se mig före bröllopet eftersom det betyder olycka.

Jag fingrar lite på brudklänningen som hänger i min gamla garderob och som Gregg ännu inte har sett. Jag vet att han kommer att tycka att jag är jättevacker i den. Jag stänger garderobsdörren och lägger mig på sängen och känner att jag inte kommer att kunna somna.

Och hur skulle jag kunna göra det? I morgon ska ju min största önskan gå i uppfyllelse: jag ska få gifta mig med mannen i mitt liv.

I morgon ska jag äntligen få stå brud.

I morgon når jag mina drömmars mål.

Bonusläsning: Efterord till pocketutgåvan

I september 2008 fick jag en dag ett telefonsamtal från Liza Marklund. Hon berättade att en svensk journalist, Monica Antonsson, skulle komma ut med en bok om mig senare på hösten.

Jag trodde inte mina öron. Hur kunde någon skriva en bok om mig och det jag varit med om – utan vare sig min medverkan eller min tillåtelse? Ingen i min familj hade blivit tillfrågad, så inte heller mina båda yngsta barn – Emma och Robin – hade medverkat.

Vad kunde en sådan bok ha att säga om ingen av dem den handlade om varit inblandad och än mindre gett sitt godkännande?

Det visade sig att boken byggde på uttalanden från pappan till min äldste son Michael samt Emmas pappa, som jag i mina böcker har kallat "mannen med de mörka ögonen".

Jag kände mest förvåning. För vad kunde de egentligen vinna på att träda fram? Jag visste ju vad jag varit med om och stod helt och hållet för min historia. Men inget mer hände förrän Monica Antonssons bok hade släppts den 12 december. Då drogs det igång ett ofantligt mediedrev som syftade till att piska ut mig och Liza i offentligheten till varje pris.

Men även om jag kände att jag ville bemöta alla de där anklagelserna och försvara mig, så valde jag – precis som

Liza – att vara tyst. För ungefär samtidigt som Antonssons bok kom ut drabbades min pappa av två hjärtattacker. När han återhämtat sig och skulle få komma hem igen, förbjöd läkarna på sjukhuset honom att se de nyhetsinslag på tv och läsa de tidningsartiklar som handlade om uppståndelsen kring mig och Liza. De sa att han måste tänka på sin hälsa.

I januari 2009 bestämde sig ändå min älskade familj här i Sverige för att de ville träda fram och ge sin version av vad som hänt. De gjorde det via tidningen Expressen, men inte för att de egentligen ville utan för att de helt enkelt tyckte att det fick vara nog med allt förtal. Genast gick då Monica Antonsson till motangrepp och jag kände att det inte vore rätt att låta mina nära och kära strida mer för min skull, särskilt som min pappa fortfarande inte mådde bra. Så jag bad dem att inte svara på de nya anklagelserna.

Det hindrade dock inte Antonsson från att fortsätta sin häxjakt, och till slut kände jag att det fick vara nog. Så en dag när jag pratade med Liza i telefon sa jag till henne att det nu var dags för mig att träda fram och säga som det var och visa alla dokument som jag hade kvar från tiden då jag levt gömd med mina barn, papper som bevisade att det som stod i mina böcker verkligen stämde.

Jag tog kontakt med min advokat men också med socialtjänsten och andra myndigheter som kunde ha dokument som jag själv inte hade. Från socialtjänsten i Smedjebacken kom det kopior på en brevväxling mellan en tjänsteman där och Elisabeth Hermon, som drev stiftelsen Trossen som ordnat med skyddat boende för mig och andra misshandlade och förföljda kvinnor. Jag fick även en utskrift av ett telefonsamtal mellan socialsekreterare Lena Niemi och Elisabeth Hermon. Dessa handlingar hade jag alltså inte haft tidigare.

I min hand fick jag också ett papper som meddelade att jag beviljats asyl i USA och angav skälen till detta. Det var kanske det viktigaste dokumentet av alla.

Jag samlade ihop alla papperen och läste igenom dem och kände mig snart illamående. Ja, jag kände mig sjuk och ville bara kräkas. För det var som om jag tvingades uppleva allt det hemska på nytt, allt det fasansfulla jag gått igenom och sedan trängt undan i hopp om att aldrig någonsin mer behöva tänka på det.

Nu var det som om mannen med de mörka ögonen återigen fanns där och bara väntade på att kunna skada mig och mina barn. Han kändes helt nära och det gjorde mig som sagt kräkfärdig av ångest.

Under hela den tid som hetsjakten på mig och Liza pågick, sa Emma till mig att hon tyckte att jag borde träda fram och försvara mig och berätta sanningen om det som hänt. Hon menade att alla osanningar som skrevs kunde skada någon. ”Vi har inte varit på flykt och lidit för ingenting, mamma”, sa hon och förde undan sitt mörka hår och visade mig ärret i hårbotten. ”Det här är mitt minne av min pappa.”

Jag visste att hon hade rätt, att jag inte borde tiga längre. Men jag var så kraftlös och mådde så dåligt av att gå igenom alla papper från den där tiden. Jag hade ingen aptit och sov dåligt. All min energi gick åt till att få pappersarbetet gjort, och det gjorde obeskrivligt ont.

En dag sa min man till mig: ”När ska jag egentligen få min fru tillbaka?” och jag förstod vad han menade men kunde inte göra något åt saken. Och samma dag ringde Emma och ville att vi skulle gå ut. Men jag suckade bara i telefonen och sa: ”Inte just nu, min trollunge, en annan gång.” Jag hörde hur

Emma också suckade, och så sa hon: ”Mamma, det där äter dig levande. Kan du inte komma hit och träffa ditt barnbarn?” Men jag avböjde, och när jag sedan lade på luren började jag gråta. Jag insåg att jag hade förvandlats till en zombie som bara letade efter bevis. Allt jag ville var att få tyst på mannen med de mörka ögonen, för det var som om han fanns hos mig igen och plågade och skrämde mig.

Till slut hittade jag papper som visade att han verkligen misshandlat mig. Av dem framgick det att jag anmält honom vid tre tillfällen, men jag borde ha gjort det ännu fler gånger. Jag hittade också papper som visade att han misshandlat en annan flickvän, Caroline, som han har barn med. Den misshandeln ägde rum innan *Gömda* kom ut, och efter att ha dömts för den förlorade han umgängesrätten med sin dotter Lovisa.

Jag hittade även papper på att han misshandlat sin nuvarande fru vid två tillfällen. Det framkom också att de tagit ut skilsmässa tre gånger.

Det fanns hur många dokument som helst som stödde min berättelse och som visade hur våldsam mannen med de mörka ögonen är. Men om jag skulle tagit med alla dem hade vi fyllt tidningarna under ett helt år. Så jag var tvungen att välja och bara ta med de allra viktigaste dokumenten.

Monica Antonsson hade lovat mig källskydd, dvs. att hon aldrig skulle röja min identitet eller lämna ut uppgifter som skulle kunna leda till obehagligheter och kanske rentav livsfara för mig och min familj. Men det löftet bröt hon. Det har gjort att jag i dag har svårt att lita på journalister. Jag frågar mig ofta om jag någonsin kommer att kunna göra det igen.

En sak är i alla fall säker: jag kommer aldrig att kunna leva anonymt igen. Jag kommer i fortsättningen att vara Mia med svenska folket, som nu har fått ett ansikte till det namnet. Det var tyvärr nödvändigt för mig att träda fram. Jag såg ingen annan utväg för att ge min svenska familj upprättelse och se till så att de slapp lida mer. För de har tvingats lida alla de år jag varit hemifrån. Det sägs att tiden läker alla sår, men de rivs lätt upp igen och då kan det bli än svårare att bära minnena.

Min ena syster sa att det var som att uppleva helvetet igen när mediedrevet mot mig och Liza satte igång och allt det vi gått igenom tillsammans sensationslystet ifrågasattes i snart sagt alla medier.

Och hon hade alldeles rätt: det var verkligen som att än en gång tvingas gå igenom helvetet. Jag är fortfarande livrädd för mannen med de mörka ögonen, och den skräcken har i och med all uppståndelse den senaste tiden växt sig så stark att jag på nytt blivit tvungen att bearbeta den. Men jag vet inte i vilken ända jag ska börja, det enda jag vet är att jag inte vill leva med denna rädsla mer. Jag vill kunna känna mig trygg och få komma tillbaka till den Mia jag var då livet kändes någorlunda bra.

Därför vill jag än en gång poängtera hur viktigt det är att ni kvinnor som blir misshandlade anmäler detta till andra kvinnor. Vi måste se till så att vi blir trodda och väl behandlade när vi anmäler gärningsmännen.

Låt Sverige bli en fungerande rättsstat för kvinnor!

Maria Eriksson
Arizona, juli 2009